다행히 졸업

다행히 졸업

초판 1쇄 발행 • 2016년 10월 21일
초판 5쇄 발행 • 2020년 8월 18일

지은이 • 장강명 김아정 우다영 임태운 이서영 정세랑 전혜진 김보영 김상현
펴낸이 • 강일우
책임편집 • 정소영 최은영
조판 • 신혜원
펴낸곳 • (주)창비
등록 • 1986년 8월 5일 제85호
주소 • 10881 경기도 파주시 회동길 184
전화 • 031-955-3333
팩시밀리 • 영업 031-955-3399 편집 031-955-3400
홈페이지 • www.changbi.com
전자우편 • ya@changbi.com

ⓒ 장강명 김아정 우다영 임태운 이서영 정세랑 전혜진 김보영 김상현 2016
ISBN 978-89-364-3743-5 03810

소설가 9인의

학교 연대기

다행히 졸업

장강명
김아정
우다영
임태운
이서영
정세랑
전혜진
김보영
김상현

창비

차례

새들은 나는 게
재미있을까

장강명

"급식 비리 더는 못 참아" 학생들도 나섰다

기사입력   2015-10-06 14:12

서울시교육청 특별 감사를 통해 최소 1억 8000만 원어치의 식재료를 빼돌린 것으로 드러난 세영고에서 학생들이 학교 측을 비판하는 전단을 배포했다.

6일 이 학교 3학년 김기준 성제문 우주원 군은 등굣길에 친구와 후배들을 상대로 교육청의 보도자료 등을 담은 전단을 돌렸다. 김 군은 "학교가 학생들에게 사과하기는커녕 감사 결과 자체를 부정하는 걸 보면서 크게 실망했다"며 "이 사태를 동료 학생들에게 제대로 알려야겠다고 생각했다"고 말했다.

성 군은 "학교가 재단 측의 일방적인 주장만 담은 벽보를 복도 곳곳에 붙이고 학생과 학부모들을 상대로 하루에도 몇 번씩 '일부 언론과 진보 교육감의 사학 죽이기 선동에 속지 말라'는 문자 메시지를 보낸다"고 거들었다.

우 군은 "학교에서 주는 급식이 너무 질이 떨어져 그동안 늘 이유가 궁금했다"며 "점심 급식비가 한 끼에 4800원인데 그보다 훨씬 싼 편의점 도시락보다 반찬 양도 적고 맛도 형편없다"고 말했다.

한편 전국교직원노동조합 서울지부와 참교육학부모실천연대는 이날 오전 세영고 정문 앞에서 학교 재단을 규탄하는 기자회견을 열었다. 이들은 "세영중·고는 이번 급식 비리와 교감의 막말 사태 전에도 공사비 횡령 등 학원 비리가 최근 5년 간 31건이나 적발된 '막장 학교'"라며 "현 재단 이사들을 전부 퇴출시키고 관선 이사를 파견해야 한다"고 주장했다.

교육청은 세영고가 식용유를 여러 차례 재활용하거나 급식 관리 인력 수를 조작하는 등의 수법으로 5억여 원을 횡령했다고 4일 발표했다. 이에 앞서 지난 6월에는 세영고 교감이 급식비를 내지 않은 학생들에게 "밥을 먹지 말라"고 발언해 물의를 빚은 바 있다.

장휘영 기자 hwi@

1

교육청 보도자료 첫 장 내용과 연합뉴스 기사를 위아래로 붙인 전단은 한 장짜리였다. 우리는 그 사본을 각각 300장 정도씩 들고 있었다. 학생 수만큼 프린트하지는 못했다. PC방에서 한 장 한 장 프린트했는데 돈이 모자랐다. 밤에 기준이가 자기 집에서 프린트를 더 해 왔지만, 다 합쳐도 900장 정도였다. 주원이가 교무실에서 복사하자고 아이디어를 냈지만 기준이가 반대했다. 새벽에 교무실 문이 열려 있는지도 알 수 없었고, 자칫하면 일을 벌이기도 전에 선생님들한테 걸릴 수도 있다는 이유에서였다. 그래서 그냥 전단은 있는 만큼만 돌리기로 했다.

그날 아침에는 정말 떨렸다. 무슨 독립운동이라도 하는 기분이었다. 더구나 경비 아저씨가 십오 분 만에 우리가 뭘 하는지를 알아차리는 바람에……(경비 아저씨가 그렇게 눈썰미가 좋고 날렵한 사람인 줄 처음 알았다) 전단 몇 장 뿌려 보지도 못하고 교무실로 끌려가는구나 싶었다.

경비 아저씨는 학교 건물로 달려갔다가 체육 선생을 데리고 돌아왔다. 별명이 '핏불'인 선생이었다. 핏불은 교문을 채 나서기도 전에 "이 새끼들, 여기서 뭐하는 거야!" 하고 사자후를 토했다.

'아, 젠장, 망했다'고 생각했을 때 분식집 앞에 서서 우리를 지켜보던 중년 남자가 핏불을 가로막았다. 안 그래도 기준이가 아침에 그 남자와 아는 척을 하며 서먹하게 대화를 나누는 걸 보고 저 남자는 정체가 뭔가 궁금하던 참이었다.

알고 보니 그 남자는 민주당 ○○○ 국회의원실 보좌관이었다. 남자가 길을 건너와 명함을 건네면서 "저희 의원님은 국회 교육위원회 소속이시고, 이번 세영고 급식 사건에 대해서도 아주 관심이 많으십니다"라고 말하자 갑자기 핏불은 꼬리를 내렸다.

"선생님들의 학생 지도 활동에 간섭할 의도는 전혀 없습니다. 학생들에게 하실 말씀 있으시면 편히 하십시오. 저는 저쪽에 그냥 서 있겠습니다."

보좌관이 고개를 숙이자 핏불도 황급히 머리를 조아렸다. 똑같은 인사인데도 보좌관은 당당했고, 핏불은 비굴하기 짝이 없어 보였다. 핏불은 우리에게 등교 시간 지나기 전에 들어오고 전단은 바닥에 떨어지지 않게 하라고 더듬더듬 말하고는 교문 안으로 들어가 버렸다.

시간이 조금 지나자 언론사 취재 차량 몇 대가 학교 정문 앞에 섰다. 기자들은 전날에도 등교하는 학생들을 붙잡고 "학교 급식 어때요? 어제도 튀김 나왔어요? 어떻게 나왔어요?"라고 물으며 난리를 피웠다. 그러다가 교장의 차가 나타나자 우르르 몰려가 차를 가로막고 마이크와 녹음기를 창문으로 들이대며 "한 말씀만 해 주세요!"라고 소리쳤다.

이날 기자들은 교장이 아니라 기준이에게 질문을 퍼부었다. (기자들은 우리 중에 누가 리더인지 날카롭게 간파했다.) 기자들은 기준이에게 왜 이런 일을 하는지, 평소 급식의 질이 어땠는지, 사진을 찍어도 되는지, 이름을 써도 되는지를 물었다. 기준이는 기자들에 둘러싸인 상태에서도 떨지 않고 의연하게 또박또박 할 말을 다 했다. 우리도 가끔 거들었다.

전단을 다 돌린 뒤 우리는 나란히 서서 비장한 마음으로 정문에 들어섰다. 이날 정문 안쪽에서 선도부와 나란히 서 있던 선생님은 작년에 나를 가르쳤던 국어 선생님이었다. 선생님은 호통을 치거나 우리를 따로 불러 세우는 대신 고개를 돌리며 눈을 피했다. 주원이가 배짱 좋게 "쌤, 안녕하세요?"라고 인사를 했는데 아무 대답도 없었다.

"인사를 뭐 하러 하냐?"

정문을 지났을 때 내가 주원이에게 핀잔을 주었다.

"나 1학년 때 담임이었단 말이야, 붕신잡채야."

주원이가 대꾸했다. '존나무침'이니 '씨발나무'니 하는 족보 없는 희한한 욕을 만들어 내는 게 주원이의 취미이자 특기였다.

기준이는 전단이 쓰레기통에 없다며, 아이들이 거의 안 버리고 교실로 들고 간 모양이라고 말했다. 그 말대로였다.

주원이는 기준이에게 국회의원 보좌관이 여기 왜 왔느냐고, 네가 불렀느냐고 물었다. 기준이는 자기 아버지가 불렀다고 대답했다.

"너, 우리가 전단 나눠 줄 거라고 아버지한테 얘기했어?"

주원이가 물었다.

"어젯밤에 집에서 전단 프린트하다가 들켰어. 내가 '죽어도 내일 학교에서 이거 돌릴 거다, 막으면 그길로 집 나가겠다'고 했더니 아버지가 잘못하면 죽도 밥도 안 된다면서 아침에 누구 한 명 보내 주겠다고 한 거야."

기준이가 설명했다.

"너희 아버지랑 민주당 국회의원이랑은 무슨 사인데?"

내가 물었다.

"몰라, 나도. 어차피 그 바닥에서는 서로 다 잘 알지 않을까?"

기준이가 말했다.

……기준이의 아버지는 변호사이자 유명한 사회 운동가다.

우리는 어떤 식으로든 학교가 보복해 올 거라고 예상했는데, 전단을 돌린 당일에는 아무 일도 일어나지 않았다.

선생님들은 이날 우리를 없는 사람 취급했다. 대단한 처벌을 각오하고 있었는데 고작 이건가 싶어 안도감도 들었다. 하지만 평소 수업 시간에 우리 학교의 문제점을 이야기하거나 줄기차게 정부를 비판하던 선생님들까지 나를 못 본 척하는 데에는 적잖이 놀랐다. "고생이 많았겠다"라거나 "아침에 잘 봤다"라는 말쯤은 해 줄 거라고 내심 기대하고 있던 터였다.

게다가 아이들까지 우리를 슬금슬금 피했다. 나는 3학년 교실 복도에서 "재야?"라고 수군거리는 소리를 두 번이나 들었다. 그러다 보니 마냥 마음이 위축되었다.

점심시간에 나는 책상에 엎드려 자는 척하며 급식실로 내려가지 않았다. 비난과 호기심이 반반씩 섞인 아이들의 눈초리를 감당하기도 힘들었고, 배식 형님들에게 해코지를 당하지 않을까 겁도 났다.

(그렇다. 배식 아주머니가 아니라 배식 형님이다. 우리 학교에서는 국과 반찬을 떠 주는 사람이 흰옷을 입은 조리사 아주머니가 아니라 파란 티셔츠를 입고 팔에 문신이 많은 형님 두 분이다. 이 형님들 앞에서는 반찬이 적다거나 음식이 맛이 없다는 투정 따위는 절대로 할 수가 없다. 급식 업체 사장이 학교 이사장의 조카인데, 그 조카가 전직 조폭이고 어쩌고 하는 불길한 소문이 있다.)

그렇게 자는 척을 하고 있을 때 호웅이가 나를 불렀다. 머리가 엄청나게 커서 별명이 '대두' 또는 '빅대갈'이지만, 그만큼 머리가 좋기도 한 친구다. 작정하고 나서면 논리로는 기준이에게도, 말빨로는 주원이에게도 밀리지 않는다. (참고로 내 별명은 '섹스' 또는 '성문제'다. 이름이 성제문이기 때문이다.) 깊은 잠에서 깬 척 연기하는 나를 호웅이는 사람이 없는 자습실로 데려갔다.

"너희 왜 나 빼고 모였어?"

자습실에 들어가자마자 호웅이가 따졌다. 나는 무슨 영문인지 몰라서 "뭔 소리야?"라고 대꾸했다.

호웅이의 설명으로는, 전날 밤 기준이가 전단을 돌리자는 계획을 시사토론 동아리 부원 다섯 명 중에서 자기만 쏙 빼고 알렸다는 것이다. 그렇게 연락을 받은 네 명 중 기준이의 제안에 응한 사람이 나와 주원이였다.

"난 당연히 너한테도 기준이가 연락한 줄 알았는데…….
안 보이기에 너는 빠지겠다고 한 줄 알았지."

내가 말했다.

"아까 기준이를 만났어. 나는 왜 안 불렀느냐고 물었더니 나를 왜 불러야 하느냐고 되묻더라. 자기는 시사토론 동아리 부원들한테 연락한 게 아니라면서. 그냥 마음 맞는 친구들한테 연락했는데 공교롭게 나를 제외한 시사토론 동아리 부원들이었다면서. 너는 그게 말이 되는 소리 같냐?"

"……아니."

(설마 기준이가 그런 변명을 했단 말이야? 정말?)

"기준이 그 자식, 그때도 이렇게 전단 뿌리고 시위하려고 했던 거야. 그런데 그때는 나 때문에 그러지 못했던 거고."

호웅이가 씩씩댔다. 호웅이는 '그때'가 언제인지 설명하지 않았지만, 나는 바로 알아들었다. 1학기 때다. 급식비 안낸 사람은 밥 먹지 말라는 교감의 발언이 언론에 알려져 물의를 빚었을 때.

　수능 점수가 내신에 비해 이상할 정도로 잘 나오는 극소수를 제외하고, 재학생이면 거의 다 정시보다는 수시 합격을 바랄 거다. 특히 우리 학교는 더 그랬다. 워낙 후진 학교라, 역으로 학생들이 내신에서 두세 등급 이득을 보는 셈이었다. 아이들은 대부분 수시, 그중에서도 학생부 종합 전형에 올인했다.

　특목고나 자사고는 학교생활기록부나 자기 소개서에 쓸수 있는 각종 프로그램을 다양하게 제공한다. '고교-대학 연계 심화과정'이나 '원어민과 함께하는 영어 캠프'처럼 거창한 이름이 붙은. 우리 학교는 그런 거 없다. 서울 변두리 도봉구에서도 주로 소득 수준이 낮은 가정에서, 천재나 영재는 분명히 아닌 애들이 온다. 학교는 학교대로, 언제 무너질지 모르는 수십 년 된 건물을 제대로 수리도 하지 않고 근성으로 버티는 가난한 곳이다. 그래서 자율 동아리 활동이 비교적 활발하다. 학교는 돈이 안 들어서 좋고, 학생들은 학생부와 자소서에 그거라도 한 줄 써넣는 일이 시급하다.

시사토론 동아리는 기준이가 만들었다. 사형 제도니 안락사니 하는 케케묵은 주제에 대한 얘기는 그냥 찬반양론을 책 보고 외우면 되는 거 아니냐, 수시 면접에서 어떤 질문이 나올지 모르니 따끈따끈한 시사 문제를 놓고 토론하자는 취지였다. 우리 학교는 여섯 명이 모이면 자율 동아리를 만들 수 있는데, 기준이는 딱 다섯 명을 불렀다.

시사토론 동아리는 처음 몇 달은 정말 잘되었다. 그러다 6월에 기준이가 우리 학교에서 터진 '급식비 미납 학생 공개 사건'을 주제로 토론하자고 제안했다. 호웅이가 대놓고 언짢은 기색을 비치는데도 기준이는 그 주제를 고집했다.

"우리는 세영고 학생들이고, 이건 지금 엄청 유명한 이슈라고. 수시 면접 때 교수가 '모교의 처사를 어떻게 생각하냐'고 물어보면 어쩔 거야?"

호웅이에게는 미안했지만, 나도 다른 부원들도 그 말에 설득되었다.

그런데 정작 토론을 시작하자 교감을 옹호하고 나선 호웅이가 반대 의견을 펼친 기준이를 박살 냈다.

"장애가 있는 학생이 학교에 들어오면 다들 그 장애를 모르는 척하고 그 학생을 위한 특별 시설을 지어 주지 않을 겁니까? 아니지요. 우리는 오히려 장애가 있는 학생과 함께 어울리면서 그 장애가 별것 아님을 배워야 합니다. 그렇게 어울리는 법, 몸이 불편한 친구를 편견 없이 바라보는 법을 학교가 가르쳐야 합니다. 그게 교육입니다. 가난에 대해서도 마찬가지입니다. 가정 형편이 어려워 급식비를 못 내는 게 그 학생 잘못은 아니잖아요? 왜 그걸 무슨 큰 죄나 흉터처럼 취급해서 낙인으로 만들려 합니까?"

교감이 그런 훌륭한 교육적 목적으로 급식비 안 낸 애들 이름을 부르고 호통을 쳤던 건 분명 아니었다. 그러나 그날 토론에서 기준이는, 호웅이의 주장을 제대로 반박하려면 그때까지 쌓은 몇몇 논리나 근거를 철회해야 했다. 자신이 가난을 부끄러운 것이라 여기고 가난한 학생을 차별했음을 인정해야 했다. 기준이는 머뭇거렸고, 호웅이는 그 틈을 몽구스처럼 집요하게 물고 늘어졌다.

"기준이 그 자식, 그때도 토론을 빙자해서 우리를 선동하려고 했던 거야. 우리가 다 자기 의견에 찬성했다면 다음날쯤 전단을 돌리자고 했을걸? 그런데 내가 논쟁에서 이겨 버리는 바람에 그럴 기회를 놓쳤던 거지."

호웅이는 기준이가 나중에 정치를 하려고, 지금부터 스펙을 쌓아 놓는 거라고 주장했다. 예전에 기독교계 학교에 다니던 어떤 고등학생이 종교의 자유를 주장하면서 단식 투쟁해서 이름도 알리고 서울대에도 갔다며. 근거를 묻는 내게 호웅이는 "오늘 아침에 국회의원 보좌관이 왔다는 게 제일 확실한 근거 아냐?"라고 반문했다.

"다른 학생들한테 알릴 내용이 있으면 문자나 카톡으로 보내면 되는데, 굳이 기자들 앞에서 전단으로 뿌리는 이유가 뭐겠냐? 그리고 기준이가 정치하고 싶어 하는 건 비밀도 아니야. 자기 소개서에 그렇게 썼다는데, 뭐. 너 기준이가 S대 NGO학과에 수시 원서 낸 건 알아? 거기 엄청 진보적인 곳이야. 이번 일이 거기 합격에 유리하면 유리했지 불리하진 않을걸?"

호웅이는 기준이가 애초부터 자신이 무슨 일을 저지를 때 뒤에서 받쳐 줄 2중대가 필요해서 시사토론 동아리를 만든 거라고 악담을 퍼부었다. 나는 발끈했다.

"야, 대두. 너 내가 김기준 셔틀로 보여? 그리고 솔직히 내가 기준이라도 전단 돌리기 전에 너한테 연락하지는 않았을 거다. 누구라도 그럴걸?"

"왜? 왜 나한테는 연락을 안 해?"

"너 정말 몰라서 묻냐?"

호웅이는 대답하지 않았다. 나는 콧바람을 세게 뿜고 자습실에서 나왔다.

……호웅이 아버지는 우리 학교 수학 선생님이다.

머리가 아주 큰.

2

전단을 돌린 다음 날 저녁, 나는 '기준이가 앞으로 뭘 하든 동참하지 않겠다'고 약속했다.

그날 아침에는 진보 교육단체 소속 아주머니들이 교문 앞에서 학생들에게 주먹밥을 나눠 줬다. 주먹밥에는 '어른들이 미안해'라고 적힌 스티커가 붙어 있었다. 맛은 그저 그랬지만 더 달라고 하면 두 개, 세 개도 줬기 때문에 교실마다 아침부터 주먹밥 냄새가 진동했다. '어른들이 미안해' 스티커도 여기저기 굴러다녔다.

오전에는 젊은 선생님들이 학교를 층마다 돌아다니며 벽보를 붙였다. 학교 재단 측이 교육청 감사관을 명예 훼손 혐의로 형사고발한다는 내용이었다. (사실 내가 보기에는 학교에서 붙인 벽보가 명예 훼손 소지가 더 많았다. 교육청 감사관은 현 교육감이 특채한 외부 출신이라거나, 교사 시절

성희롱성 발언으로 물의를 빚은 적이 있다는 등, 이번 일과 상관없는 이야기까지 적혀 있었다.)

낮에는 학교운영위원회 학부모들이 정문 앞에서 교육청의 감사 결과는 전부 소설이라며 교육감의 사과를 요구하는 기자회견을 벌였다. 학교운영위원회 학부모들은 자신들이 조리사와 배식 용역업체 직원들을 직접 만나 사실을 확인하고 근무 일지도 검토했다고 주장했다. 연이어 보수 교육단체 소속 아주머니들이 몰려와 전교조를 비판하는 구호를 외쳤다.

학교는 학부모와 학생들에게 긴 문자 메시지를 두 건 보냈다. 처음 듣는 이름의 인터넷 신문에서 우리 학교 이사장과 교장을 각각 인터뷰한 기사였다. 기자는 마지막 문단에서 '이번 사태는 좌파 세력의 큰 패착이 될 것'이라고 전망했다.

나는 내내 교실에 있었고, 휴대전화도 조회 때 담임에게 제출해 버려서 그날 오전에는 정확히 무슨 일이 벌어지는지 몰랐다. 그래도 학교가 혼돈의 카오스이자 무질서의 아노미 상태가 됐다는 사실은 피부로 느낄 수 있었다.

원래도 고3들은 2학기 중간고사가 끝나면 수시 대비 모드로 들어가기 때문에 1, 2학년들이 보기에는 저게 교실이야

휴게실이야 싶은 상태가 된다. 논술 전형 준비하는 학생은 혼자 글을 쓰고, 학생부 종합 전형 준비하는 학생들은 서로 짝을 지어 면접을 대비하고, 수능 준비하는 학생은 이어폰을 꽂고 문제지를 푼다. 수업 시간과 쉬는 시간 구분도 없다. (나도 작년과 재작년에 그런 3학년들의 모습을 보면서 두렵기도 하고 조금은 부럽기도 했다.)

그런데 교육청 감사 결과가 발표된 뒤에는 그런 수준을 넘어, 학교 전체가 거의 무정부 상태가 되었다.

일단 각 반 담임 선생님들은 쉴 새 없이 쏟아지는 항의와 문의 전화를 받느라 정신이 없었다. 선생님들은 진땀을 흘리며 복도에서 전화를 받았다. '저희 학교 조리 종사원은 두 부류이고 용역비 지급도 따로 합니다(그래도 급식 질이 그렇게 형편없는 건 설명이 안 되는데)'에서 시작해 '어머님, 저희를 믿어 주십시오'까지 이르려면 최소 십오 분, 길게는 한 시간도 걸렸다.

담임을 맡지 않은 선생님들도 분주했다. 젊은 교사들은 학교 곳곳에 보초를 서게 되었다. 교문과 급식실 앞, 그리고 담장이 낮은 곳이나 뛰어넘기 좋은 곳에 한두 사람씩. 경계병처럼 쉴 새 없이 복도를 돌아다니는 교사도 있었다.

이들 보초 선생님의 임무는 두 가지였다. 첫 번째는 호시

탐탐 학교 안에 들어와 급식실 사진을 찍고 교장이나 교감을 인터뷰하려고 기회를 노리는 기자들을 저지하는 것이다. 사진 기자들은 어디를 어떻게 뚫고 들어왔는지 용케 학교 안에 들어와 대포처럼 커다란 카메라를 메고 급식실 주변에서 셔터를 누르다가 쫓겨났다. 어떤 사진 기자는 보초 선생님과 추격전을 벌이다 3학년 교실이 있는 4층까지 올라왔다. 아이들이 그 광경을 옆에서 지켜보며 "오오, 달려! 달려!" 하고 소리를 질렀다.

보초 선생님들의 두 번째 임무는 학교 밖으로 나가려는 학생들을 막는 것이었다. 월담하려는 학생들 중에는 물론 아수라장을 틈타 땡땡이를 치려는 아이들도 있었지만 밖에 나가서 밥을 사 먹고 들어오려는 아이들도 있었다. 뉴스를 접하고 난 뒤 자식들에게 돈을 주면서 급식 먹지 말고 나가서 사 먹으라고 당부한 학부모들이 꽤 있었던 것이다.

"그런데 오늘은 급식도 먹을 만하던데? 우리 학교 삼 년 다니면서 카레 국물에 건더기 있는 거 처음 봤어. 튀김도 색깔이 까맣지 않고 노란색이야."

급식을 먹고 온 같은 반 아이가 내게 말해 주었다. 학교를 비판하는 기사가 하도 쏟아지다 보니 나를 보는 아이들의 태도도 전날과는 조금 달라져 있었다. 나는 교실에 돌아다니는 주먹밥으로 끼니를 해결한 참이었다.

"그거 건더기 맞아? 벌레 빠진 거 아니야?"

"아무튼 꽤 괜찮아졌어. 아, 급식실 책상에 식탁보도 깔았더라. 창문에 커튼도 달고."

그날 오후, 우리는 교감실에 불려 갔다. "3학년 김기준, 성제문, 우주원 학생은 지금 즉시 교감실로 내려오기 바랍니다"라는 방송이 나왔다. '올 것이 왔구나'라는 심정으로 교무실 옆 교감실로 내려갔다.

복도에서 주원이와 기준이를 만났다. 기준이는 평소처럼 늠름한 자세에 반듯한 표정이었고, 주원이는 오히려 지루한데 잘됐다는 듯한 얼굴이었다. 위축된 건 나뿐이었다.

"이런 좆탱구리, 어느 교감이 부른 거지?"

주원이가 교무실 앞에서 물었다. 그런 질문이 가능한 것은 우리 학교에 교감 선생님이 두 분 계시기 때문이다. 학생교감과 교무교감이었다.

"딱 보면 모르냐? 교무교감이지."

기준이가 망설임 없는 발걸음으로 교무교감실을 향했다.

1학기에 급식실 앞에서 급식비 납부 현황표를 들고 급식비를 내지 않은 학생들에게 일일이 주의를 준 사람이 바로 교무교감이었다. 훤하게 벗어진 정수리를 옆머리로 필사적으로 가리고, 구부정한 어깨에 눈을 부라리며 하루 종일 교무실과 학교 건물 앞 화단 주변을 어슬렁거리는 인물이었다.

이 교무교감은 직함만 교감일 뿐, 하는 일은 각종 실무, 그것도 잡무에 가까웠다. 선생님도 학생들도 그를 은근히 깔봤다. 솔직히 급식비를 안 낸 학생들을 찾아 일일이 급식실 앞에서 주의를 주는 것도, 그 일이 정당한지 아닌지 여부를 떠나 학교의 2인자인 교감이 직접 할 일은 아니지 않은가? 상당히 성가신 일 아닌가? 행정실장에게 맡기면 되지 않을까?

하지만 우리 학교에서는 그럴 수 없다. 왜냐하면 행정실장은 이사장 아들이니까.

애초에 밥 먹으러 급식실에 들어가려는 학생들을 다 세워 놓고 그렇게 난리를 친 것도, 이사장이 급식비 납부액을 보고 그날 아침 교무교감에게 전화를 걸어 고래고래 소리를 질렀기 때문이라고 했다. 아마 그 이사장이 이번에는 우리가 나온 기사를 읽고 교무교감에게 고래고래 소리를 친 것 같았다.

교감은 다짜고짜 물었다. 전단 뿌린 주동자가 누구냐고.

"저희가 다 같이 생각한 건데요"라고 우리가 대답하자 그는 같은 질문을 다시 던졌고, 우리는 했던 답변을 되풀이했다. 교감의 얼굴이 일그러졌다.

"저희가 돌린 전단은 공신력 있는 기관과 언론에서 작성한 자료, 그것도 인터넷으로 누구나 확인할 수 있는 내용을 출력한 것이고, 문제 될 부분은 없다고 생각합니다."

기준이가 대답했다.

"야 이 자식아, 내가 지금 그거 물어봤어? 너희 중에 그 자료를 출력해서 뿌리자는 얘기를 누가 제일 처음 꺼냈는지 그걸 물어보잖아! 이사장님께 너희 셋이 동시에 시작했다고, 세 놈 다 주동자라고 보고할까?"

교무교감이 탁자를 치며 화를 냈다. 기준이가 고개를 똑바로 들고 "제가 먼저 하자고 했습니다"라고 말했다. 그러자 교감이 일장 연설을 시작했다.

"지금 입시가 한창이고 다들 수시 준비하느라 바쁜데, 너희는 이렇게 전단 돌리기 전에 친구들이 어떤 피해를 입을지는 생각해 봤어? 조신하게 마음 가다듬고 면접 준비에 집중해야 할 때 이게 무슨 면학 분위기 떨어뜨리는 짓이냐? 너희, 담임 추천서는 받았어?"

교감실을 나오자마자 주원이가 분통을 터뜨렸다.

"지금 저 문어자지가 우리한테 추천서 안 써 주겠다고 협박한 거냐?"

나도 주원이만큼이나 놀란 상태였다. 교감이라는 위치에 있는 어른이 그리도 뻔뻔하고 멍청하다는 사실이 충격적이었다.

교감이야말로 지난 몇 달간 학교를 혼란의 구렁텅이에 몰아넣은 장본인이었다. 학교 면학 분위기를 떨어뜨린 일등 공신이 있다면 바로 그였다. 따지고 보면 시교육청이 우리 학교에 대해 급식 감사를 벌인 것도 교무교감의 입 탓이었다.

교무교감은 그 일 이후 넉 달 가까이 온갖 언론과 시민단체로부터 집중포화를 받았다. 학교 안에서도 나이 든 선생님들은 교무교감을 싸늘한 눈길로 바라보고, 대놓고 무시했다. 인사를 안 받아 주는 선생님들 때문에 풀이 죽었던 나 같은 사람은 교무교감의 위치에 있었더라면 혀를 깨물고 죽었을지도 모른다. 그런데 당사자는 아무렇지도 않은 것 같았다. 남들이 뭐라고 하건 말건 오로지 그의 머릿속에는 온통 이사장님, 이사장님, 이사장님 생각뿐이었다. 솔직히 나는 그가 "이사장님께 너희 세 놈 다 주동자라고 보고할까?"라고 말할 때 웃음을 터뜨릴 뻔했다. 차라리 핏불 체육 선생을 부른다고 을러댔다면 더 긴장됐을 거다. 다른 사람한테는 이사장이 그리 큰 존재가 아닐 수 있다는 상상조차 교무 교감에게는 어려운 모양이었다.

그리고 지능 지수가 어느 정도 된다면, 막말 사태에서 배운 게 있어야 할 것 아닌가. 학교를 비판한 시위를 벌인 학생들을 불러, 추천서를 안 써 줄 수 있다는 뉘앙스의 말을 한 사실이 밖으로 알려지면 어떤 후폭풍이 닥칠지 정말 모르는 걸까? (게다가 그 학생들 중 하나는 유명한 사회 운동가의 아들인데?)

나는 바로 그 사회 운동가의 아들이 어떤 반응을 보일까 궁금해 기준이를 바라봤다. 기준이가 입을 열었다.

"마침 시간도 딱 맞네. 우리, 교실로 바로 올라가지 말고 자습실로 갈래? 내가 재미있는 거 보여 줄까?"

"왜? 뭘 보여 주려고?"

내가 물었다.

"팟캐스트 출연."

기준이가 대답했다.

회당 다운로드 수가 수십만 건이나 된다는 유명 시사 팟캐스트에서, 우리 학교 학생들의 목소리를 듣고 싶어 한다고 했다. 우리 학교 급식이 실제로 어떤 수준인지가 초미의 관심사였기 때문이다. 팟캐스트는 녹음 방송이었지만, 진행자들이 하루 종일 스튜디오에 있는 건 아니기 때문에 미리 시간을 정해 놓고 전화로 출연하기로 했다고 기준이는 설명했다.

"평소에 우리 담임은 조회 시간에 휴대전화 걷어 가는 거 그냥 널널하게 하거든. 그런데 어제오늘은 아주 기를 쓰고 다 챙겨 가더라. 그리고 나서도 내가 전화기를 냈는지 안 냈는지 다시 확인하더라고."

기준이가 말했다.

"그러면 그 팟캐스트 피디 연락을 어떻게 받았어?"

내가 물었다.

"전화기 낼 때 얼른 가방 안에서 유심 칩을 빼고 냈지. 그리고 옆 반 가서 공기계를 하루 빌렸어."

기준이가 팟캐스트 피디의 휴대전화로 연락을 하자 잠시 뒤 유선전화로 피디가 다시 전화를 걸어 왔다. 자습실에서 몰래 통화를 하는 거라 선생님이 들어오면 끊어야 한다고 기준이가 말했더니 피디는 오히려 좋아하면서, 그 이야기를 녹음할 때 다시 해 달라고 부탁했다. 기준이가 "옆에 친구 두 명이 같이 있어요"라고 했더니 피디는 혹시 스피커폰으로 통화할 수 있느냐며, 친구들도 같이 출연했으면 좋겠다고 했다. 나는 손사래를 쳤지만 주원이는 "아싸비용!" 하고 외치며 좋아했다.

그렇게 기준이와 주원이는 자습실 한구석에서 팟캐스트 방송에 출연했다. 물론 가명을 썼다. 하지만 이야기 내용이나 말투를 들으면 누구라도 기준이와 주원이라고 바로 알 수 있을 터였다.

"어떤 반찬은 맛이 좋고 나쁘고를 떠나서 기본적으로 맛 자체가 전혀 느껴지지 않을 정도입니다. 뭔가를 오랫동안 삶은 것 같은데 그게 뭔지, 보지 않고 먹으면 야채인지 고기인지도 알 수가 없는 수준입니다."

기준이는 이런 투로 말했다.

"한마디로 씹창노맛이죠. 우리 집에서 키우는 개도 맛없다고 안 먹을 거예요. 제가 전에 한번 어떤 맛인지 궁금해서 개 통조림을 먹어 봤거든요. 그런데 우리 학교 급식보다 개 통조림이 더 맛있어요, 진짜. 더 고급스럽고."

주원이는 이런 식으로 말했다. 팟캐스트 진행자들은 주원이가 '개씹똥맛'이니 '폭망물맛'이니 하는 괴상한 단어를 입에 올릴 때마다 빵빵 터졌다.

팟캐스트 녹음은 이십 분 정도 걸렸다. 통화를 마칠 때 주

원이는 싱글벙글 웃고 있었고, 기준이는 표정이 조금 어두
웠다. 자신이 주인공이 되지 못해서였을까? '그 녀석은 정
치를 하려고 스펙 쌓는 거'라던 호웅이의 말이 잠시 머리에
스쳤다.

"너 혹시 S대 NGO학과에 수시 원서 냈냐?"

자습실에서 나올 때 나는 불쑥 기준이에게 물었다.

"왜, 너도 그 헛소문 믿는 거냐? 나 S대 정도는 아무것도
안 해도 그냥 들어갈 수 있어."

기준이가 대꾸했다.

……재수 없는 자식. (나는 "좋겠다, 씨발"이라고 대답할
뻔했다.)

하지만 그날 내가 '기준이가 앞으로 뭘 하든 거기에 동참
하지 않겠다'고 약속한 것은, 팟캐스트나 S대 NGO학과와
는 아무 관련이 없었다.

그건 어머니 때문이었다.

보충수업과 야간 자율학습을 마치고 집에 들어간 시각은
밤 11시쯤이었다. 현관으로 나오는 걸음걸이와 눈빛만으로
도 나는 어머니가 드디어 이번 사태를 알아차렸음을 깨달

왔다.

"가방 놓고 여기 앉아 봐라, 제문아."

어머니가 식탁을 가리키며 말씀하셨다. 어머니의 눈은 깊게 패어 있었다. 평소보다 몇 년은 더 늙어 보였다. 나는 방에 들어가서 최대한 천천히 옷을 갈아입고 나왔다.

"내가 아들 소식을 꼭 인터넷 기사로 알아야겠니? 오늘 낮에 인터넷으로 너희 학교 기사 찾아 읽다가 네 사진 보고 정말……. 내가 꿈을 꾸는 줄 알았다."

어머니는 중견 제약 회사에 다닌다. 직급은 부장이다. 글재주가 뛰어나 회사에서 사보를 만드는 일을 하기도 했고, 에세이를 한 권 발표한 적도 있다.

"죄송해요."

내가 고개를 숙이고 말했다.

"내가…… 그래, 하나뿐인 자식 내놓고 키운 못난 엄마지만 그래도 이건 아니지 않니? 나한테 귀띔이라도 해 줄 수는 없었니?"

(그 에세이는 많이 팔리진 않았지만 재미있었다. 어머니가 에세이 작가로서 평균 이상이라고 생각한다. 아닌 척하면서 어머니가 속으로는 다음 책을 구상하고 있다는 사실도 안다.)

"미리 말씀드리면 절대로 안 된다고 하실 것 같았어요."

"그러면 전단 돌리고 나서라도 이야기를 해 줬어야지! 이거 오늘도 아니고 어제 있었던 일이라며!"

(어머니가 쓴 책은 결혼 오 년 만에 남편과 사별한 30대 여성이 직장과 가정에서 겪은 일화를 엮은 내용이다. 그렇다. 우리 어머니는 싱글맘이다. 십육 년 동안 회사에 다니며 혼자 힘으로 나를 키웠다.)

"어젯밤에는 엄마가 새벽 1시에 들어왔잖아요! 술 취해서! 이야기를 꺼낼 틈이 없었다고요!"

거짓말이었다. 어머니가 새벽 1시에 들어온 것은 사실이고 술에 취한 것도 사실이었지만, 애초에 나는 가능하면 이 일을 오래 숨기고 싶었다. 그래도 내 반격에 어머니는 대꾸하지 못했다. 그 틈을 타서 나는 어머니를 더욱 몰아붙였다. 세상에서 내가 제일 존경하는 사람을.

"저는 엄마가 칭찬해 주실 줄 알았어요. 불의에 맞섰잖아요. 우리 학교 진짜 이상한 학교예요. 돈 아끼려고 교실 페인트칠을 학생들한테 시키고, 학교 건물 공사에도 학생들 동원하고, 교실에 선풍기도 없고, 유리가 안 끼워진 창문도 많다고요. 2학년 애들 중에서 반의 반 정도는 메인 반찬은 먹지도 못할걸요? 그 시간쯤 되면 반찬이 다 떨어지기 때문에……."

그렇게 한 십오 분 정도는 떠들었던 것 같다. 어머니가 한 손을 들더니 "알았어, 알았어"라고 말하고 냉장고에서 맥주를 두 캔 꺼내 왔다.

어머니는 맥주를 마시며 말했다.

"예전에 대전에서 살 때 기억나지? 엄마가 대전 지사에서 일할 때……. 그때 사무실 인테리어 공사를 했는데 지사장이 자기 친척한테 공사를 맡기고 공사비를 횡령했어. 잘 쓰던 책상이랑 의자를 더 안 좋은 제품으로 바꿔 왔으니까 뭔가 문제가 있다는 걸 다들 알았지. 어떤 젊은 직원이 그걸 회사 감사실에 알렸단다. 결과가 어땠을 거 같니? 그 직원만 좌천당했어. 그리고 밀고자라는 낙인이 찍혀서 그 이후에도 회사 생활이 힘들었어."

"그거 혹시 엄마 얘기예요?"

맥주 한 캔을 마시고 알딸딸하게 취한 내가 물었다. 어머니는 그 질문에는 답하지 않았다.

"제문아, 세상에는 정말 불의가 많아. 그 무수한 불의를 혼자서는 도저히 다 바로잡을 수가 없어……. 그것도 힘없는 보통 사람이라면 더욱. 그 고등학교 이제 몇 달만 더 다니면 되잖니. 다시 다닐 학교도 아니잖니. 그냥 그 몇 달만 꾹 참고 지내 주지 않을래? 이 엄마를 위해서 말이야. 아직 입시도 안 끝났고…… 아들이 어떤 불이익을 입을지도 모른다고 생각하니 엄마가 너무 무섭다. 제발 부탁할게. 응? 이제 세상을 조금씩 바꿀 수 있는 기회가 너한테도 점점 더 많이 생길 거야. 대학 들어갈 때까지만 좀 참아 줘."

3

학생들은 두 패로 갈렸다.

한쪽은 김기준을 열렬히 지지하는 무리였다. 처음에는 우리 '삐라 삼총사'에게 말도 안 걸던 아이들이 점점 기준이에게 모여들고 있었다. 여론의 움직임이라는 게 얼마나 얄팍하고 치사한가를 알게 되는 기회이기도 했다.

이 패는 수가 늘어날 수밖에 없었다. 애초에 우리 학교 학생이라면 누구나 이 거지 같은 학교의 부조리를 알고 있었기 때문이다. 그 부조리에 너무 익숙해져서, 침묵을 당연한 것으로 받아들이고 있었을 뿐. 기준이가 꾸준히 목소리를 내고, 입소문을 일으키고, 무엇보다 학교를 비판하는 목소리가 외부에서 쏟아지자 아이들도 그제야 정상으로 돌아왔을 뿐이었다.

교육청에서 급식 비리 감사에 대한 추가 자료를 공개했는데, 여기에는 우리 학교 '배식 형님' 한 분의 증언도 있었다. (그분이 급식 질 문제로 그렇게 양심의 가책을 느끼고 있을 줄 우리는 아무도 몰랐다.) 관련 기사가 쏟아진 뒤, 그 배식 형님은 갑자기 일을 그만두었다. 그래서 1학년들이 급히 당번을 정해 배식 작업을 도와야 했다.

교육청에서 학생인권옹호관이라는 분이 공무원 스무 명 정도와 함께 나와 교실마다 들어와 급식 만족도를 묻는 설문지를 돌렸다. 기자들도 학생인권옹호관을 따라 그토록 염원하던 급식실에 카메라를 가지고 들어올 수 있었다. 이날은 점심 급식이 초호화판으로 나왔다. 그러나 기자들은 두 사람이 작업하기에는 터무니없이 작은 조리실이나 기름때가 덕지덕지 긴 조리 기구, 갈라진 벽, 너덜너덜한 방충망, 급식실 한쪽에 아직도 걸려 있는 칠판 같은 것을 찍어 갔다.

세영고 총동문회는 비상대책위원회를 만들어 학교를 방문하고 조리실과 급식실 앞에 시시 티브이를 설치했다. 식자재를 몰래 빼돌리는 일이 벌어지는지 감시하겠다는 것이었다.

아이들은 이제 진보 교육단체가 교문 앞에서 기자회견을 열면 창문에 매달려 환호하며 응원했다. 보수 교육단체 사람들이 오면 야유를 퍼부었다. 복도에서 기준이를 마주치고는 "선배님, 정말 존경합니다"라며 꾸벅 인사를 하는 1, 2학년생도 있었다.

그 반대편에 호웅이와 학교운영위원회 학부모의 아이들, 그리고 여전히 기준이를 불편해하는 아이들이 있었다. 이 아이들은 공개적인 자리에서 자기 의견을 밝히지는 않았지만, 수가 적지는 않았다. 나는 호웅이가 화장실에서 다른 아이를 상대로 이런 얘기를 하는 걸 우연히 들었다.

"어차피 지금 교육청에서 감사 결과 발표했고, 검찰에 고발했고, 그래서 검찰에서 수사한다잖아. 그러면 우리가 뭘 하든 바뀌는 건 없는 거 아냐? 왜 이걸 더 시끄럽게 만들어야 해? 안 그래도 학교 분위기 완전 개판인데 더 어수선하게 만드는 이유가 뭐야? 급식 개선이 아니라 다른 목적이 있는 거지."

이런 얘기를 하는 애들도 있었다.

"우리 학교가 급식 비리로 악명을 떨쳐서 우리가 얻는 게 뭐야? 우린 결국 세영고 학생이고, 졸업하면 세영고 동문이 되는 거야. 넌 사회 나가서 '나 세영고 나왔다'고 할 때 사람들이 '아, 급식 비리 학교?' 하고 말하면 좋겠어? 당장 수시 면접 볼 때도 그 대학 교수들한테 세영고 출신이라는 게 밝은 이미지면 더 낫지 않겠어?"

'저 자식은 왜 저렇게 나대냐'며 고까운 시선으로 기준이를 보는 안티들도 있었다. 특히 기준이가 주말에 전교조에서 개최한 학생 대회에 패널로 나가 우리 학교 급식 비리를 재차 고발한 것에 대해서는 그렇게까지 할 필요가 있느냐고 부정적으로 보는 애들이 대부분이었다.

두 패는 10월 둘째 주가 지나기 전에 한판 붙었다.

……정확히 말하면, 기준이 무리와 호웅이가 한판 붙었다. 아주 이상한 방식으로.

아마 기준이나 주원이도 갑작스럽게 결정한 일 같았다. 주원이가 불쑥 아이디어를 내고는 그대로 밀어붙이지 않았을까. (그렇게 진행되는 편이 차라리 낫다. 기준이가 기획을 했더라면 기자들과 카메라를 불렀을지도…….)

그날 오전에 주원이가 3학년 교실을 돌아다니며 동조할 것 같은 학생들을 상대로 계획을 전파했다. 점심시간이 되면 다 같이 교문으로 몰려가서 학교 밖으로 나가 밥을 사 먹고 오자는 것이었다. 한두 명이라면 보초 선생님이 막을 수 있겠지만, 수십 명이 한꺼번에 가면 어쩌지 못할 거라는 애기였다.

이 계획에 호응한 학생 수는 상당했다. 한 반에 적어도 네댓 명씩, 마흔 명은 되지 않을까 싶었다. 일단 부모님에게서 급식을 못 믿겠으니 밥은 밖에 나가서 사 먹으라며 돈을 받는 학생들이 여러 명 있었다. 기준이 주변의 아이들은 정의감에 도취되어 있었고, 또 기준이가 전단을 돌리고도 별다른 처벌을 받지 않은 걸 봤기 때문에 겁도 없었다. (그래, 학교 졸업 전에 집단행동 한번쯤은 해 봐야 하지 않겠어?) 무엇보다 남자 고등학생들이란, 뭉칠수록 테스토스테론이 점점 더 많이 분비되는 족속들이다.

나는 어머니와 한 약속 때문에 이즈음 기준이와는 적당히 거리를 두고 있었다. 기준이가 전교조 대회에 갔다 온 일은 나도 마뜩찮았고……. 하지만 기준이 무리가 교문을 뚫는다면 나도 뒷줄에 서 있다가 눈치를 봐서 밖에 나가 밥을 먹고 올 작정이었다. 그때까지도 여전히 급식실 출입이 썩 마음 편치 않았기 때문이다.

그렇게 학교 건물에서 나와 우르르 교문으로 돌진하는 아이들을 호웅이가 운동장 한가운데서 단신으로 막았다. 호웅이는 연극배우처럼 양팔을 벌리고 햇빛 아래 섰다.

"너희 꼭 이렇게까지 해야겠냐?"

"어라? 니미랄라, 지금 뭐하자는 거냐?"

주원이가 걸어 나와 호웅이 앞에 섰다. 둘은 서로 팽팽하게 눈빛을 주고받았다.

"이건 도를 넘었다고 생각하지 않냐? 급식이 입에 안 맞으면 매점에서 다른 거 사 먹으면 되잖아. 그리고 밖에 나가서 먹고 싶다 해도 굳이 이렇게 교문을 단체로 통과해서 갈 건 없잖아."

호웅이가 말했다.

"이런 갓댐처치, 곳곳에 선생들이 서 있는데 다른 데 어디로 나가? 그리고 담 넘는 건 괜찮고 교문으로 나가는 건 안 괜찮냐? 아니, 그보다 왜 네가 여기 끼어들어? 너희 아빠가 선생님이지 네가 선생님이냐?"

그 순간 호웅이가 주먹을 날렸다. 보기 좋게 한 대 맞은 주원이가 "빽킹대두!"라고 외치며 호웅이에게 덤벼들었다. 나머지 아이들이 주원이를 뜯어말렸다. (평소 우리는 다른 아이들의 주먹싸움을 학수고대한다. 일대일 결투는 절대로 말리지 않는다. 하지만 이때는……)

주원이는 곧 잠잠해졌다. 왜냐하면 한 대도 언어맞지 않은 호웅이가 우리에게 뭐라고 욕을 퍼부으려는 듯하다가 갑자기 울음을 터뜨렸기 때문이다.

"이런 씨발! 너희는 기사도 안 보냐? 교육청에서 우리 학교 설립 인가 취소 검토한대! 그렇게 학교 문 닫으면 좋아? 그러면 속이 시원하냐?"

호웅이가 울면서 고래고래 소리를 쳤다. 우리는 뒤로 물러났다. 호웅이는 쭈그리고 앉아 흐느꼈다.

"보건실 뒤로 가……. 거기 우리 아버지 계신다. 그리로 담 넘어가서 다들 꺼져 버려. 잡지 않으실 거니까. 맛있는 밥 실컷 먹고 와라."

호웅이는 우리를 쳐다보지 않았다. 우리는 천천히 흩어졌다.

그날 저녁 야간 자율학습 시간에는 작은 소동이 벌어졌다.

호웅이가 화장실에 있던 청소용 고무장갑을 머리에 쓰고 미친놈처럼 복도를 달렸다. 빨간 고무장갑의 손가락 부분이 호웅이 머리 위에서 덜렁거리는 꼴이 무슨 닭 볏 같았다. 가뜩이나 머리가 큰 녀석이 고무장갑을 무리해서 쓰니 눈이며 코가 위로 바짝 끌려 올라가 만화책에서 그대로 튀어나온 인물 같았다. 모두 그 모습에 "미친놈아, 뭐하는 짓이야"라며 배를 잡고 웃었다.

희한하게도, 야자 감독 선생님도 그런 호웅이에게 주의를 주지 않았다. 야자가 다 끝나 갈 때여서 그랬는지도 모르지만.

호웅이는 아마 그런 식으로 그날의 눈물을 털어 버리고 싶었던 것 같다.

(……아니면 아이들로부터 인기를 되찾는 길이 그것뿐이었는지도.)

4

학교는 보름을 버티지 못했다.

젊은 선생님들이 학교를 돌아다니며 붙어 있던 벽보를 뗐다. 검찰 수사관들이 교무실에서 종이 상자로 몇 개 분량이나 되는 서류를 압수해 갔다. 교장과 교감이 바뀌었다. 교감은 두 사람 모두 교체됐다. 학교 홈페이지에 재단 이사장 명의로 사과문이 올라왔다.

기자들은 더 이상 학교에 찾아오지 않았다. 바뀐 교장과 교감은 며칠 동안 급식실에 내려와 문신 있는 형님 대신 집게와 국자를 들고 배식을 했다. 새 교무교감은 기준이, 주원이, 나를 교감실로 불러 그동안 우리 학교 급식에 문제가 있었다고 생각한다, 급식실은 리모델링할 계획이다, 앞으로 잘해 볼 테니 너희도 도와주길 바란다고 말했다.

정의가 승리한 거냐고?

……천만의 말씀.

재단 이사장 명의의 사과문은 학교 홈페이지에 딱 사흘 걸려 있었다. 학교는 그걸 학부모들에게 문자 메시지로 보내지 않았다. 언론용이었다.

새로 바뀐 교장은 전날까지 세영중학교에서 교장을 하던 사람이었다. 그리고 전날까지 세영고등학교 교장을 하던 사람이 중학교 교장이 되었다. 두 교장이 그냥 서로 자리만 바꾼 것이었다.

새 교무교감은 행정실장이었던 이사장 아들이었다. 머리가 벗어진 전 교무교감은 행정실장으로 강등되었다. 어차피 그가 하는 일은 달라지지 않았다.

조리사나 영양사는 충원되지 않았고, 이제 1학년과 2학년이 번갈아 가며 당번을 정해 배식 형님을 돕는 시스템이 정착되었다.

결과적으로, 이사장은 아무 책임도 지지 않았고 어떤 손해도 입지 않았다. 교장과 교감은 형식적으로나마 자리에서 물러났는데, 이사장은 그런 것도 없었다. 오히려 배식 형님한 명분의 인건비를 절감하게 됐다.

(……나는 이런 구체적인 사실들은 어머니에게 알리지 않았다. 어머니에게는, 그냥 정의가 승리한 것처럼 이야기했다.)

그러나 이 모든 일들보다 훨씬 더 내 마음을 괴롭힌 것은, 아이들이 이제 호웅이를 투명인간 취급한다는 사실이었다. 이미 경험해 봤기에, 나는 호웅이가 위축되어 있는 걸 알아차릴 수 있었다. 몇 번은 그 녀석에게 말을 걸어 보려 하기도 했다. 그러나 호웅이는 자존심이 센 놈이어서, 내 호의에 관심이 없는 척했다.

새 학생교감은 예전 교무부장이었다. 그는 학생교감이 되고 며칠 뒤 보충수업 시간에 3학년들을 전부 세미나실에 불렀다. 미리 준비된 파워포인트 화면에는 '수시 면접 예상 질문 총정리'라는 제목이 올라와 있었다.

학생교감은 아마 이날 '수시 면접에서 우리 학교 비리 의혹에 대한 질문을 받으면 어떻게 대답해야 할지'에 대해 우리에게 말해 주고 싶었던 것 같다. (학교에 문의 전화를 해 온 수험생 학부모들이 여럿 있었다는 이야기도 나중에 전해 들었다.) 그런데 차마 제목을 그렇게 붙일 수는 없어서 에둘러 간 것 같았다.

학생교감이 제시한 지침은 '무조건 피하라'는 것이었다. 개인적으로는 급식을 잘 먹었다, 비리가 있었는지 학생으로서는 알 수 없다, 아직 명확히 사실 관계가 밝혀지지 않았으니 지켜봐야 한다……. 좋은 요령이라고 생각했다. 하지만 학생교감이 그렇게 말하니 웃겼다.

(우리는 그렇게 대답할 수 있지만, 당신은 그러면 안 되지 않나? 비리가 있었는지 없었는지, 검찰 수사 결과가 나와야 알 수 있다고? 당신이?)

호웅이가 혼자 앉아 있는 걸 보고 나는 자습실로 들어갔다. 호웅이는 흘끗 나를 쳐다보고는 말없이 제 자기소개서 출력물로 눈을 돌렸다.

"대두, 어제 K대 면접 봤다며? 거기선 질문 뭐 나왔어?"

나는 호웅이에게서 조금 떨어진 자리에 앉으며 물었다.

"별다른 거 있었겠냐. 다 똑같지."

호웅이가 우물거리는 말투로 대답했다.

"기준이는 H대 합격했다더라."

내가 말했다.

"들었어."

호웅이가 고개를 까닥했다.

11월이었다. 수시에 합격한 아이들은 학교에 나오지 않았다. 학교도 딱히 그 학생들을 결석 처리하지 않았다. 합격 소식을 듣는 순간 그 자리에서 짐을 싸서 집에 가는 아이도 있었다. 하지만 기준이는 그러지 않았다.

그 대신 기준이는 그날부터 학교를 다니며 '새 급식실 환경을 위한 학생 의견 조사'라는 걸 벌였다. 급식실 리모델링을 약속한 교무교감이 기준이에게 "학생들 의견도 적극 수렴하겠다"고 말했다. 빈말이었을 테지만 기준이는 인터뷰 용지를 만들어 중학생부터 고등학생까지 다양한 학생을 만나 아이디어를 구했다.

기준이는 그냥 멋있는 녀석이었다. NGO학과 얘기가 나왔을 때 그 녀석이 왜 울컥했는지도 알 것 같았다.

주원이는 수시 서류 전형을 통과한 학교가 두 군데였는데, 그 두 군데 대학 모두에서 불합격 통보를 받았다. 녀석은 별로 기가 죽은 기색도 아니었다. 그냥 "졸라리오, 남자라면 수능이지"라고 말했다.

"면접 연습 도와줘?"

내가 호웅이에게 물었다.

"아니."

호웅이는 고개를 저었다.

나는 자습실에서 나왔다. 그리고 화장실에 오줌을 누러 갔다가 세면대 아래 양동이에 놓인 고무장갑을 보고, 그걸 집어 들었다.

고무장갑을 머리에 쓰고 자습실에 들어간 나를, 호웅이는 태연하게 무시하려 했으나 잘 되지 않았다. 결국 웃음을 터뜨렸다.

"미친놈아, 뭐하는 거야. 집중 안 되게."

나는 낄낄 웃으며 고무장갑을 벗으려 하다가 아파서 비명을 질렀다. 손가락이 있는 부분을 확 잡아당겼는데, 고무에 찰싹 달라붙은 피부가 그대로 위로 끌려 올라가려고 했다.

"아오! 아오!"

"야, 그거 그렇게 벗으면 안 돼. 이리 와 봐."

고무장갑 벗는 걸 호웅이가 도와주었다. 우리는 한동안 말없이 앉아 있었다. 나는 고무장갑의 손가락을 잡아당겼다 놓으며 딱, 딱, 하는 소리를 냈고 호웅이는 볼펜을 복잡한 궤도로 빙글빙글 돌렸다.

"어제 K대 교수가 너희에 대해서 묻더라."

호웅이가 불쑥 말했다.

"뭐? 면접에서? K대 교수가 우리를 어떻게 알아?"

나는 깜짝 놀랐다.

"방에 들어가서 자리에 앉자마자 '자네 세영고 다니는군' 하더라고. 그 K대 교수 되게 유명한 사람이야. 신문에 엄청 보수적인 칼럼 쓰거든. 그래서 각오는 단단히 했는데, 정말 생각지도 못한 걸 묻더라고."

"무슨 질문이었는데?"

"학교에서 전단 돌린 학생들에 대해 아느냐고, 그 학생들이 그런 일탈 행위를 저지르게 된 배경에 대해 논해 보라는 거야."

내가 입을 떡 벌리고 있는 동안 호웅이는 큭큭, 웃었다.

"그래서 뭐라고 했어?"

"대답을 못 했어. 너무 어이가 없는 질문이라……. 그랬더니 또 묻더라고. 학생들의 일탈 행위를 교권 추락과 연관지어서 논해 보라고. 그건 더 말이 안 되는 얘기 같아서 또 대답을 못 했지. 그렇게 앉아 있다가 나왔어."

"……미안해."

"뭐가?"

"우리 때문에 면접을 망쳐서."

"그게 왜 너희 때문에 망친 거냐? 그런 좆같은 질문을 한 교수 새끼가 개노답이지. 그리고, 남자라면 원래 수능이야.

수시 따위, 흥."

할 말이 없어진 나는 다시 고무장갑의 손가락을 잡아당겼다 놓으며 딱, 딱, 하는 소리를 냈다. 호웅이가 말을 이었다.

"그리고 난 너희가 일탈 행위를 저질렀다고 생각하지 않아. 돌이켜 보면 기준이가 옳았어. 다만……."

"다만?"

"모르겠어. 세상은 참 복잡하다는 생각이 들어. 사람마다 다 각자의 사정이 있어. 나도 만약……."

호웅이는 말을 흐렸다. 나는 그냥 고개를 끄덕였다. 나도 세상이 이런 복잡한 사정들로 가득한 곳인 줄은 몰랐다. 나는 그냥 기준이가 하는 말이 그럴듯하고, 눈앞의 불의에 맞서고 싶었기에 전단을 돌리겠다고 한 거였다. (만약 다시 그때로 돌아가 기준이의 전화를 받는다면 뭐라고 말해야 할까? 앞으로 또 그런 기로에 서게 되면 어떻게 행동해야 할까? 기준이는 자기가 어떤 일을 벌이는 건지 그때 알고 있었을까? 만약 어머니가 우리 학교 선생님이었다면…… 나는 어떻게 행동했을까?)

"사형 제도니 안락사니 하는 케케묵은 문제로 토론하는

건 그냥 찬반 양측 의견을 책 보고 외우면 되지 않아? 진짜 수시 전형 면접 평가에서 어떤 시사 문제가 질문으로 나오더라도 막힘없이 대답할 수 있는 능력과 기술을 키워야지."

시사토론 동아리 부원을 모집하면서 기준이가 말했다.

"꼭 시사 문제로 토론해야 돼? 어차피 지금 시의성 있는 주제라도 10월, 11월이 되면 다 지난 이슈일 거 아냐. 그보다 진짜 아무도 생각 못 한 주제로 토론을 해 보는 게 어때?"

호웅이가 말했다.

"예를 들어?"

"왜 이는 매일 닦아야 하는데 코딱지는 파면 안 되는가."

"뭐여, 더럽게."

내가 말했다. (코딱지를 파면 안 되는 거였나?)

"아니면 새들은 나는 게 재미있을까."

호웅이가 말했다.

"당근빠침 재미없겠지. 걔들은 그게 노멀 모드인데. 사람이 걷는 게 재미있지는 않잖아."

주원이가 말했다.

"걔네들한테는 나는 게 오히려 힘든 일 아닐까? 비둘기들 보면 날아도 되고 걸어도 될 때는 걸어가잖아. 그렇게 오래 걷다 보면 타조나 닭처럼 되는 거 아닐까?"

기준이도 끼어들었다.

그랬다. 시사토론 동아리 최초의 토론 주제는 '새들은 나는 게 재미있을까'였다. 처음에는 농담처럼 시작했는데, 나중에는 진지해졌다. 하긴, '박쥐가 된다는 것은 어떤 것일까'라는 유명한 철학 논문도 있다지 않은가.

그 최초의 토론으로부터 팔 개월이 흘러, 지금 나는 이렇게 생각한다. 나는 게 새들에게 일상적인 일은 아닐 거라고. 비행에 최적화된 기관이 있다고 해서, 또 자주 날아다닌다고 해서, 새들이 비행에 별 감흥을 못 느낄 거라고 단정할 수는 없다.

나는 외려 새들이 날 때 상당한 기쁨을 맛볼지도 모른다고 추측한다. 너무 어린 새나 늙은 새, 다친 새는 날 수 없다. 많은 새들이 날 수 있는 힘이 있지만, 실제로 그 힘을 발휘할 수 있는 때는 한정되어 있다. 놓칠 수도 있었던 잠재력을 깨닫고 목적에 걸맞게 쓴다는 것은 무척 즐거운 일 아닐까?

행정실장이 된 옛 교무교감이나, 유체 이탈 화법을 쓴 학생교감을 보며 내가 왜 이마를 찌푸렸는지, 이제는 설명할 수 있다.

그것은 사람의 잠재력과 관련이 있다. 사람은 대부분 옳고 그름을 분간하고, 그른 것을 옳게 바꿀 수 있는 능력이 있다. 그러나 모든 사람이 그 능력을 실제로 사용하는 것은 아니다.

행정실장과 학생교감은 날지 않는 새들 같았다. 마지막으로 날아 본 적이 언제인지도 모를 비둘기들이었다.

나는…….

(어머니는 세상에는 정말 불의가 많고, 그 무수한 불의를 혼자서는 도저히 다 바로잡을 수가 없다고 했다. 그러면서 '세상을 조금씩 바꿀 수 있는 기회는 나에게도 점점 더 많이 생길 것'이라고 했다. 그렇다면 언제 그 기회가 올까? 내게 맞는 기회가 왔다는 것을 어떻게 알 수 있을까? 직접 덤벼 보기 전에 그게 내게 적당한 기회인지 과연 알아챌 방법이 있을까?)

• 이 소설은 2015년 서울 한 고교의 급식 비리 의혹 사건을 모티프로 삼았습니다. 그러나 소설 속 묘사는 해당 학교에서 실제로 벌어진 일과는 전혀 다릅니다.

환한 밤

김아정

밤이면 가로등 불이 켜졌다. 나는 2층 야자실 가장 어두운 자리에 앉아 있었다. 구석이라 형광등 불빛이 잘 닿지 않을 뿐더러 창문 옆이라 나무 그림자가 언제나 시커멓게 드리워 있었다. 가로등은 나무 옆에 나란히 서 있었다. 가로등이 나무 옆에 세워진 것인지, 나무가 가로등 옆에 심긴 것인지 알 수 없었다. 주홍빛으로 물든 잎사귀를 멀거니 바라보며 조만간 둘 중 하나가 뽑힐 거라 짐작할 뿐이었다.

책상에 엎드려 꾸벅 졸고 있다가도 등 뒤의 환한 주홍색 불빛에 정신이 번쩍 들곤 했다. 밤이라고 하면 흔히들 짙은 어둠을 떠올리곤 하지만 나에게 밤은 주홍색 가로등 불빛이었다. 가로등 불빛 속에서 나는 그렇게 저녁잠에서 깨, 밤의 시작을 온몸으로 맞이하곤 했다.

잠시 영어 문제집을 뒤적이는데 누군가 탁 하고 창문을 두드렸다. 뒤를 돌자 시커먼 나방 떼가 보였다. 서울의 나방들과 달랐다. 강원도 산에서 나고 자란 드세고 묵직한 녀석들이었다. 무리 속에서 퍼덕거리던 한 마리가 튕겨 나와 유리창에 부딪히며 떨어졌다. 창문에 나방의 잿빛 비늘가루가 묻어났다. 주변에 앉아 있던 여자애들이 나방 떼를 가리키며 눈살을 찌푸렸다. 두 자리쯤 떨어져 있는 재희와 눈이 마주쳤다. 재희는 내가 전학 오고 처음이자 마지막으로 말을 섞은 아이였다. 나는 재희의 눈길을 피해 다시 영어 문제집으로 돌아와 내일 있을 영어 수행평가 문제를 천천히 곱씹었다.

십 분도 채 안 되어 영어 문제집을 도로 덮었다. 영어 문장들이 도통 머리에 들어오지 않았다. 문장들을 하나씩 따라 읽을 때마다 어젯밤 엄마의 말이 불쑥 끼어들었다. 씻고 방으로 들어가려는데, 거실 한가운데 서 있던 엄마가 나를 불러 세웠다.

"급식 혼자 먹니?"

등골이 서늘해지다가 천천히 숨이 죄어들었다. 나는 뒤돌지 못했다. 엄마와의 대화란 언제나 말다툼이었다. 나에게 엄마의 말은 충고가 아닌 잔소리였고, 엄마에게 나의 말은 대답이 아닌 말대꾸였다. 한참 잔소리와 말대꾸가 오가다 끝내 내가 침묵을 택하는 것으로 대화는 종결되곤 했다.

급식을 혼자 먹느냐는 엄마의 물음은 대답하기 어려웠다. 나는 침묵했다. 대답을 미루고 침묵을 택한 것이 아니었다. 대답을 잃자 남은 게 침묵뿐이었다. 엄마에게 등을 돌린 채 멀거니 서서 나는 한참 동안 대답을 찾아 머릿속을 헤맸지만 끝내 아무런 문장도 만들어 내지 못했다.

야자가 끝나고 집으로 돌아가는 길, 나는 집과 학교를 두고 무엇이 더 싫은지 무게를 달았다. 오른발을 뗄 때면 집이 더 싫었고 왼발을 뗄 때면 학교가 더 싫었다. 최대한 느릿느릿 걸었지만 어느새 읍내를 지나 강다리를 건너 할머니 집이 있는 주택가로 접어들고 있었다.

내게 할머니 집은 그저 아빠가 나고 자란 고향으로, 설이나 추석에 가끔 들르던 곳이었다. 방은 세 개나 있었지만 침대도 하나 넣을 수 없을 정도로 좁았고, 벽지에는 곰팡이들이 다닥다닥 자라나고 있었다. 또한 여름에는 들끓는 날벌레를 잡느라, 겨울에는 지붕 가득 쌓인 눈을 치우느라 애를 먹어야 했다. 그러다 보니 명절에 들러도 할머니 집에서 자고 가는 일이 드물었다. 강원도지만 서울과 가까워 밤늦게

라도 부모님은 집으로 돌아가기 위해 자리에서 일어났다. 나 역시 자꾸만 자고 가라고 내 손목을 붙잡는 할머니의 손길이 불편했다.

　서울로 돌아가는 새벽, 아빠는 운전을 하며 조수석에 앉은 엄마에게 할머니 집에 대해 이따금씩 얘기했다. 그때마다 나는 뒷좌석에서 옆으로 쓰러져 누워, 눈을 감고 둘의 대화를 가만히 귀담아들었다. 할머니가 살고 있는 주택가가 재개발에 들어갈지도 모른다는 얘기였다. 아빠는 아는 친구를 통해 얻은 귀한 정보라며 힘을 주어 말했다. 근래 오른 자신의 고향 땅값에 대해서도, 서울과 고향을 잇는 새 고속도로 공사에 대해서도 덧붙였다.

　작년 추석, 여느 때와 같이 자정을 넘겨 서울로 돌아가고 있었다. 아빠가 다시 할머니 집에 대해 얘기했다. 재개발 얘기는 더 듣고 싶지 않아 돌아누우려는데 어쩐지 얘기가 이상하게 흘러갔다. 아빠는 무슨 얘기부터 해야 할지 모르겠다며 할머니네 집 재개발이 유언비어였다는 것부터 밝혔다. 몇 번 숨을 고르더니 이번에는 서울에 있는 우리 집 얘기를 꺼냈다. 집을 담보로 대출을 받아 사업을 벌였는데 그게 잘 안된 모양이었다. 빚이 청산되는 동안만, 당분간만 할머니 집에 가 있어야 할 것 같다고 아빠가 덧붙였다. 엄마가 아무런 대답 없이 숨을 몰아쉬더니 난데없이 아빠의 멱살을 잡았다. 그 바람에 하마터면 맞은편에서 달려오던 트럭과 충돌할 뻔했다. 아빠는 갓길에 차를 세웠다. 아빠와 엄마는 서로를 향해 언성을 높였다. 나는 가쁜 숨을 고르며 지그시 귀를 막았다. 둘의 목소리가 물에 잠긴 듯 먹먹하게 귓전을 때렸다.

할머니 집은 좁은 골목을 헤쳐 가야 했다. 이사 날, 가족들은 차에서 내려 저마다 짐을 이고 좁은 골목을 열 번씩은 오갔다. 할머니 집 대문은 페인트칠이 벗겨져 군데군데가 시커멓게 녹슨 파란색 철문이었다. 문을 여닫을 때마다 끼익 하는 녹슨 소리가 났는데 나에겐 꼭 비명처럼 들렸다.

여고는 근처 같은 이름의 여중에 다니던 애들이 거의 그대로 올라오는 식이었다. 상고나 농고로 빠져나간 일부 아이들의 자리는 더 먼 시골 중학교를 졸업한 애들이 채웠다. 다들 이미 서로를 잘 알고 있었다. 입학식이 열리는 강당에서 나는 내내 혼자 서 있었다. 낯을 가리기도 했고 원래 말이 없는 성격이기도 했다. 교실에 들어가서도 줄곧 혼자 휴대전화만 만지작거렸다. 재희를 처음 만난 건 음악실에서였다. 재희는 내 오른쪽에 앉았다. 앞줄에 앉은 아이와도, 뒷줄에 앉은 아이와도 친해 보였다. 몇몇 아이들이 피아노에 달라붙어 건반을 두드려 댔다. 천천히 음악책을 넘겨 보고 있는데 시끄러운 피아노 연주 소리를 헤집고 재희가 내게 큰 소리로 물었다.

"근데 너는 어디 중학교야?"

나는 머뭇거리다가 서울에서 왔다고 대답했다. 서울에서 왔다는 말에, 앞줄에 앉은 아이도 나를 돌아다보았다. 주변에 앉은 아이들이 저마다 서울에 대해 한마디씩 물었다. 서울 어디 살았는지, 서울 공학은 어떤지, 서울 남자애들은 어땠는지, 예쁜 여자애들은 많았는지, 서울 날라리들은 어땠는지, 서울에서는 주말에 뭐하고 노는지, 그래서 서울 애들은 공부를 잘하는지 등 끊임없이 질문이 쏟아졌다.

재희가 휴대전화 번호를 교환하자고 했다. 나는 망설였다. 요금이 몇 달째 밀려, 전화와 문자가 정지된 상태였다. 엄마는 내 휴대전화 요금보다 전기세와 가스비가 먼저라고 했다. 나는 재희에게 끝 번호 하나를 다르게 알려 주었다. 휴대전화 요금을 내고 난 뒤 정지가 풀리면, 그때 다시 제대로 번호를 알려 주면 된다고 생각했다.

사흘 동안 나는 재희를 비롯해 재희의 친구들과 함께 점심을 먹었다. 급식실에서도 애들은 내게 계속해서 질문을 쏟아 냈다. 나는 밥이 코로 넘어가는지 입으로 넘어가는지도 모르게 밥을 먹었다. 애들 질문에 호응해 주느라 안 가 본 곳도 가 봤다고 하고, 안 해 본 것도 그냥 해 봤다면서 조금씩 말을 지어냈다. 북촌도 가 본 적 없고 홍대도 가 본 적 없지만, 홍대의 버스킹 공연도 좋았지만 북촌의 조용한 풍경이 더 마음에 들었다고 둘러대기도 했다. 그때마다 재희는 무표정한 얼굴로 나를 빤히 바라봤고 나는 나도 모르게 그런 재희의 얼굴을 슬쩍 피해 버렸다.

셋째 날 점심시간이었다. 재희가 내 자리로 다가오더니 매점에 가자고 했다. 아이스크림이 먹고 싶다고 했다. 매점에서 재희는 크런키바를 골랐다. 나는 딱히 아이스크림이 먹고 싶지 않았지만 잠깐 고민하다 멜론 맛 아이스크림을 골랐다. 재희가 크런키바를 입에 물더니 매점 앞 벤치에 앉았다. 재희가 옆에 앉으라며 손짓했다. 재희와 단둘이 있는 것은 처음이었다. 아이스크림을 손에 쥐고 나는 멍하니 허공을 응시했다. 아직 꽤 쌀쌀했다. 교실로 돌아가고 싶었다. 재희와 단둘이 있고 싶지 않았다. 재희가 크런키바를 한입 베어 물고는 대뜸 내게 물었다.

"근데 여긴 왜 왔어?"

나는 어색하게 웃으며 "응?" 하고 되물었다. 재희는 집요했다. 서울에서 여기까지 어쩌다가 왔어? 잠시 머뭇거리다가 아버지가 고향에서 사업을 시작하게 됐다고 대충 얼버무렸다. 내 대답이 끝나기가 무섭게 재희가 다시 질문을 몰아붙였다. 그래? 무슨 사업? 거기까진 나도 잘 몰라. 읍내 산댔나? 아니, 다리 건너서 주택가 쪽. 나는 기어 들어가는 목소리로 답했다. 웬 주택가? 그 판잣집 많은 곳? 재희의 질문에 점점 숨이 막혔다. 손에 든 멜론 맛 아이스크림이 무릎 위로 뚝뚝 흘러내렸다. 무릎에 묻은 아이스크림을 손으로 급하게 닦아 내는데 재희가 다시 물었다. 근데 너 말이야, 교복 물려받았니? 재희가 집게손가락으로 내 조끼를 추켜올렸다. 사실이었다. 아빠 친구 딸이 입던 교복을 물려 받은 거였다. 그러다 보니 요즘 애들이 입는 브랜드 교복과 디자인이 조금 달랐다. 이 문제로 나는 엄마와 툭하면 싸웠다. 엄마는 내게 철이 없다고 했다. 나는 조금 철이 없더라도, 그래도 새 교복을 입고 싶었다. 뭐라고 대답할까 곰곰이 궁리하다, 아버지 친구가 맞춤 교복점을 운영하는데 거기서 산 교복이라고, 그래서 디자인이 좀 다른 거라고 구구절절 설명했다. 잠깐 사이 아이스크림이 교복 치마 위로 줄줄 흘러내리고 있었다. 나는 아이스크림을 조금 멀찍이 들었다. 바닥으로 뚝뚝 떨어지는 녹색 크림 덩어리를 멍하니 내려다봤다. 재희는 팔짱을 끼더니 주머니에서 휴대전화를 꺼냈다. 근데 너 내 문자 씹었더라? 나는 잠시 망설이다가 문자 같은 거 안 왔는데? 하고 되물었다. 너 번호 이거 아냐? 재희는 내가 잘못 알려 준 전화번호를 따박따박 댔다. 나는 떨리는 목소리로 끝번호가 1이 아니라 2라고 말했다. 재희는 즉시 내 전화번호로 전화를 걸었다. 점점 숨이 차올랐다. 당연히 내 휴대전화는 울리지 않았다. 재희가 고개를 갸웃했다. 너 휴대전화 정지되었다는데? 거기서부터 나는 더 이상 아무런 말도 하지 못했다. 손에 든 아이스크림을 그대로 바닥에 떨어뜨리고 말았다. 재희가 크런키바를 핥으며, 나를 위아래로 훑었다.

"왜 자꾸 거짓말해?"

나는 자리에서 벌떡 일어섰다. 아이스크림이 무릎을 타고 흘러 양말까지 적셨다.

"나도 너랑 같은 동네 살아. 가난한 게 뭐 어때? 나도 예전에 요금 못 내서 정지 먹은 적 있어. 이게 뭐 별거라고. 그냥 솔직하게 말하면 되잖아?"

나는 재희의 말을 뒤로 하고 화장실을 향해 뛰어갔다.

"왜 자꾸 거짓말하는데?"

재희가 뒤에서 소리쳤다. 나는 뒤돌아보지 못했다. 화장실에서 교복 치마가 흠뻑 다 젖도록 몸에 묻은 아이스크림을 씻어 냈다. 왜 자꾸 거짓말하는데? 재희의 마지막 말은 이후로도 계속해서 머릿속을 맴돌았다.

거짓말을 들킬까 봐 불안에 떠느니, 차라리 혼자 지내는 쪽이 맘 편했다. 아이들이 옹기종기 모여 떠드는 쉬는 시간이면 나는 조용히 서랍에서 책을 꺼내 읽었다. 재희와 맞닥뜨려야 하는 음악시간에는 생리통 탓을 하며 몰래 보건실에 누워 있기도 했다. 가장 걸리는 건 점심시간이었다. 재희네 무리가 나를 부르면 어쩌나 했는데, 재희가 애들에게 뭐라고 얘길 했는지 아무도 그 이후로 내게 말을 걸지 않았다.

처음에는 그 애들에게 어쩌면 괴롭힘을 당할 수도 있겠다 싶어 재희네 무리를 한동안 피해 다녔다. 하지만 그건 내 과대망상이었다. 그 애들은 나에게 일말의 관심도 없었다. 자기들끼리 웃고 떠들며 놀기 바빴다. 교실에서도 이따금 나와 눈이 마주치는 건 재희뿐이었다. 나는 재희가 아직도 가끔 나를 슬쩍 쳐다보는 것이 소름끼쳤다.

혼자 밥을 먹는 건 쉽지 않았다. 처음 며칠은 굶었다. 매점에서 빵으로 때우기도 했다. 언제까지나 굶을 순 없었다. 학교 애들이 급식을 다 먹을 즈음에야 느지막이 급식실을 찾아가곤 했다. 그것도 잠시, 곧 익숙해진 나는 어느샌가 아무

렇지 않게 반 애들에 끼어 급식실로 몰려갔다가 이내 혼자
자리에 앉아 밥을 먹었다. 아무렇지 않게 내 옆에 앉아 밥을
먹는 애들도 있었지만 이따금 내 옆을 피해 한 칸 자리를 비
우고 앉는 애들도 있었다. 항상 음식을 너무 오래 씹는다고
엄마에게 잔소리를 듣곤 했던 내가, 그렇게 조금씩 밥을 빨
리 먹는 법을 터득해 나갔다.

　내가 급식을 혼자 먹는 것을 엄마가 어떻게 알았을까, 하
는 의문이 끊이질 않았다. 담임일까? 담임이 만약 내가 혼
자 다니는 것을 문제 삼았다면 나와 먼저 상담을 하지 않았
을까. 게다가 담임은 내가 혼자 지내는 것을 크게 문제 삼지
않았다. 내가 딱히 괴롭힘을 당하는 것도 아니었으니까. 반
에서 버릇없이 굴며 사고를 치는 문제아들은 많았다. 담임
눈에 나는 그저 혼자 다니는 조용한 애 정도에 불과했다.
　골목길에 다다르자 집으로 향하는 발걸음이 더욱 무거워
졌다. 드문드문 서 있는 골목길 가로등 불빛을 마주칠 때마
다 내 시커먼 그림자가 앞을 가로막았다. 재희의 말이 문득
생각났다. 재희도 이 동네 어딘가 산다고 했다. 재희가 소문
을 내고 다녔을까. 언제부턴가 나도 모르게 재희가 하는 말

에는 유독 주의를 기울였는데 재희는 필요한 말이 아닌 이상 굳이 입을 열지 않았다. 다만 이따금 입을 열 땐, 나에게 그랬듯 대못 같은 말들을 상대에게 아무렇지 않게 탕탕 박아 넣었다. 재희가 반 아이들에게 나에 대해 떠들어 댄 건 딱히 없는 듯했다. 내가 서울에서 살다 왔다는 걸 아직 모르는 애들도 많았다.

멀리 파란 대문에서 끼익 하는 비명 소리가 났다. 누가 나오는가 싶어, 나도 모르게 전봇대 뒤로 몸을 숨겼다. 바람에 대문이 흔들리고 있었다. 어젯밤 엄마의 말이 더욱 선명하게 들려왔다. 비명이 튀어나올 것만 같았다. 근처 어디 산에라도 들어가서 내 안에 아무 소리도 남지 않도록 비명을 지르고 싶었다. 적어도 지금 이 순간만큼은 학교보다 집이 더 싫었다. 엄마의 입에서 나올 다음 말들을 듣고 싶지 않았다. 아침에도 엄마와 마주칠까 밥도 안 먹고, 평소보다 십여 분 일찍 집에서 나왔다. 안방에서 출근 준비로 분주한 엄마를 뒤로하고 부엌에서 나물을 다듬던 할머니에게만 얼른 인사를 하고 나왔다.

엄마는 오래도록 꽃집 점원이었다. 이곳에 이사를 오고 나서도, 아빠 친구의 소개로 근처 화원에 아르바이트를 나가고 있었다. 가게에서 엄마는 꽃다발도 만들고 화분에 꽃도 심었다. 그러다 보니 집에도 항상 꽃이 많았다. 서울에서 살 때, 엄마는 이따금 집에 손님들을 초대해 베란다로 데려갔다. 시들고 병든 화분은 미리 세탁실 안쪽 깊숙한 곳에 치워 두곤 했다. 잘 가꿔진 화분들만 앞에 내놓았다. 사람들로부터 이런저런 칭찬을 받으며 엄마는 수줍게 웃었다.

화분을 내놓듯, 엄마는 나 역시 사람들 앞에 내놓았다. 나는 낯가림이 심해, 손님들에게도 인사만 겨우 내뱉곤 했다. 그때마다 엄마는 뒤에서 내 등을 꼬집으며 조용히 말했다.

"웃어. 어깨 좀 펴고. 씩씩하게, 응?"

그래도 엄마의 손님이니까 나 역시 최대한 예의를 갖추려고 노력했다. 엄마가 자기 취향에 맞춰 멋대로 사 온 옷도 참고 입고, 교사를 꿈꾼 적이 단 한 번도 없지만 교대를 목표로 공부 중이라는 엄마의 말에도 잠자코 고개를 끄덕였다. 엄마는 이제 내 감정, 성격까지 멋대로 주무르려 들었다. 나는 씩씩하지도 웃음이 많지도 않았다. 나는 그냥 조용하고 말이 없는 아이였다. 내가 왜 씩씩하고 웃음이 많은 아이가 되어야 하는지 알 수 없었다. 나는 엄마의 꽃이 아니었다.

열다섯 살 무렵, 여느 때와 같이 손님들이 집에 찾아왔다. 나는 시험공부를 한다는 핑계를 대며, 방문을 걸어 잠갔다. 인사는 해야지, 엄마가 소리치며 내 방문을 두드렸다. 나는 싫다고 소리쳤다. 거실에 있던 다른 사람들도 내 목소리를 다 들었을 거였다. 누군가 엄마에게 저 때는 다 그런 거라며, 그냥 내버려 두라고 했다. 엄마에게 말대꾸를 시작한 게 아마 그때부터였던 것 같다. 그날 이후 나는 싫다는 말을 밥 먹듯 내뱉었다. 엄마와의 대화가 자꾸만 말다툼이 되어 갔다. 그즈음부터였다. 엄마는 나를 더는 손님들 앞에 내놓지 않았다. 그 대신 나를 미리 내 방 안쪽 깊숙한 곳에 치워 두곤 했다. 어젯밤 거실 한가운데 서 있던 엄마의 모습이 얼핏 떠올랐다. 엄마의 떨리는 목소리. 엄마는 나를 부끄러워하고 있었다. 이제 엄마에겐 세탁실 안쪽 깊숙한 곳보다 더욱 눈에 띄지 않는 그런 곳이 필요할 거였다.

왔던 길을 되돌아 걸었다. 골목길을 돌아 나와 주변을 살폈다. 주머니 속 휴대전화를 만지작거리며 동네를 빙글빙글 돌았다. 친구 집에서 자고 간다고 문자라도 한 통 남기고 싶지만 휴대전화는 여전히 정지 상태였다. 집에는 못 들어가겠고 집 주변만 계속해서 배회했다. 난생 처음 가 보는 길을 무작정 따라 걷다가 가로막혀, 다시 길을 찾아 이리저리 헤매기도 했다. 마주치는 가로등마다 나방 떼가 다닥다닥 달라붙어 있었다. 이대로 밤새 산책을 할 수도 있지 않을까, 하는 생각이 스쳤다.

강다리를 향해 걸어가고 있는데 저 멀리 환한 불빛이 어른거렸다. 공터 쪽이었다. 가끔 동네 꼬맹이들이 모여 축구를 하거나, 동네 할머니들이 돗자리를 펴고 고추나 나물 같은 것들을 말리는 곳이었다. 나도 모르게 불빛을 향해 다가갔다. 공터 울타리 위로 불꽃이 솟구치고 있었다. 얼굴이 보이지 않게 고개를 숙이고, 울타리에 바싹 붙어 공터 안을 몰래 엿봤다. 남고 교복을 입은 남자애들이 다섯 명, 여고 교복을 입은 여자애들이 두 명이었다. 교복 명찰을 떼고 있어서 몇 학년인지 알 수 없었다. 애들은 불꽃 주변을 맴돌며 자기들끼리 주저리주저리 떠들어 댔다. 한 남자애는 뭐가 그렇게 신나는지 자꾸만 펄쩍거리며 뛰었다. 주변에 둘러앉은 애들이 불 속으로 뭔가를 계속해서 던져 넣었다. 종이 뭉치 같은 것이었다. 뭘 태우는 거지, 살펴보는데 문득 그 반대가 아닐까 싶었다. 그냥 불을 피우기 위한 땔감이 아닐까.

나는 혹여나 애들에게 들킬까 더욱 몸을 숙였다. 여고 교복을 입은 여자애 중 하나가 재희와 겹쳐 보였다. 재희는 아니었다. 재희와 닮은 듯, 닮지 않았다. 왜 자꾸 재희 생각이 나는 건지 머리가 아팠다. 자리에서 일어났다. 그러다가 앞에 서 있던 운동복 차림의 아주머니와 맞닥뜨렸다. 집 앞 골목길에서 이따금 마주치던 아주머니였다. 나는 뒤로 주춤 물러섰다. 아주머니가 나를 가만히 바라보더니 울타리 너머를 가리켰다.

"쟤들이랑 친구니?"

나는 고개를 가로저었다. 그러고는 아주머니를 스쳐 강다리 쪽을 향해 빠르게 걸었다. 아주머니는 집에 안 가고 어딜 가느냐고 물었다. 나는 잠시 주춤거리다가 슬쩍 뒤를 돌아봤다. 오늘 친구 집에서 자기로 했다고 말했다. 아주머니는 고개를 갸웃했다. 더 돌아다니다간 또 누굴 마주칠지 몰랐다. 강다리를 지나는 내내 땅만 내려다보며 걸었다. 강다리를 지나고 나자 내 발걸음은 자연스럽게 학교로 향했다.

교문 앞에 서서 까맣게 불 꺼진, 아무도 없는 빈 학교를 멀거니 올려다봤다. 나는 천천히 운동장을 가로질렀다. 건물 문이 잠겨 있었다. 주변을 살피며 1층 창문들을 하나씩 확인했다. 복도 쪽 창문은 죄다 잠겨 있었다. 교실 쪽 창문들을 확인하다 5반 교실 앞에서 멈췄다. 창문이 열렸다. 메고 있던 가방을 먼저 안으로 밀어 넣고 조심스레 창틀에 올라탔다. 남의 반 교실에 들어오는 것도, 야밤에 학교에 몰래 들어오는 것도 처음이었다. 창문을 걸어 잠그고 5반을 나와 시커먼 복도 위로 발을 내디뎠다. 나는 1반이었다. 1반과 5반은 복도 양끝에 있었다. 어둠 탓인지, 평소보다 복도가 더욱 멀어 보였다. 어둠이 무섭진 않았다. 다만 순찰을 도는 경비 아저씨와 마주치면 어쩌나 싶었다. 교실에 두고 간 게 있어서 잠깐 가지러 왔어요. 아저씨에게 둘러댈 말을 연습했다. 느릿느릿 어둠 속을 걸었다. 학교라는 곳이 이렇게나 조용할 줄 몰랐다. 최대한 조심히 발을 내려놓아도 발소리가 복도 가득 울려 퍼졌다. 가끔 내 발소리에 혼자 섬뜩 놀라 뒤를 돌아보기도 했다. 교실에 도착하자마자 내 자리 위로 푸욱 쓰러졌다. 휴대전화를 꺼내 시간을 확인했다. 자정이 다 되어 갔다.

교실 안은 더웠다. 화장실에서 찬물로 세수를 해도 소용없었다. 결국 교실 창문을 조금 열어 두었다. 창문 사이로 새어 드는 바람을 맞으며 책상에 엎드려 잠을 청했다. 바람을 타고 풀벌레 우는 소리가 교실 가득 울렸다. 대낮에 듣던 매미들의 요란한 울음과는 또 다른 한 편의 잔잔한 자장가 같은 울음이었다. 잠깐 잠이 들었다가 멀리 뚜벅거리는 발소리에 정신이 번쩍 들었다. 복도 쪽 창문 위로 하얀 불빛이 어른거렸다. 경비 아저씨가 복도를 순찰하는 모양이었다. 나는 놀라서 주변을 이리저리 둘러보다, 가방을 끌어안고

냅다 교실 뒤편에 놓인 청소도구함으로 달려갔다. 빗자루들 사이를 비집고 겨우 들어가 조심히 문을 닫았다. 문틈으로 바깥이 비스듬히 보였다. 경비 아저씨가 교실 앞문을 열고 들어왔다. 아저씨는 고개를 갸웃거리더니 창가 쪽으로 뚜벅 뚜벅 걸어왔다. 경비 아저씨가 움직일 때마다 손전등 불빛이 청소도구함을 훑고 지나갔다. 그때마다 눈이 부셔 나도 모르게 눈살을 찌푸렸다. 아저씨는 창문을 단단히 걸어 잠그고는 이내 다시 밖으로 나갔다.

아저씨가 사라지고 난 후에도 나는 한참 동안 청소도구함에서 나오지 못했다. 문득 지난번 대청소 시간에 청소도구함 속에서 주먹만 한 죽은 나방이 나왔던 게 생각났다. 여자애들이 질겁하며 다들 뒤로 도망쳤다. 몇몇 아이들이 빗자루로 죽은 나방을 툭툭 건드렸다. 나방을 구경한다며 옆 반 애들까지 몰려왔다. 나는 아이들 틈에 서서 멍하니 나방을 바라봤다. 나방이 어쩌다가 청소도구함에 들어갔는지, 또 어쩌다가 그 안에서 죽게 됐는지 생각했다. 그때 재희가 나타나 둘둘 만 휴지로 죽은 나방을 덥석 잡아 휴지통에 던져 넣었다. 그러고는 말없이 빗자루를 꺼내 나방이 있던 자리를 쓸었다. 다른 아이들도 눈치를 보다가 저마다 자리로 돌아가 청소를 시작했다. 몇몇은 쓰레기통 주변에까지 모여 내내 나방을 살펴봤다.

나방이 어쩌다가 청소도구함에서 죽어 나왔는지 알 것 같았다. 나도 조금씩 시체가 되어 가는 기분이었다. 이대로 잠들었다간 나방처럼 될지 몰랐다. 반 애들은 질겁하며 도망치고 몇몇은 빗자루로 괜히 툭툭 건드릴 거였다. 그리고 재희가 나타날 거였다. 둘둘 만 휴지로 나를 덥석 잡아 휴지통에 던져 넣을 거였다. 청소도구함 문을 활짝 열어젖혔다. 식은땀이 흘러내렸다. 교복을 탁탁 털며 자리에서 일어났다. 이대로 시체가 되고 싶진 않았다.

목이 말랐다. 정수기는 5반 앞 복도에 설치되어 있었다. 운동화를 벗고 양말만 신은 채 복도로 나섰다. 발소리가 덜했다. 물통에 물을 채우고 있을 때였다. 뒤에서 문 열리는 소리가 났다. 나는 그대로 얼어붙었다. 물을 받다 말고 천천히 물통 뚜껑을 닫았다. 머릿속이 하얘졌다. 내 옆으로 하얀 팔 하나가 쑥 들어왔다. 나는 옆으로 주춤 물러섰다. 눈이 커다란 단발머리 여자애가 컵에 물을 따르고 있었다. 김영지, 나와 같은 빨간색, 1학년 명찰이었다.

"물 먹는 거 처음 봐?"

영지가 나를 보며 말했다. 영지의 목소리에 놀라 나도 모르게 검지를 입술에 갖다 댔다. 영지가 피식 웃었다.

"경비 아저씨도 지금은 자러 갔을걸?"

영지의 말에 가만히 고개를 끄덕였다. 그만 반으로 돌아
가려는데 영지가 나를 잡아끌었다.

"배고프지 않니?"

내가 고개를 갸웃하자 영지가 같이 매점에 가자고 했다.
분명 문이 잠겨 있을 텐데 무슨 소릴 하는 건지 알 수 없었
다. 얼결에 영지와 함께 식당으로 가는 복도를 따라 걸었다.
중간에 매점이 있었다. 영지는 나를 매점 뒤쪽으로 끌고 갔
다. 플라스틱 우유 상자가 벽면 가득 줄줄이 세워져 있었다.
영지가 우유 상자를 하나씩 꺼내 옆으로 치우며 나한테도
보고만 있지 말고 도우라고 했다. 영지를 따라 우유 상자 두
줄을 다 치웠다. 그러자 벽면 아래쪽에서 자그마한 매점 창
고 문이 나타났다. 영지는 주머니에서 실핀을 꺼내 문손잡
이 구멍을 한참 쑤셨다. 그러더니 대뜸 내게 가까이 와 보라
고 했다. 영지는 내 머리통을 가만 들여다보더니 내 머리에
꽂혀 있던 실핀 하나를 뽑았다. 머리카락도 같이 한 올 뽑혔
는지 따끔했다. 내가 눈살을 찌푸리자 영지가 키득거리며
웃었다. 영지가 내게서 얻은 실핀으로 문손잡이 구멍 안쪽
을 쿡 찌르자 문이 덜컥 열렸다. 나도 모르게 웃음이 났다.

영지와 매점에서 컵라면을 하나씩 끓여 먹었다. 사이다도

하나씩 꺼내 마셨다. 먹는 동안 앞머리가 자꾸 흘러내려 영
지에게 실핀을 돌려 달라고 했다. 영지가 나를 슥 보더니 내
앞머리를 옆으로 살짝 넘겼다.

"너는 내리는 게 더 나아."

나는 괜히 어색해서 앞머리를 가만히 만졌다. 영지가 실
핀을 자기 앞머리에 꽂았다.

"어때?"

나는 가만히 영지의 여드름 난 이마를 바라보다가 피식
웃었다.

"이상해."

영지가 깔깔거리며 웃었다. 우린 가릴수록 예뻐 보인다는
결론을 내렸다.

영지와 나는 주머니에 있던 잔돈을 모두 털어 계산대 위
에 올려 두었다. 500원 정도가 모자랐다. 나중에 250원씩 각
자 매점에 갚기로 서로의 양심을 걸고 약속했다. 먹은 자리
를 다 치우고 우리는 매점을 나왔다. 창고 문을 안에서 먼저
버튼을 눌러 잠근 뒤, 세게 문을 닫았다. 그러고는 다시 우
유 상자를 원래 있던 모양대로 벽면에 세웠다. 정말 감쪽같
았다.

영지와 나는 각자 자기 칫솔과 치약을 챙겨 복도 중간 화

장실에서 만나기로 했다. 칫솔을 들고 화장실을 향해 걷는데 저 멀리 영지가 성큼성큼 걸어오는 것이 보였다. 슬리퍼를 신은 영지와 달리 나는 양말만 신고 있었다. 그런데도 복도 가득 울리는 것은 내 발소리였다. 나는 천천히 입안에 고인 침을 삼켰다.

양치와 세수를 마치고 우리는 보건실로 향했다. 보건실 문은 번호 자물쇠로 잠겨 있었다. 영지는 보건실 청소 당번이었다. 청소를 하다가 자물쇠에 번호가 눌려 있는 것을 우연히 보게 되었다고 했다. 2568. 영지가 내게 자물쇠 번호를 알려 주었다. 나갈 땐 꼭 다시 자물쇠를 잠가야 한다고 했다.

나는 복도 쪽 침대에 눕고 영지는 창가 쪽 침대에 누웠다. 휴대전화 알람을 오전 6시로 맞춰 뒀다. 배터리가 10퍼센트밖에 남지 않아 조금 걱정이었다. 영지 쪽으로 고개를 돌렸다. 영지는 창가 쪽을 바라보며 누워 있었다. 창밖은 환했다. 가로등 불빛 아래 밤이 환하게 빛나고 있었다. 환한 밤 사이로 나방들이 훨훨 날아다니고 있었다. 영지가 나에게 왜 나방이 가로등 불빛으로 모여드는지 아느냐고 물었다.

"나방 습성이잖아."

영지가 내 쪽으로 몸을 돌렸다.

"길을 찾고 있는 거야. 원래 달빛을 쫓아가고 있었는데 가로등 불빛이 자꾸 밝아지면서 길을 잃고 만 거야. 다시 달빛을 쫓아 헤매다가 결국 가로등 불빛을 달빛으로 착각하고 저렇게 되어 버렸지."

"다시 달빛을 찾을 수 있을까?"

"사실 찾을 수 없지. 가로등 불빛이 꺼질 일도 없겠지만 애초에 달빛이라는 건 찾을 수 없어. 그냥 계속 찾아다니는 거지."

눈을 감으니 환한 불꽃이 일었다. 종이 뭉치 같은 것이 타고 있었다. 아니, 그건 그냥 땔감에 불과했다. 종이에 적힌 글자들이 재가 되어 풀풀 날렸다. 불꽃 주변으로 커다란 나방들이 무리 지어 날아다녔다. 자기들끼리 주저리주저리 떠들어 대며, 뭐가 그리 신나는지 펄쩍 뛰어오르며 주변을 맴돌았다. 그 순간 무리 중 하나가 튕겨 나와 유리창에 부딪히며 떨어졌다. 창문에 나방의 잿빛 비늘가루가 묻어났다. 나방은 바닥에 떨어져 있다가 겨우 몸을 일으켜 다시 날개를 퍼덕였다. 날갯짓은 어둠 속을 헤집고 불 꺼진 학교 안으로 들어갔다. 복도를 지나 교실로 들어가, 더욱 눈에 띄지 않는 안쪽 깊숙한 곳을 찾아, 그렇게 청소도구함 속으로 숨어들었다.

알람 소리에 눈을 떴다. 아침 햇살이 눈을 찔렀다. 마른세수를 하며 자리에서 일어났다. 영지가 보이지 않았다. 보건실을 나와 영지가 말해 준 대로 다시 자물쇠를 잠갔다. 교실로 돌아가는 길, 영지를 처음 만났던 5반 교실에 잠깐 들렀다. 교실을 죽 둘러보는데 창문 하나가 열려 있었다. 창문 사이로 아침 바람이 불어왔다. 바람 사이로 아직 가시지 않은 밤의 냄새가 풍겼다.

종례를 마치고 자리에서 일어서려는데 담임 선생님이 나를 복도로 불러냈다. 엄마와 통화를 했다고 했다. 엄마가 오늘은 야자를 쉬고 일찍 집으로 보내 달라고 한 모양이었다. 교문을 나서자 배달 트럭 한 대가 눈에 띄었다. 트럭에는 장례식 화환이 실려 있었다. 횡단보도를 건너려는데 트럭에서 경적이 울렸다. 운전석에 엄마가 앉아 있었다. 항상 자리에 다소곳이 앉아 꽃꽂이를 하는 엄마만 보다가, 손에 목장갑을 끼고 커다란 트럭 운전석에 앉은 엄마를 보자 조금 당황스러웠다. 차에 오르자 엄마가 소탈하게 웃었다.

"엄마 일하는 모습은 처음 보지?"

시골엔 길에도 널린 게 꽃이라 아무도 화원에 꽃을 사러 오지 않는댔다. 그 대신 근처에 요양원이 많은 만큼 장례식

장이 많고, 장례가 많은 만큼 장례식 화환 주문도 많다고 했다. 지금은 식장에 배달했던 화환을 회수해서 돌아가는 길이라고 덧붙였다.

나는 말없이 고개를 끄덕였다. 엄마와 나 사이에 잠깐 침묵이 흘렀다. 엄마가 뒷집 아줌마 얘길 꺼냈다. 어젯밤 공터에서 나를 마주친 그 아줌마가 그길로 엄마에게 달려간 모양이었다.

"친구 집에서 자고 온다고 그랬다면서?"

나는 아무런 대답도 못 했다. 엄마가 옆으로 흘러내린 내 앞머리를 귀 뒤로 넘겨 주었다. 엄마가 나를 물끄러미 봤다. 엄마와 눈 마주치기가 어려웠다. 친구 집에서 자고 왔어요. 엄마에게 둘러대려는데 문득 재희의 목소리가 들려왔다. 왜 자꾸 거짓말하는데? 숨을 꾹 눌러 참았다.

"친구 집에서…… 자고 왔어요."

엄마가 가만히 고개를 끄덕였다.

"그 불장난하는 애들이랑은 아무 상관없는 거지?"

나는 고개를 끄덕였다. 엄마가 다행이라며 차에 시동을 걸었다. 운전을 하는 내내 엄마는 코를 훌쩍였다. 오늘따라 유독 차가 빨간불에 자꾸 걸려 평소보다 더디게 달렸다. 강다리를 지나가는 사이 머릿속이, 내가 혼자 급식 먹는 것을 엄마가 어떻게 알았을지에 대한 의문으로 가득 차올랐다. 다리를 건너자마자 또 신호에 걸렸다. 엄마는 운전대를 잡고 뚫어져라 빨간불을 바라봤다. 엄마의 옆얼굴을 바라보며 나는 천천히 입을 뗐다.

"제가 급식 혼자 먹는 건 어떻게 알았어요?"

엄마는 나를 돌아다보지 못했다.

"혹시 그 아줌마가 얘기해 줬어요?"

엄마가 고개를 가로저었다.

"담임이 얘기했어요?"

엄마가 천천히 입을 열었다.

"누가 얘기해 주고 그런 거 아냐."

엄마의 목소리가 떨렸다. 내 숨도 떨리기 시작했다. 누가 얘기해 주고 그런 게 아니라니. 나는 멍하니 허공을 응시했다. 그때 뒤에서 경적이 울렸다. 엄마는 계속 신호등을 보고 있었으면서도 신호가 파란불로 바뀐 걸 몰랐다. 엄마는 부랴부랴 액셀을 밟았다. 그러더니 근처 갓길에 차를 세웠다.

엄마가 나를 물끄러미 바라봤다. 이틀 만에야 마주친 엄마의 두 눈이 보기 안쓰러울 정도로 퀭했다. 밤새 한숨도 자지 못한 얼굴이었다. 엄마가 학교에 갔다고 했다. 꽃 배달이 있어서. 주차장이 급식실 뒤에 있어서 그쪽을 지나가고 있는데 마침, 점심시간이라 아이들이 몰려나오는 것을 봤다고 했다. 엄마는 나를 잠깐이라도 볼 수 있을까 하는 마음에, 차에 앉아 급식실에서 나오는 아이들을 하나둘 눈여겨봤더랬다.

엄마가 나를 보았다. 혼자 땅만 내려다보며 걸어 나오는 아이를 보았다. 엄마가 말을 멈추었다. 엄마는 몇 번 숨을 고른 뒤 내게 불현듯 미안하다고 했다.

"너에 대해 아무것도 몰랐어."

엄마의 퀭한 두 눈동자를 보며, 엄마가 뜬눈으로 지새웠을 지난밤을 떠올렸다. 엄마가 나의 지난밤을 알지 못하듯, 나 역시 엄마의 지난밤을 알지 못했다. 엄마의 말은 내가 하고 싶은 말이기도 했다. 나는 엄마의 시간들에 대해 아무것도 알지 못했다. 혼자 걸어 들어가는 나의 뒷모습을 말없이 지켜봐야 했던 엄마의 시간, 홀로 거실에 우두커니 서서 고민하다 내게 급식 혼자 먹느냐고 겨우 말을 걸었던 엄마의 시간. 나는 그저 항상 내 방 깊숙이 숨어들기 바빴다. 엄마의 시간들과 제대로 마주하려 들지 않았다.

엄마가 내 두 손을 꼭 잡았다. 내 얘기가 듣고 싶다고 했다. 자신이 알지 못하는 나의 시간들에 대해 알고 싶다고 했다. 나는 왠지 머리가 아프고 숨이 막히고 배가 아팠다. 에어컨 바람 때문에 오히려 추운데, 이마에선 땀이 비오듯 흘러내렸다. 밤새 혼자 학교에 있었던 시간, 아니, 영지와 함께 보냈던 시간을 떠올렸다. 매점에 500원을 갚아야 하는 일, 앞머리를 내리는 게 더 예쁘다고 했던 말, 보건실 자물쇠 비밀번호가 2568인 것. 코끝이 찡하면서도 이상하게 웃음이 났다. 천천히 숨을 내쉬었다. 엄마의 눈동자를 바라봤다. 조심스레 입을 열었다.

그 순간, 혀 밑에 숨어 있던 나방 한 마리가 포르르 날갯짓을 하며 뛰쳐나왔다. 나방이 날개를 파닥이며 차 안을 이리저리 헤집어 댔다. 놀란 엄마가 차창을 재빨리 내렸다. 나방이 운전석 창문 너머로 훨훨 날아올랐다. 갓길 옆에 서 있는 가로등에 마침 불이 반짝 들어왔다. 주변이 온통 주홍빛으로 물들었다. 나방이 가로등 불빛 주변을 천천히 맴돌았다. 더없이 퍼덕거리는 날갯짓으로 그렇게 환한 밤을 맞이하고 있었다.

얼굴 없는 딸들

우다영

오로로 이사하던 날 눈이 왔다. 그것이 오랫동안 기억에 남았다.

이삿짐을 실은 용달차는 라디오도 틀지 않고 달렸다. 나는 용달차를 모는 남자와 엄마 사이에서 어깨를 끼우고 앉아 성큼성큼 다가오는 천변의 어두운 새벽 공기를 졸린 눈으로 바라봤다. 엄마는 피곤한 얼굴로 차갑게 식은 꺼진 히터에 무심히 눈길을 두고 있었다. 이따금 나이 많은 남자가 이모저모 참견하며 말을 걸어도 엄마는 못 듣거나 못 들은 체했다.

엄마는 그때 트럭에 짐을 실으며 예기치 않게 버려두고 온 물건들, 늘 거실 구석에 놓여 있던 목이 긴 스탠드와 흔들의자, 도자기 화분들, 아빠가 야심 차게 사 왔지만 사용한 적 없는 6인용 텐트, 전기 그릴, 싸구려 찬합과 아이스박스, 내가 어릴 때 가지고 놀았던 고무 그네와 지구본, 부피가 큰 동물 인형들, 한쪽 다리가 흔들리던 엄마의 오래된 화장대를 떠올리고 있었을지도 모른다. 모두 언젠가는 내다 버리려고 벼르던 물건들. 이제 어두운 길 위에 있는 그것들 때문에 엄마는 기운이 없었다.

한동안 입을 꾹 다물고 있던 남자가 창밖을 슬쩍 가리키며 눈이 온다고 알려 주었다. 이번에는 엄마도 고개를 들고 창밖을 내다봤다. 나는 남자의 작고 거무스름한 손을 봤다. 손금이 거의 사라진 반질반질한 손바닥과 자수정처럼 검붉은 손톱. 손가락은 여섯 개였다.

그날 남자는 여섯 손가락으로 핸들을 잡고 낯선 집으로 나를 데려다주었다. 그것이 오랫동안 기억에 남았다.

내가 오로에 있는 오로중학교로 전학 수속을 밟았을 때는 1학년 겨울방학 직후였고, 짧은 봄방학이 끝나면 2학년이 될 거였다. 담임은 만삭의 여자로 나에게 아무런 관심도 없었다. 교실 뒷자리에 걸상을 마련해 준 뒤 한 번도 내 이름을 부르지 않았다. 반 애들도 내게 말을 걸지 않는 방식으로 텃세를 부렸다. 앞자리에 앉은 남자애가 나를 돌아보며 뒤로 좀 가라고 한 것이 내가 그 교실에서 들은 말의 전부였다. 다들 하나같이 쭈글쭈글하고 소매에 때가 낀 교복을 입고 다녔다. 엄마가 다려 준 내 교복이 어쩐지 촌스럽게 보였다. 그곳에서 내가 할 수 있는 유일한 일은, 봄방학이 될 때까지 내 몫의 책상을 끌어안고 잠을 자는 것뿐이었다.

엄마는 오로의 애들을 모두 질 나쁜 애들로 가정했다. 내가 학교에서 돌아오면 후진 애들하고 놀면 안 된다고 주의를 주었다. 오로는 엄마 아빠가 신혼을 시작했던 곳으로, 나는 오로의 작은 방에서 걸음마를 떼고 홍역을 앓고 매해 성탄절 산타클로스의 선물을 받으며 별 탈 없이 자랐다. 촌스러운 벽지를 배경으로 찍은 어릴 적 사진들을 보면 그 시절이 떠올랐다. 내가 일곱 살이 되던 해 우리 가족이 다목으로 훌쩍 넘어간 것은 오직 내가 좋은 환경에서 좋은 애들과 함께 공부해야 한다는 엄마 아빠의 확고한 의지 때문이었다. 다목과 오로는 차로 고작 십 분 거리로, 폭이 좁고 물이 흐리멍덩한 보리천을 경계로 나뉘어졌다. 겨우 칠 년을 버티고 다시 오로로 튕겨져 나왔다고, 엄마는 표현했다.

엄마는 동네에 외국인이 많이 산다며 해가 지면 집 밖으로 나가지 못하게 했다. 우리가 이사 온 다세대 주택 옆집에도 초콜릿색 피부의 젊은 외국인 남자가 살았다. 나는 바다 건너 온 이국의 사람들이 어째서 위험한가 알 수 없었지만 그냥 엄마 말을 잘 들었다. 속을 썩이는 자식이 되기엔 집안 분위기가 별로 좋지 않았다. 엄마와 아빠는 밤마다 내가 잠 들었다고 믿고는 소리를 죽이고 다퉜다.

그 당시 아빠는 회사에 가지 않고 늘 소파에 누워서 티브 이를 봤다. 내가 아침에 일어나기 전부터 잠자리에 든 이후 까지도 부지런히 정치 뉴스와 야구, 축구, 농구 중계를 챙겨 보고, 거의 똑같은 화면의 낚시와 바둑 방송을 몇 시간이고 멍하니 들여다봤다. 그것이 엄마를 늘 화나게 했다. 엄마는 설거지를 하다가도 핑크색 고무장갑을 탁 소리 나게 벗어 던졌고, 냉수를 들이켜다가도 반쯤 물이 남은 컵을 탁 소리 나게 식탁에 내려놓았다. 아빠는 엄마의 분노를 대체로 심드렁하게 무시하곤 했는데, 나는 아빠의 그런 태도를 보고 그가 마음에 상처를 입고 크게 낙심한 상태라는 것을 짐작 할 수 있었다.

개학을 며칠 앞두고 경진이를 만났다. 햇님 슈퍼에서 콩 나물을 사고 있을 때 마르고 까무잡잡한 여자애가 다가와 내 어깨를 툭 쳤다. 손이 매워서 나는 기분이 상한 채로 그 애를 봤다. 그 애가 자신을 경진이라고 밝히고도 한참 동안 경진이가 누구인지 떠오르지 않았다. 경진이. 건넛집 살던 경진이. 엄마 친구 경진이 엄마 딸 경진이. 후진 벽지를 배경으로 찍은 옛날 사진에 가끔 찍혀 있던 경진이. 얇고 하얀 내복을 입고 입가에 찐득한 무언가를 묻힌 채 카메라 렌즈를 아리송하게 바라보던 어린 경진이. 그런 경진이가 다 떠오르고도 경계심이 사라지지 않았다. 이미 멀고 아득한 곳으로 밀려난 친구였다. 반면 경진이는 어색한 기색도 없이, 유달리 반가워하는 기색도 없이 내게 멜론 맛 아이스크림을 사 주었다. 우리는 햇님 슈퍼 평상에 앉아 차디찬 바람을 맞으며 아이스크림을 먹었다.

　찬찬히 들여다보니 경진이 얼굴은 오동통했던 볼살이 빠지긴 했지만 윤곽은 그대로 남아 있었다. 처진 눈매와 웃을 때 콧잔등에 생기는 잔주름, 의외의 자리에 있어 시선이 가는 볼 위 작은 점과 찬물 속에 있다 막 나온 사람처럼 언제나 검푸른 입술이 선연히 떠올랐다. 금세 알아보지 못한 게 이상할 정도였다. 경진이는 쭉 오로에서 살았다고 했다. 집도 호두나무 집 아래 그대로라고. 너희 집은 작년에 헐렸어. 나는 고개를 끄덕였다. 새로 이사 온 집 방향을 대충 가리키며 그쪽에 산다고 말했다. 경진이가 고개를 끄덕이자 더 할 말이 없었다. 우리는 한동안 단단하게 언 멜론 맛 아이스크림만 이가 시리도록 베어 먹었다. 그때 한 남자애가 누나, 하고 불렀다. 변성기 목소리로 끝이 미묘하게 갈라졌다. 나는 그 애가 내 이마에 돌을 던져 안개꽃처럼 작고 하얀 흉터를 남긴 경진이 동생임을 바로 알아봤다. 그 애는 돌을 던져 놓고 자기가 더 놀라서 서럽게 울었다. 동생이 울자 경진이도 울었다. 여섯 살의 나는 그 애들을 달래기 위해 이마에 흐르는 빨간 피를 맨손으로 닦아 내고 또 닦아 내야 했다. 경진이도 딱 그 기억이 떠오른 눈으로 나를 바라봤다. 문득 즐거워졌다.

경진이와 경진이 동생은 나처럼 콩나물 500원어치를 사서 돌아갔다. 또 보자는 말도 없이 부푼 검은 봉지를 흔들며 어슬렁어슬렁 멀어졌다. 경진이 동생이 나를 한번 돌아보며 고개를 꾸벅 숙여 인사했다. 집에 돌아와 경진이를 봤다고 말하자 엄마는 시큰둥하게 그렇구나, 했다. 아빠는 뉴스 소리를 키웠다. 지난겨울 현상금을 걸고 공개 수배했지만 결국 잡지 못한 연쇄살인범의 수법과 유사하다고 했다. 피해자인 젊은 여성의 사체는 망치와 칼로 난도당해 훼손이 심하다고. 신원을 알 수 없도록 얼굴과 지문을 다 도려냈다고. 엄마는 들기름과 참깨, 고춧가루를 넣고 콩나물을 무치며 빠르게 뒤바뀌는 모자이크 화면을 미동도 없이 바라보았다.

2학년 교실에서 경진이를 또 만났다. 경진이는 1분단 맨 뒷자리에 앉아 창틀에 머리를 기대고 꾸벅꾸벅 졸고 있었다. 뒷문으로 들어오는 나를 실눈으로 발견하곤 별로 놀라지도 않으며 옆자리를 탁탁 쳤다. 나는 얼떨결에 그 자리로 가서 책상 고리에 가방을 걸었다. 경진이는 곧장 엎어져서 담임이 들어와도 일어나지 않았다. 담임은 학교에 처음 발령받은 어린 여자로, 푸들처럼 곱슬곱슬한 긴 머리는 개학날을 위해 멋을 낸 것이 분명해 보였다. 손수 포장해서 우리에게 나눠 준 초콜릿에는 한 명, 한 명의 이름이 깔끔한 손글씨로 쓰여 있었다. 애들은 거기서 초콜릿을 빼 먹고 나머지는 구겨서 아무 데나 버렸다.

개학식이 끝나자 경진이 친구들이 하나둘 우리 반으로 몰려들어 나도 자연스럽게 그 애들을 따라갔다. 애들은 학교 앞 김밥집으로 들어가더니 테이블 위에 가지고 있는 돈을 다 꺼내 놓았다. 2000원, 1500원, 3000원, 1700원. 나도 슬그머니 천 원짜리 두 장을 올려놓았다. 세희가 돈을 쓸어 모았다. 얘네 집이 제일 잘 살아. 누군가 말해 주었다. 나는 그런 식으로 말하는 애를 다목에서 본 적이 없었다. 다목의 애들은 아무도 자신이 잘 산다고 생각하지 않았다. 세희는 지갑 속에 돈을 구겨 넣고 심드렁히 메뉴판을 훑어봤다. 우리는 치즈라면, 참치김밥 두 줄, 쫄면, 돈가스, 알밥, 참치김치찌개에 라볶이까지 주문했다. 찌개에 딸려 나오는 푸석한 조밥을 라면 국물에도 말아 먹고 라볶이에도 비벼 먹었다. 세희는 지갑에서 만 원짜리 세 장을 꺼내 계산했다.

학교에서 멀지 않은 골목에 세희 집이 있었다. 마당이 있고 윤기 나게 옻칠된 대청마루가 있는, 크고 오래된 집이었다. 우리는 그 집 거실에서 티브이를 틀고 드러누워 과자를 먹었다. 모두가 양말과 스타킹을 벗어 방구석으로 던졌기 때문에 무엇이 누구 것인지 구별할 수 없었다. 몇몇은 아예 교복 치마를 벗고 세희 옷장에서 추리닝이나 땡땡이 파자마를 찾아 입었다. 다들 한시도 휴대전화를 손에서 놓지 않고 누군가와 문자를 했다. 휴대전화가 없는 건 나뿐이었다. 세희 방에 있는 컴퓨터에는 돌아가면서 앉았다. 의자에 앉은 애 무릎 위로 다른 애가 올라타면 허리를 끌어안아 주었다. 메신저에 로그인하면 쉴 새 없이 쪽지가 날아들었다. 주로 시답지 않은 말을 거는 남자애들이었다. 우리는 누구의 프라이버시랄 것도 없이 그 쪽지들을 같이 보며 아무런 맥락 없이 욕을 하고 요란하게 깔깔 웃었다. 세희와 경진이는 가끔 창문을 열고 담배를 피웠다. 빈 오렌지 주스 캔을 사이에 두고 번갈아 재를 털었다. 내가 곁눈으로 경진이를 훔쳐보다 눈이 마주치면 경진이는 콧잔등에 주름을 만들며 웃었다. 애들과 있을 때 경진이는 조금 무심하고 나른해 보였다. 우리는 골목 모퉁이마다 오렌지색 가로등 불이 들어온 뒤에야 벗어 놓은 양말과 스타킹을 아무렇게나 나눠 신고 각자의 집으로 돌아갔다.

그날 밤 엄마는 내 방문에 기대서서 차분한 목소리로 누구랑 놀다 왔는지 물었다. 나는 순진하게도 손가락을 하나씩 접으며 세희, 승은이, 주란이, 봄이 그리고 경진이, 하며 줄줄 일러 주었다. 그날 이후 엄마는 그 애들의 이름을 두고두고 기억하며 나를 몹시 괴롭혔지만, 나는 처음 발음해 보는 서로 다른 어감의 이름들을 들뜬 기분으로 계속 불러 보았다. 소리 내서 부르자 그 이름들은 꽤 근사하게 들렸고, 동떨어져서 존재할 수 없도록 유기적으로 연결해 놓은 리듬 같았다. 엄마는 물끄러미 서서 그 이름들을 듣고, 다시는 해가 진 뒤 들어오지 말라고 못을 박았다.

쉬는 시간이 되면 애들은 약속이나 한 것처럼 우리 반으로 몰려와 창틀이나 책걸상 위에 걸터앉았다. 나와 경진이에 더해 승은이까지 세 명이 우리 반이었기 때문에 자연스럽게 그렇게 되었다. 승은이는 웬만한 남자애들보다 키가 커서 짓궂게 장난을 거는 남자애들을 종종 단단한 시멘트 바닥으로 고꾸라뜨렸다. 일단 엎어지면 고추를 걷어차려 들었기 때문에 남자애들은 잽싸게 다리를 오므리고 도망갔다. 도망을 가다 잡히면 으레 매점까지 끌려가서 소시지 빵과 사과 주스를 사 줘야 했다. 승은이는 친한 남자애들과 다정하게 팔짱을 끼거나 서로의 어깨와 허리에 팔을 두른 채 복도를 걸어 다녔다. 다른 애들도 마찬가지였다. 어디서나 스스럼없이 남자애들의 몸을 만졌고, 그 애들이 자신의 몸을 만지도록 내버려 두었다.

남자애들은 종종 우리가 지나갈 때 허리를 끌어당겨 무릎 위에 앉히고 재빨리 딸딸이 치는 흉내를 냈다. 다리를 달달달 떨며 신음 소리를 내면 다른 남자애들이 주먹을 머리 위로 흔들며 난리 법석을 떨었다. 그러면 여자애들은 그 남자애의 고추를 바지 위로 움켜쥐고 엄중하게 교실을 빙빙 돌아다녔다. 이것을 자르겠다느니 이렇게 터뜨리겠다느니 하는 말로 잔뜩 겁을 주었지만 순전히 웃기려고 하는 말이었다. 모두가 그 모습을 보고 손뼉을 치며 좋아했다. 남자애들은 고추를 잡히면 사색이 돼서 놓아 달라고 사정했지만 얼마

못 가 똑같은 짓을 또 했다. 남자애들은 늘 우리 가슴이 작은 것을 걱정했고, 물론 우리도 그 애들의 크기를 걱정했다.

우리는 가끔 똥을 눕혔다. 그 애가 왜 똥인지 물었을 때, 경진이는 그 애가 1학년 때 교실에서 똥을 싼 적이 있다고 알려 주었다. 모든 애들이 그 애를 똥이라고 불렀다. 똥은 세희와 주란이가 있는 옆 반 남자애로, 바보는 아니었지만 말이 어눌하고 얼굴이 새까맣고 머리를 자주 감지 않았다. 우리는 그 애가 교실 바닥에 드러누우면 양쪽 다리를 잡고 들어 가랑이를 벌리고 그곳을 발로 문질렀다. 가끔은 빗자루나 대걸레를 썼다. 세희가 청소함에서 대걸레를 꺼내 오면 주란이가 받아서 자루 끝을 똥의 가랑이 사이에 대고 살살 비볐다. 그러면 지켜보던 다른 애들이 이 새끼 꼴린다, 꼴린다, 소리를 질렀다. 정말 똥의 바지는 서서히 부풀었다. 처음 그 광경을 보았을 때, 멍하니 똥의 성기가 발기하는 것을 바라보다가 나도 모르게 헛웃음을 터뜨렸다. 모두가 머리를 맞대고 점점 커지는 남자의 성기를 지켜보는 것은 정말이지 어처구니없는 일이었다. 똥은 필사적으로 몸을 비틀어 간신히 거기서 빠져나왔다. 우리를 향해 꺼져 발정 난 년들아, 하고 소리쳤다. 우리는 그게 재밌어 계속 웃었다.

학교가 끝나면 그날 비는 집으로 갔다. 세희와 승은이 집이 자주 비었다. 세희 엄마는 불규칙하게 나가서 하루나 이틀쯤 집을 비웠고, 언니가 있었지만 잘 들어오지 않았다. 노래방을 하는 승은이 엄마는 늦은 밤까지 일했고, 가끔 몸이 아플 때만 가게 문을 닫고 집에 있었다. 세희와 승은이 둘다 아빠는 없었다. 나중에 알았지만, 승은이가 엄마라고 부르는 여자도 사실은 고모였다. 승은이는 엄마라고 부르다가 고모라고 부르다가 또 엄마라고 불렀다.

가끔은 봄이 집에 갔다. 봄이 집은 연립주택의 반지하로 방 하나와 방처럼 쓰는 부엌 겸 거실이 있었다. 캄캄한 안쪽 방에는 늘 봄이 아빠가 누워 있었다. 자는 듯 누워서 한 번도 나와 보거나 우리에게 말을 거는 일이 없었다. 봄이 엄마는 늘 일을 나가서 얼굴을 본 적도 없었다. 우리는 건넛방에서 컴퓨터 스피커로 노래를 틀고 커다란 냄비에 라면을 끓여 먹었다. 고기만두나 기름에 여러 번 튀겨 반투명해진 튀김을 사다 먹기도 했다. 봄이는 종종 서랍장 위 동전을 모아놓는 유리병에서 500원짜리 동전을 꺼내 썼다. 짤그랑 소리가 나지 않도록 조심조심 꺼내던 것이 나중에는 대담하게한 움큼씩 가져다 썼다. 그러다 하루는 그것을 들켜 아빠한테 얻어맞고 학교에 왔다. 우리가 싹 다 도둑년이래. 나는 시

체처럼 누워 있던 봄이 아빠가 그런 말을 하는 것을 상상할
수 없었다. 내가 그 새끼 죽여 버릴 거야. 봄이가 노란 햇살
이 깔린 운동장 바닥에 침을 뱉으며 말했다. 무언가 입안에
더러운 게 있다는 듯이 계속 침을 뱉었다. 이따금 늦은 밤
자려고 눈을 감으면 봄이가 정말 아빠를 죽이면 어쩌나 겁
이 났다.

4월 무렵엔 학교 근처 보드게임 카페에 자주 갔다. 주란
이가 그곳 알바 아저씨와 사귀기 시작했기 때문에 체리콕과
크림소다를 공짜로 먹었다. 나중에는 게임비도 받지 않아
온갖 게임을 실컷 했다. 여러 게임이 있었지만 모두가 열을
올리던 게임은 단순한 부루마블이었다. 우리는 온종일 돌아
가면서 파산했다. 모든 재산을 잃으면 심각한 얼굴로 자기
인생이 어떻게 끝나 버린 것인지 부루마블 지도의 형세를
들여다봤다. 하지만 결국엔 모두가 돌아가면서 파산하는 것
이 그 게임의 룰이었다. 부루마블로 잔뜩 성이 나면 마지막
에는 젠가를 했다. 무너지는 나무 블록에서는 상쾌한 물소
리가 났다. 우리가 게임에 푹 빠지면 주란이는 살짝 뒤로 빠
져서 알바 아저씨와 카운터 뒤에 앉아 손을 잡고 놀았다. 주
사위를 던지다가 슬쩍 돌아보면 둘이 입을 맞출 때도 있었
다. 우리는 고작 스물한 살의 그를 아저씨라고 불렀다.

나는 해가 지기 전에 집에 가야 했기 때문에 늘 먼저 일어났다. 그러면 가끔 경진이도 나를 따라 나왔다. 경진이와 나란히 집으로 걸어가는 길엔 조금 다른 이야기를 했다. 우리는 둘만 남으면 자연스럽게 우리가 함께 보냈던 어린 시절 이야기를 하며 잘 기억나지 않는 날들을 재구성했고, 어쩌면 단서를 모아 추측해 보는 일에 더 가까운 그런 대화를 질리지도 않고 나누었다.

큰 우산 두 개 겹쳐서 텐트 만들었던 거 기억나? 기억나지. 그 안에서 온종일 예쁜 바비인형 옷을 벗기고 입히고 벗기고 입혔잖아. 개미집은? 기억나. 세상에. 개미집을 헤집어서 개미들을 몽땅 죽였지. 나는 십자드라이버를 쥐고 너는 흰 숟가락을 쥐고. 축축한 흙을 다 파냈어. 개미가 다 죽었어. 맞아. 다 죽었어.

하지만 어떤 것들은, 간혹 경진이가 말하는 토끼를 묻었던 구덩이는 도무지 생각나지 않았다. 차바퀴에 깔려 죽은 토끼를 묻어 주며 내가 엉엉 울기까지 했다는데 아무리 떠올려 봐도 토끼에 대한 기억은 전혀 없었다. 반면 경진이는 한쪽 배가 터진 토끼의 축 늘어진 모습과 구덩이의 크기, 그날의 덥고 습한 날씨와 귓가를 때리던 시끄러운 매미 소리까지 똑똑히 기억하며 내가 그 일을 이토록 까맣게 잊은 것을 이상하게 여겼다.

죽은 토끼와 흙으로 덮은 구덩이는 어디에 있을까. 한번 어두운 땅속에 숨긴 기억은 다시 떠오르지 않았다.

우리는 햇님 슈퍼에서부터 길이 갈라졌지만 경진이가 나를 집 앞까지 자주 데려다주었다. 옆집 외국인 남자와 몇 번 마주쳐 우리는 헬로, 하고 인사했다.

중간고사를 보고 푸들이 나를 따로 불렀다. 모두가 담임을 푸들이라고 불렀다. 그사이 푸들은 오로 애들에게 질릴 대로 질려 있었고 우리도 푸들에게 완전히 질려 버렸다. 푸들은 언제나 그날인 것처럼 굴며 사소한 일 하나하나에 매번 상처를 받았고, 울음을 터뜨렸고, 툭하면 교실을 뛰쳐나갔다. 우리는 그 모습을 신기하게 바라보다가 이내 지겨워했다. 한번은 남자애들이 휴대전화 카메라로 푸들의 팬티 사진을 찍어 돌려 봤다. 푸들은 그 애들이 엄청난 범죄를 저질렀고 결코 가볍지 않은 대가를 치를 거라고 겁을 주었지만 아무도 그 말을 믿지 않았다. 그 애들은 학생주임실에서 볼기짝을 좀 두들겨 맞고 모두 집으로 돌아갔다.

시험 보느라 고생했다고. 내가 전교 5등을 했다고. 그런 말을 건네는 푸들의 눈빛은 오묘했다. 유대감을 표하는 듯한, 유대를 기대하는 듯한 눈빛이었다. 그 애들 말이야…….
푸들은 경진이와 다른 애들의 이름을 말하며 자연스럽게 한
숨을 쉬었다. 너와 나는 그 애들과 다르지 않냐고, 너도 힘들
지 않냐고 미심쩍게 동조를 구하는 한숨이었다. 푸들은 학
교생활과 진로, 취미, 건강 따위를 에두르며 내게 괜찮은지
물었다. 나는 경멸과 우월감을 담아 모든 게 다 괜찮다고 말
해 주었다.

애들은 나를 '오등이'라고 부르며 놀렸다. 내가 공부를 잘
하는 것이 모두를 걱정스럽게 했다. 5등은 만만해 보일 수
있어. 머리를 맞대고 고민하던 애들은 우선 내 교복을 벗겨
수선집에 맡겼다. 두 평짜리 수선집 할머니가 대충대충 핀
을 꽂아 줄여 준 교복은 팔을 들 때마다 몽땅한 조끼 아래로
셔츠가 삐져나왔고, 좁은 치마폭이 터지지 않도록 앉으나
서나 다리를 꼬아야 했다. 내 교복을 본 엄마는 단숨에 세탁
소에서 교복 단을 모두 뜯어 늘려 왔다. 늘릴 구석이 없었는
데 귀신같은 솜씨였다. 어정쩡하게 늘어난 교복을 보자마자
애들은 웃겨서 팔짝팔짝 뛰었다. 하복을 입을 때까지 두고
두고 나를 놀렸다.

가끔 다른 애들과 떠들다가 돌아보면 경진이가 나를 보며
조용히 웃고 있었다.

그때쯤 엄마와 경진이 엄마가 종종 만나기 시작했다. 학교가 끝나고 집에 가면 이따금 식탁 위에 소쿠리 가득 미나리와 쪽파를 쌓아 두고 다듬는 엄마와 경진이 엄마를 볼 수 있었다. 둘이 고향 친구라는 것 외에 나는 아는 것이 별로 없었다. 엄마는 경진이 엄마를 그냥 경진이라고 불렀고, 나도 경진이 아줌마라고 불렀다. 경진이 아줌마는 경진이보다 눈이 크고 얼굴선이 여성스러운 미인이었다. 나를 보면 짓궂게 옆구리나 가슴을 쿡 찔러 보며 웃었다. 한번은 방금 내 옷 속으로 거미가 들어갔다고 호들갑을 떨어 옷을 홀딱 벗겼다. 속옷 바람으로 발을 동동 구르는 나를 보며 경진이 아줌마는 바닥을 치며 웃었다. 가끔 마주치는 아줌마의 갈색 눈동자는 얇은 유리막이 덮인 것처럼 투명했다. 버스 운전을 하는 경진이 아빠가 퇴근길에 아줌마를 데리러 오기도 했는데, 늘 현관 앞까지만 들어오는 그에게 나는 안녕하세요, 인사했다.

경진이는 집 이야기를 잘 하지 않았다. 애들을 집에 데려가는 일도 없었다. 나만큼 경진이 가족에 대해 아는 애가 아무도 없다는 생각을 하면 조금 이상한 기분이 들었다.

반면 다른 애들은 늘 집 이야기를 했다. 항상 가족 중 누군가를 미워했고, 언제나 집에 들어가기 싫어했다. 집에 늦게 들어가려고 학교와 집 사이를 빙빙 돌았다. 막 담배를 피기 시작한 승은이가 고모에게 담뱃갑을 들킨 날엔 매를 맞을 거라고 걱정하는 승은이를 데리고 오로의 골목들을 하염없이 걸었다. 길 위에는 예쁘거나 살아 있는 것이 하나도 없었다. 다목에서 흔하게 보이던 화단과 손질된 나무가 오로에는 없었다. 매는 어차피 맞을 일이었고, 우리도 다 알았지만, 그래도 신발을 느리게 끌며 가장 먼 가장자리로 돌아갔다. 그날 우리는 상고 언니들에게 돈을 뺏겼다. 따뜻한 봄비가 내리기 시작했고, 비를 맞는 우리에게 언니 세 명이 다가와 우산을 씌워 주었다. 무슨 문방구가 어디 있는지 묻다가 이리 와 봐, 이리 와 봐, 하며 인적 없는 골목으로 끌고 갔다. 젖은 댓돌 위에 우리를 세워 놓고 언니들은 돈을 달라고 했다. 언니들보다 머리 하나는 더 솟은 승은이가 훌쩍훌쩍 울었다. 나는 주머니를 털어 고작 500원짜리 동전 하나와 100원짜리 세 개를 꺼내 주었다. 언니들은 난감하게 웃었지만 그 돈을 받아 주머니에 쑤셔 넣었다. 가면서 찢어진 우산 하나를 댓돌 위에 놓고 갔다.

시간을 때우기 좋은 곳은 역시 보드게임 카페였다. 날이 더워지자 에어컨을 마음껏 틀기에 이만한 곳이 없었다. 우리는 게임이 따분해지면 테이블을 닦고 바닥을 쓸었다. 손님은 거의 없었다. 아주 드물게 여자애들 서너 명이 들어왔다가도 우리를 흘끔흘끔 보다 나가 버렸다. 알바 아저씨는 될 대로 되라지, 하며 우리와 놀았다. 근처 패스트푸드점에서 햄버거와 프렌치프라이를 사다가 게임 테이블 위에 늘어놓고 우리를 먹이는 것이 그의 주된 일이 되었다. 한번은 아저씨와 내가 햄버거를 사러 나갔다. 주란이는 훌라를 내리 져서 잔뜩 독이 올라 있었기 때문에 누가 나가든 신경 쓰지 않았다. 나를 데리고 걸으며 아저씨는 더운 날씨에 대해 이야기했다. 나는 더위를 안 탄다고 말했다. 그는 내가 여름에 태어나지 않았느냐고 물었고, 내가 그렇다고, 얼마 남지 않은 내 생일을 알려 주었다. 그러자 그는 선물을 사 주겠다고 했다. 됐어요, 아저씨. 나는 장난인 줄 알고 웃었다. 하지만 아저씨는 정말 나를 화장품 가게에 데리고 들어가 코럴색 립밤을 사 주었다. 나는 얼떨결에 그것을 치마 주머니 속에 넣고 카페로 돌아왔다. 햄버거를 입에 넣고 씹으며 곰곰이 그것에 대해 계속 생각했다. 그날도 나는 해가 지기 전에 먼저 일어났다. 애들은 게임 테이블에 둘러앉아 내게 손을 흔들었다. 나는 카페를 나가면서 카운터에 앉은 아저씨에게 립밤을 돌려주었다. 그가 민망해 할까 봐 걸음을 서둘렀다.

계단을 다 내려갔을 때 아저씨가 따라 내려와 내 이름을 불렀다. 나는 그가 오해했을지도 모르는 행동에 대해 변명하려 한다고 생각했다. 그는 다가와 내 눈높이로 고개를 조금 숙였다. 네가 뭐라도 되는 줄 알지. 나는 거의 움직이지 않고 말하는 그의 입 모양을 보았다. 걸레 같은 년이. 그는 숙였던 고개를 꼿꼿이 들고 가만히 내 눈을 들여다봤다.

쉬는 시간이 되면 남자애들이 주야장천 말뚝박기를 하자고 졸랐다. 피가 팽팽 돌아 잠시도 몸을 가만두지 못하는 애들이었다. 우리는 체육복 바지를 입거나 그냥 교복 치마를 걷어입고 말뚝박기를 했다. 모두가 기세 좋게 달려들었기 때문에 말뚝을 박은 온풍기 겸 에어컨은 구부린 등 모양으로 움푹 찌그러졌다. 있는 힘껏 달음박질쳐 척추와 어깨뼈가 툭 튀어나온 딱딱한 등에 올라타면 땀이 난 이마로 가늘고 차가운 에어컨 바람이 날아왔다.

한 번은 말뚝박기를 하다가 세희와 주란이가 싸웠다. 시작은 뒤에서 달려온 주란이가 세희 머리를 들이받은 것인데 불똥이 이상한 데로 튀었다. 하여튼 졸라게 돌대가리야. 세희가 신랄하게 말하자 주란이가 발끈했다. 세희는 아랑곳하지 않았다. 머리가 멍청하니까 좆도 아닌 새끼한테 따먹히

지. 주란이가 세희 블라우스 옷깃을 잡았다. 그게 무슨 말이
야. 세희도 주란이 멱살을 잡아 올렸다. 그 새끼 나한테 존나
게 찝쩍댄다고. 주란이는 코웃음 쳤다. 좆 까네 씨발년이. 우
리는 세희와 주란이 팔목을 잡고 끌며 말렸지만 화가 난 두
사람 다 힘이 굉장했다. 세희가 악을 썼다. 골빈 년. 젖탱이
만 큰 년. 집에 가서 니 병신 새끼나 챙겨. 그때였다. 어느 순
간 다가온 경진이가 세희 가슴을 걷어찼다. 세희를 잡고 있
던 주란이도 놀라서 세희를 놓쳤다. 바닥에 나동그라진 세
희의 하얀 하복 블라우스에 까만 발자국이 났다. 그 자리에
있던 모두가 멍하니 세희 가슴을 바라봤다. 경진이는 바닥
에 침을 한 번 뱉었다. 그것으로 끝이었다.

주란이 오빠는 자폐 증세가 있었다. 나는 시간이 조금 지
나고 그것을 알게 되었다. 오로공원에서 오빠와 함께 있는
주란이를 봤다. 커다란 덩치의 오빠는 어린아이 같은 표정
으로 공원 한쪽에 서 있는 동상들의 얼굴을 뚫어지게 쳐다
보고 있었다. 손을 뻗어 어루만지기도 했다. 나나 다른 사람
에게는 아무런 관심도 없어 보였다. 순하고 착해. 주란이는
두툼한 오빠 손을 꼭 붙들고 나를 보며 어른스럽게 웃었다.
그 애들과 잠시 산책을 했다. 주란이는 오빠가 가는 방향으
로 걸으며 날아드는 작은 날파리들을 손으로 휘휘 쳐 냈다.

나는 그 뒤를 따라 걸으며 주란이가 교실 콘크리트 바닥에 드러눕혔던 똥의 얼굴을 내내 떠올리고 있었다.

세희와 주란이는 다음 날 팔짱을 끼고 매점에 갔다. 그 둘은 전보다 더 서로에게 다정하게 굴며 모두를 깊이 안도하게 했다. 오히려 어색해진 건 경진이와 세희였다. 예전과 다름없이 다 함께 웃고 떠들어도 미묘하게 경진이와 세희는 말을 섞지 않았다. 우리는 모두 그것을 눈치챘지만 모르는 척했다. 경진이와 세희가 서로 말하지 않아도 우리가 함께 지내는 데는 아무런 문제가 없었으니까. 한동안 세희와 주란이는 우리 교실로 넘어오지 않고 그 애들 반에서 놀았다. 경진이는 조금도 신경 쓰지 않는 눈치였다. 그사이 주란이는 알바 아저씨와 헤어졌다. 내가 뚱뚱해서 그래. 예쁘지 않아서 그런 거야. 엉엉 우는 주란이를 세희가 안아 주었다. 야야 괜찮아. 넌 가슴도 크잖아. 얼마 후 보드게임 카페는 피시방으로 바뀌었다.

그 후로도 우리는 계속 말뚝박기를 했다. 온몸에 땀이 흐르는 찜통 속에서 서로의 등뼈 위를 지치지도 않고 올라탔다. 하루는 말뚝박기를 하던 우리 반 남자애 하나가 집에 돌아가서 풀썩 쓰러졌다. 말뚝을 서다가 등 뒤에 있는 에어컨에 뒤통수를 세게 부딪힌 것이 원인이었다. 점심시간과 나머지 수업 시간 내내 그 애 머릿속에서 조금씩 피가 새고 있었을 것이라고 의사는 말했다. 조금 어지럽고 구토가 났을 거라고. 나는 그날 그 애가 급식으로 나온 감자 수제비를 먹는 것을 보았다. 그 애는 몇 번 숟가락을 놓쳐 하얀 수제비 떡을 바닥에 흘렸다. 푸들은 그 애가 아직 의식이 없으며 앞으로 교내에서는 누구도 말뚝박기를 할 수 없다고 말했다. 푸들은 스스로도 어떤 일이 벌어졌는지 아직 이해하지 못하는 표정으로 우리 얼굴을 멍하니 들여다봤다. 우리는 얼마간의 성금을 모아 보냈다. 큰 수술을 끝내고 양호한 상태로 회복 중이라는 소식을 몇 주 간격으로 전해 들었지만 그 애는 영영 교실로 돌아오지 않았다.

그동안 두 번의 연쇄살인이 더 일어났다. 두 여자 모두 두개골에 무쇠 정을 똑바로 대고, 망치로 쳐서 죽였다.

봄이 반에 영건 언니가 전학 왔다. 다니던 학교에서 사고를 치고 이전퇴학당한 언니는 이미 일 년을 유급한 상태였다. 성격은 의외로 털털하고 유쾌해서 유급생 티를 내며 겁주는 일 없이 모두와 잘 어울렸다. 봄이와 단짝처럼 붙어 다니며 금세 우리와 친해졌다.

언니는 혼자 사는 나이 많은 외삼촌 집에 얹혀 살며 학교를 다녔다. 1층에 고깃집이 있고 그 위에 검도 학원이 있는 4층짜리 상가 건물 옥탑방이었다. 외삼촌이 이따금 막일을 나가면 우리는 소풍을 온 것처럼 영건 언니네 쨍한 초록색 옥상 바닥에 은색 돗자리를 깔고 누워서 큰 소리로 야한 얘기를 했다. 우리 중에 남자와 자 본 사람은 영건 언니뿐이었다. 언니는 가끔 현기증 나는 야한 말을 내뱉어서 누워 있던 우리를 벌떡벌떡 일어나 앉게 했다. 기겁하는 얼굴을 보며 목이 쉰 것처럼 걸걸한 소리로 웃었다.

처음 잔 새끼는 변태였어. 쌀 때가 되니까 내 목을 조르는 거야. 처음이었으니까 이렇게 하는 게 맞나 일단 가만히 있었지. 목을 조르면서 씨발년, 이 씨발년 하더라. 머리가 핑 돌았어. 토할 거 같았지. 그냥 걔를 죽이고 싶더라고. 이 손만 떼 봐라. 배때기를 쑤셔 버릴 거다 생각했지. 까무러치기 직전에 놓아줬어. 야 이 씨발년아! 내가 소리쳤지. 그 새끼도 내 머리를 끌어안으면서 하 이 씨발년, 하더라. 다시 나도 씨발년, 걔도 씨발년, 둘이 한참을 그렇게 씨발년이라고 부르는데 그게 좀 이상한 거야. 뭐랄까. 어쩐지 다정한 기분이 들더라고. 언니는 희미하게 웃었다. 사랑받는 느낌 말이야.

그 옥상에 누워 있으면 달고 기름진 양념갈비 냄새가 올라왔다. 냄새는 창틀과 문틈 사이로 스며들어 장판과 커튼,

장롱 문짝과 식탁, 싱크대, 소금 종지, 양은 주전자, 물컵 따위의 표면에 찐득하게 달라붙었다. 우리는 그늘도 없는 여름 태양 아래서 땀에 흠뻑 젖었다가 고무호스로 목욕을 했다. 옷을 홀딱 벗고 초록색 옥상 바닥에 맨발로 서서 물을 맞았다. 피부와 머리카락에 스며든 기름진 고기 냄새가 모두 씻겨 나갈 때까지 서로의 몸에 물을 뿌려 주었다. 서로의 젖가슴을 보고, 등허리와 배에 붙은 살의 굴곡을 보고, 물이 뚝뚝 떨어지는 가랑이 사이를 봤다. 이따금 서로의 머리를 죽도로 내리치는 어린 남자애들의 기합 소리가 아득하게 들려왔다. 영건 언니는 우리가 귀엽거나 사랑스러울 때마다 씨발년들아 하고 불렀다.

아빠는 어딘가 일을 나가기 시작했다. 아침에 나가서 해가 지면 돌아와 엄마가 차려 주는 저녁밥을 남기지 않고 먹었다. 아빠가 소파에서 사라지자 엄마는 은근히 깔보며 어울리지 않던 동네 아줌마들과 가끔 거실에 모여 앉아 믹스커피를 마셨다. 알이 굵은 포도 몇 송이를 쟁반에 담아 놓고 하루 종일 수다를 떨 때도 있었다. 엄마와 노는 아줌마들은 대개 동네 쌀가게, 의상실, 햇님 슈퍼 아줌마들이거나 경진이 아줌마와 그 옆집 윗집 아줌마들이었다. 나도 얼굴을 익혀 오다가다 마주치면 안녕하세요, 인사를 했다.

손이 큰 엄마가 요리를 하면 집집을 돌며 음식을 나르는 것도 나였다. 엄마가 붉은 팥을 한 솥 쑤어 팥죽을 끓인 밤, 뜨끈뜨끈한 팥죽 대접을 쟁반에 받쳐 몇 집을 돌고 마지막으로 경진이네에 갔다. 경진이네 오렌지색 철문 앞에 경진이 아줌마가 쭈그려 앉아 있었다. 아줌마는 먹은 것을 토하는 사람처럼 지저분한 회벽을 향해 끙끙 앓는 소리를 냈다. 아줌마, 하고 불러도 돌아보지 않았다. 잠시 뒤 내 목소리를 듣고 나온 경진이가 아줌마를 부축했다. 취해서 그래. 경진이는 대수롭지 않게 아줌마를 호두나무 아래로 데려다 앉히고 다시 나와서, 고맙다고, 잘 먹겠다고 말하며 팥죽을 받아갔다. 나는 경진이가 한 번도 뒤돌아보지 않고 들어간 오렌지색 철문을 잠시 바라보다가 빈 쟁반을 들고 돌아왔다.

그즈음 경진이와는 별로 대화를 나누지 않았다. 경진이는 대체로 피로하고, 이따금 예민해 보였다. 학교에서 엎드려 자는 시간이 유난히 많아졌고 놀다가 내가 먼저 일어날 때도 따라 나오는 일이 없었다. 교실에서 다른 애들과 웃다가 문득 돌아보면 경진이는 덩그러니 혼자 앉아 아무것도 없는 빈 벽이나 먼 곳의 빛을 보고 있었다.

영건 언니는 특유의 친화력으로 상급생 오빠들과도 친해

졌다. 우리도 덩달아 그들과 어울려 다녔다. 오빠들은 쉬는 시간에 2학년 교실로 내려와 우리를 부르기도 했다. 오빠들이 뒷문에 서서 우리와 떠들면 반 애들은 그 주위로 오지 않고 슬슬 피해 다녔다. 세희는 그중 한 명과 사귀기 시작했다. 축제 때 드럼을 쳐서 유명한 오빠였다. 세희는 원래도 예쁘장한 외모로 인기가 많았다. 영건 언니와 세희를 중심으로 우리는 오빠들과 노상에서 술을 마셨다. 주로 오로공원 정자 위에 봉지 과자와 컵라면, 어묵, 핫바, 과일 통조림을 늘어놓고 종이컵에 소주와 맥주를 섞어 마셨다. 나는 여전히 해가 질 즈음, 그러니까 술자리가 막 시작되기 전에 집으로 돌아가야 했다. 나오면서 돌아보면 경진이는 별로 내키거나 싫은 기색 없이 거기 앉아 있었다. 그 후에 그곳에서 일어난 일에 대해서는 나는 잘 알지 못했다. 그래서 영건 언니가 경진이를 싫어하게 된 계기도 짐작할 수 없었다. 등굣길에 만난 봄이가 그런 낌새를 넌지시 일러 주기 전까지 나는 까맣게 모르고 있었다.

영건 언니는 종종 반 애들의 휴대전화를 빌려 썼다. 길면 반나절에서 이틀까지도 쓰고 돌려줬다. 봄이와 세희도 휴대전화를 빌리기 시작했다. 제한 요금을 다 사용하면 수신자

부담 전화를 받았다. 얼마 뒤 휴대전화 요금이 수십만 원 나온 것을 수상하게 여긴 한 학부모가 학교에 신고를 했다. 그러자 비슷한 피해자가 수두룩 쏟아져 나왔다. 더불어 영건 언니와 애들이 100원씩 500원씩 빌려 가서 갚지 않았다는 얘기가 나왔다. 조서로 작성해 보니 심각하게 보이는 그 돈들에 대해 나는 새삼 기억을 떠올려 보았다. 땅콩버터 샌드위치 600원에 100원이 부족할 때, 300원짜리 코코아를 먹으려는데 100원밖에 없을 때, 주변 애들에게 손을 벌리던 것이 시작이었다. 나중에는 그냥 매점에 가서 보이는 아무 애들, 때마침 간식을 사고 거스름돈을 받는 애들을 지켜보다가 돈을 받아 냈다. 그 돈으로 한가득 사 온 과자를 나도 늘 먹었다. 술을 먹기 시작하면서는 더 큰 액수를 과감하게 요구했다. 그런 요구를 받은 애들은 못 이기는 척 돈을 꺼내 주며 스스로의 기분을 위해, 친근함을 과장했다. 야야 빨리 갚아라. 옛다, 옛다, 그지 새끼들. 그렇게 말해 놓고 남자애는 눈을 굴리며 경진이와 승은이 눈치를 살폈다. 이 모든 말이 장난이고 적의는 조금도 없다는 표시로 하하 웃었다. 경진이와 승은이는 그 애 입가에서 웃음기가 완전히 사라질 때까지 무표정하게 서 있었다.

옆 반에서 내 이름이 나오기도 했다. 내 이름을 언급했던 여자애는 잘 생각해 보고 한 말인지, 금방 갚은 돈을 엉뚱하게 기억한 건 아닌지 세희와 주란이가 쏘아붙이자 그 말을 취소했다. 곰곰이 생각해 보니 나는 정말 그 애에게 돈을 빌린 적이 있었다. 봄이가 천 원이 필요하다며 우리 교실까지 올라왔을 때 나는 빌려줄 돈이 없었다. 때마침 복도에서 마주친 그 여자애에게 아무런 생각 없이 천 원 있느냐고 물었던 기억, 그 애가 흔쾌히 봄이에게 천 원짜리를 건네주던 기억이 떠올랐다. 봄이는 그 돈을 갚지 않았다.

징계위원회가 열린 날 점심시간에 엄마가 학교로 왔다. 나는 징계자 명단에 올라가지 않았지만 푸들이 내 친구들의 상황을 엄마에게 전했다. 엄마는 교문 앞으로 나를 불러 학교가 끝나면 바로 집으로 오라고 신신당부했다. 나는 알겠다고 대답했지만 속으로는 그러지 않으리라 다짐했다. 애들이 조사를 마치고 오면 만나야 했다. 그마저도 빠지는 것은 비겁하니까.

우리는 오로공원 정자에서 이 사태에 대해 잠시 걱정하다가 소주와 과자를 사 와서 먹었다. 할아버지들이 머리를 맞대고 바둑을 구경하다가 가끔 우리를 건너봤다. 나는 해가 지고도 자리를 뜨지 않았다. 애들을 거기 남겨 두고 가지 않을 작정이었다. 일단 술을 먹기 시작하자 모두가 걱정을 잊고 신이 났다. 내가 술을 처음 먹어 보고 어지러워하자 영건 언니가 옆으로 와 내 머리를 어깨에 기대도록 해 주었다. 언니 몸에서는 빨래방에서 꺼낸 수건 냄새가 났다. 푸근한 살결에 뺨을 비비며 나는 자꾸 졸았다. 그날 영건 언니는 오로에 오기 전에 살았던 해안 도시 이야기를 했다. 벌레 많은 흙벽과 이따금 찾아와 슬레이트 지붕을 날려 버리는 어떤 여름의 태풍에 대해. 잠결에 세희가 우는 소리도 들었다. 더러워. 더러운 년. 세희 엄마가 술집에 나간다는 이야기는 처음 듣는 것이었다. 여기저기서 취한 애들이 훌쩍였다. 영건 언니는 세희 등을 손으로 쓸어 주며 다정하게 다른 애들을 챙겼다. 봄이에게 물을 먹이고 주란이와 승은이에게 장난을 걸었다. 그날을 떠올리면, 이상하게도 경진이가 떠오르지 않는다. 우리 사이 어디쯤 앉아 있었을 텐데, 경진이가 누군가와 이야기하는 모습을 한 번도 보지 못했다. 경진이는 정말 거기에 있었을까. 그날 영건 언니는 단 한 번도, 경진이를 부르지 않았다.

영건 언니가 푸들을 때렸다. 징계위원회에서 금품 갈취에 대한 징계 수준을 결정하기도 전이었다. 나는 출석부를 가지러 교무실에 갔다가 우연히 바닥에 무릎을 꿇고 앉은 영

건 언니를 보았다. 푸들은 언니를 비스듬히 등진 채 책상에
앉아 있었다. 안경이 벗겨진 푸들 얼굴의 콧등과 턱이 울긋
불긋했다. 이제 파마는 거의 풀려 푸들이 아니고 시추처럼
보였다. 마음대로 해요. 언니는 흘러내린 머리카락 사이로
푸들을 쳐다보며 중얼거렸다. 또 전학을 보내든 퇴학을 시
키든 마음대로 하라고. 푸들은 돌아보지 않고 책상 위에 놓
인 과학책과 참고서, 탁상용 달력, 삼각자, 연두색 메모지,
지우개가 달린 연필 따위를 찬찬히 바라봤다. 나는 이제 초
졸이에요. 언니가 빙글빙글 웃었다. 인생 조진 거라고요.

　봄이가 전해 준 전말에 따르면, 수업 도중 푸들이 화가 났
고 비아냥거리는 영건 언니 눈앞까지 걸어와 삿대질을 했
다. 영건 언니가 피식 웃으며 푸들의 손을 툭 쳐 내자 푸들
이 언니의 뒤통수를 내리쳤다고. 봄이는 고개를 휘휘 저었
다. 용수철처럼 튀어 오르더라. 언니는 용수철처럼 튀어 올
라 푸들의 안경을 날려 버렸다. 삽시간에 언니와 푸들이 서
로에게 달려들어 얼굴과 목, 가슴을 잡아 뜯고 닥치는 대로
주먹질을 했다. 정말? 내가 놀라서 묻자 봄이가 웃었다. 그
언니 또라이야. 다른 애들도 웃었다. 나는 웃고 있는 애들의
얼굴을 이상한 기분으로 바라봤다. 이 애들은 왜 웃고 있을
까. 문득 알 수 없어졌다. 웃지 않는 건 경진이뿐이었다. 경

진이는 늙은 여자처럼 무심한 눈동자로 우리를 지켜보고 있었다.

징계는 교외 봉사 백 시간으로 정해졌다. 영건 언니는 백 시간을 추가로 더 받았다. 그렇게 폭행 사건도 마무리되었다. 2학년 남자애들 열댓 명이 패싸움으로 강제 전학을 간 상황에서 나온 솜방망이 처벌이었다. 일을 키우지 말자는 게 학교의 결론이었다. 그리고 여름방학이 되었다.

그 방학에 일어난 일들은 무엇이었을까. 아주 단조로운 일상 같았던 그 여름, 모두에게 찾아온 이상하고 비밀스러운 기미들을 우리는 어떻게 지나갔을까. 그때를 떠올리면 딱히 의미 없는 전경들이 먼저 떠오른다. 엄마는 등을 만 채 발톱을 자르고 아빠는 베란다에서 하얀 면장갑을 끼고 다년생 식물 화분들을 닦는 주말 아침의 모습. 햇님 슈퍼 평상에 앉아 폭이 넓은 치맛자락 사이로 다리를 드러내고 회색 식혜를 나눠 마시는 동네 아줌마들. 벽지에 곰팡이 냄새가 밴 지하 노래방에서 노래를 틀어 놓고 각자의 휴대전화로 문자를 보내는 애들. 몇 명이 볼일을 보러 나가고 다른 몇 명이 들어와 작은 방의 자리를 또 그만큼 채우는 지난한 모습들이 눈앞에서 다시 부드럽게 펼쳐지는 것이다. 그런 기억들

속에서 이미 자리하고 있었을 전조를 하나둘 짐작해 보면 가슴 안쪽이 서늘해졌다.

엄마는 방학 동안 나를 집에만 묶어 두려 했다. 징계를 받은 애들 모두에게서 나를 격리시킬 수 있다고 믿었다. 나는 그때까지도 휴대전화가 없었고, 엄마는 이따금 집으로 걸려 온 전화를 받으면 내가 뻔히 옆에 있는데도 이모 집에 갔다고 했다. 물론 아무도 그 말을 믿지 않았다.

승은이와 봄이는 집을 나왔다. 나는 메신저 쪽지로 겨우 그 소식을 들었다. 승은이는 고모에게 새로 생긴 애인이 문제였다. 고모가 없는 한낮에 잔뜩 취해서 찾아와 승은이를 안으려 했다는 것이다. 승은이는 그 남자를 밀쳐 변기를 깨뜨렸다. 산산조각 난 변기를 보자 혼날까 봐 겁이 나 집을 나왔다고. 봄이는 승은이를 따라 나왔다. 늘 집을 나오고 싶었는데 잘되었다며 집에 들어가지 않았다. 승은이와 봄이는 아는 친구들과 동생, 언니, 오빠들 집까지 전전했고, 마땅히 잘 데가 없으면 피시방이나 찜질방, 돈이 없으면 그냥 길거리를 돌아다니며 아침이 오길 기다렸다. 봄이는 메신저로 칫솔과 속옷을 좀 달라고 했다. 나는 티브이를 보는 엄마를 살피며 자연스럽게 검은 봉지에 물건들을 챙겼다. 칫솔 두 개와 팬티 네 장, 양말 두 켤레, 컵라면과 식빵, 사과 두 알,

생수 한 통, 로션과 손거울, 머리 끈까지 꼼꼼하게 담았다. 만 원짜리 두 장은 두 번 접어 양말 속에 넣었다. 나는 그 봉지를 옆집 외국인 남자에게 맡겨 두었다. 그는 한국말이 서툴렀지만 내 말을 이해하고 부드럽게 웃으며 고개를 끄덕였다. 승은이와 봄이는 내가 맡겨 놓은 검은 봉지와 납작한 초콜릿바를 그에게서 받아 갔다.

며칠간 틈을 보다가 몰래 빠져나와 세희 집으로 갔다. 세희와 승은이, 봄이, 영건 언니가 있었고 안쪽 방에서는 세희네 언니가 헤어드라이어로 머리를 말리고 있었다. 곧 주란이도 왔다. 내가 경진이를 찾자 다들 고개를 저었다. 걔 우리 연락 안 받아. 옷 좀 빌리러 갔는데 이걸 던져 주고 그냥 들어가더라. 승은이는 입고 있던 감색 카디건을 손끝으로 잡아당기며 말했다. 방학을 하고 다들 경진이를 거의 보지 못했다고 했다. 세희네 언니가 나가자 세희는 요새 만나는 오빠가 있다고 털어놓았다. 다른 애들은 이미 알고 있는지 키득키득 웃었다. 드럼 오빠와 헤어졌느냐고 묻자 세희는 그건 아니라고 했다. 드럼 오빠와 보지 않는 날 가끔 보는 오빠라고. 나이가 많긴 한데 차도 있고 착하다고. 돈줄이지 뭐. 세희가 머리를 쓸어 넘겼다. 그사이 세희는 화장이 옅고 세련돼져서 아주 예뻐 보였다. 애들은 한동안 각자 만나고 있는 남자들에 대해 떠들었다. 내가 모르는 이름이 종종 튀어 나왔지만 이미 서로의 연애에 대해 모르는 것이 없어 보였다. 근데 경진이는 혹시 레즈 아냐? 누군가 꺼낸 말에 모두 깔깔 웃었다. 그치, 그년은 남자한테 영 관심이 없지. 도통 뭘 말해 주질 않으니까. 가볍게 한마디씩 거들었다. 걔는 가끔, 영건 언니가 소곤거렸다. 우리가 남자랑 놀면 더러운 거 보듯 쳐다봐.

애들은 그날 밤 기차로 영건 언니가 살던 도시에 갈 거라고 했다. 내일 아침이면 그 도시의 해변을 밟고 서 있을 거라고. 나도 집으로 돌아갈 시간이 돼서 우리는 함께 밖으로 나왔다. 앞서 걸어가는 승은이와 봄이는 못 본 새 살이 많이 빠져 선이 예전과 달라 보였다. 그 애들의 몸이 어쩐지 낯선 방식으로 움직이고 있다고, 나는 생각했다. 갈림길에서 애들은 내게 손을 흔들며 이제 막 어둠이 내려오기 시작한 골목 모퉁이 뒤로 천천히 사라졌다.

사실 나는 방학 동안 종종 경진이를 봤다. 경진이는 자주 햇님 슈퍼에 채소와 달걀을 사러 왔고 나를 마주치면 커피 맛 아이스크림을 사서 둘로 나눠 줬다. 조금 야윈 듯했지만 그런대로 괜찮아 보였다. 우리는 햇님 슈퍼 평상에 나란히 앉아 시시콜콜한 잡담을 나눴다. 넌지시 다른 애들 얘기를 꺼내면 경진이는 표정 없는 얼굴로 뜬금없는 이야기를 했다. 저 멀리 벽돌집을 가리키며 저 집은 언제 헐릴까 묻거나, 우르르 달려가는 어린애들 뒷모습을 눈으로 좇으며 저 애들도 오로에서 애를 낳겠지 하고 중얼거리는 식이었다. 나는 경진이가 속마음을 잘 표현하지 않는 게 실은 섬세하고 조심성 있는 성정 때문이며 상대에게 무해하다는 것을 알고 있었지만, 그런 비밀스러운 기질이 다른 애들에게는 상처를 주고 있다고 생각했다. 그래서 미움을 산다고. 상처와 미움의 연쇄에 대해 골똘히 생각하면 답답해졌다.

그 여름, 엄마와 아빠가 크게 싸웠다. 목이 부러진 선풍기와 그림 액자, 바닥에 널린 깨진 화분 조각과 거름흙, 고꾸라진 티브이 위로 시큼한 냄새의 액체가 흩뿌려져 있었다. 휘발유일 거라고, 나는 생각했다. 그런 모습은 처음이었다. 엄마와 아빠는 늘 집요하게 말씨름을 하다가도 밥 때가 되면 식탁에 앉아 밥을 먹는 사람들이었다. 그들은 내가 들어온 것을 알았지만 여전히 서로를 노려보며 서 있었다. 우유 좀 사 올래. 엄마가 말했다. 나가서 우유 좀 사 와. 나는 매고 있던 가방을 현관 앞에 내려놓고 밖으로 나왔다.

하늘 가장자리에서 붉은 노을이 지고 있었다. 하나둘 노란 불이 들어오기 시작한 가로등 아래에는 수거 딱지가 붙은 앉은뱅이책상과 비스듬히 기울어진 쓰레기 봉지가 있었다. 상하고 무른 과일 냄새가 났다. 그대로 걸어 경진이네로 갔다. 경진이네 집 오렌지색 철문 앞에 설 때까지 나는 무엇을 바라고 거기에 갔는지 몰라 당황하고 있었다. 그 앞을 잠시 서성이다가 문을 밀고 들어갔다. 현관문 옆 2층과 3층으로 이어지는 돌계단 가까이서 여자 웃음소리가 새어 나왔다. 누군가가 끈질기고 집요하게 배를 간지럽히는 듯 자지러지는 웃음소리였다. 경진이 아줌마가 경진이를, 경진이가 경진이 아줌마를 그렇게 할 수 있을까. 나는 호두나무에 기대서 오랫동안 잦아들지 않는 그 웃음소리를 귀 기울여 들었다. 일렁이던 내 안의 수면이 어느새 차갑고 잔잔하게 가라앉았다. 이상하게도 서운한 마음이 들어 나는 도망치듯 등을 돌려 경진이네 집을 빠져 나왔다.

애들은 오로공원에 있었다. 모르는 오빠들도 몇 명 보였다. 승은이와 봄이가 아르바이트를 시작한 주유소에서 같이 일하는 오빠들이었다. 그즈음 승은이와 봄이가 그 오빠들 집에서 잔다는 얘기를 얼핏 들은 적이 있었다. 나는 거기서 조금 떨어진 구석에 앉아 물을 마셨다. 주란이가 다가와 팔각정 기둥에 머리를 기대었다. 저 봐라 저. 주란이는 턱 끝으로 애들을 가리켰다. 세희와 승은이가 오빠들과 다정하게 기대선 채 담배를 피우고 있었다. 봄이와 영건 언니는 취해서 풀린 눈으로 서로를 부둥켜안고 있었다. 개판이야. 주란이가 속삭였다. 아주 개판이라고. 너도 쟤들이 한심하지? 나는 그런 생각을 해 본 적이 없었다. 고개를 돌려 주란이를 봤다. 주란이는 스스로가 어른이 되었다고 믿는 얼굴로 천천히 고개를 저었다. 순간 아주 서늘하고 기묘한 기분이 들었다. 그때는 몰랐지만, 그건 어떤 예감에 가까웠다. 저 애들과 나 그리고 경진이를 서로 다른 곳으로 데려갈 작은 비틀림. 틀어진 방향과 시간의 동력이 만들어 내는, 전혀 다른 공간에 대한 직감 말이다.

그날 엄마와 아빠는 내가 사 온 우유에 말없이 시리얼을 말아 먹었다. 깨지고 날카로운 것만 대충 추려 치운 거실은 여전히 난장판이었고 약간 화면이 흔들리는 아날로그 티브이는 한구석에 지워지지 않는 하얀 얼룩이 생겼다. 티브이에서 나오는 개그 프로그램을 보며 나도 시리얼을 먹었다. 웃긴 장면이 나오면 엄마도 아빠도 서로의 눈치를 보며 조금 웃었다. 사실 뻔하고 수준 낮은 개그였다. 여장을 한 개그맨들은 지루한 표정으로 서로의 뺨을 때렸다. 그때였다. 미니스커트를 입은 남자들의 검은 다리 위로 노인과 여자 등

스무 명을 살해한 연쇄살인범이 검거되었다는 속보가 떴다. 엄마와 아빠는 무슨 말을 꺼내려다가 우스꽝스러운 탄식을 흘리며 도로 입을 다물었다. 우리는 이상한 침묵 속에서 아주 오랫동안 화면 위에 떠 있는 속보를 잠자코 바라봤다. 시간이 흐르고 그날에 대해 얘기해 볼 기회가 있었을 때, 엄마와 아빠는 서로 눈을 피하며 겸연쩍게 웃었다. 그러다 곰곰이 생각에 잠긴 표정으로 그날의 기억을 떠올렸다. 그날의 기분과 생각, 불확실한 마음과 그 속에 품고 있던 다가올 미래에 대한 복잡한 예감들. 한 줄의 속보가 되어 눈앞에서 조금씩 일렁이던 그것은 대체 무엇이었을까.

경찰들은 승은이와 봄이가 일하는 주유소까지 들이닥쳤다. 그 애들은 한번 잠기면 안에서 문을 열 수 없는 경찰차를 타고 각자의 집으로 돌아갔다. 기나긴 방학이 끝난 것이다.

쉬는 시간이 되면 애들은 여전히 우리 반으로 몰려왔다. 책상과 창틀, 교탁, 사물함 아무 데나 다리를 꼬고 걸터앉았다. 그러고는 뒷자리에 앉은 경진이를 그제야 발견했다는 듯, 안녕, 오랜만이야, 인사했다. 처음에는 진짜 경진이를 어떻게 대해야 할지 몰라 고민했던 것이었고, 나중에는 순전히 비아냥거리기 위해 그랬다. 그마저도 경진이가 시큰둥한 반응을 보이자 더는 하지 않았다.

나는 다른 애들처럼 경진이를 노골적으로 적대하지는 않았지만, 오다가다 눈이 마주치면 인사를 할 뿐 다른 애들이 불편할 만큼 경진이와 살갑게 지내지도 않았다. 경진이에게 느끼는 냉담한 마음은 나로서도 놀라웠다. 어쩌면 경진이에게 조금 화가 난 것 같기도 했다. 내 마음에 대해 깊게 생각하고 싶지도 않았다. 경진이는 오히려 모두가 자신에게 관심을 꺼 주기를 바라는 것처럼 굴었다. 누군가 어쭙잖게 손을 내밀었다면 도리어 싸늘한 눈길로 무안을 주었을지도 모르겠다. 우리는 경진이가 원하는 대로 그 애를 완전히 자유롭게 내버려 두었고, 혼자가 된 경진이는 편안해 보였다. 어찌 되었든 경진이의 행동은 분명 우정을 저버리는 행위이자 배신의 태도라고, 나는 생각했다.

엄마는 이따금 요새 경진이는 어떠냐고 물었다. 경진이와 어울리는 것 역시 달가워하지 않던 엄마가 안부를 묻는 게 이상했다. 그즈음 엄마는 거실에서 동네 아줌마들과 소곤소곤 이야기를 나누다가도 내가 들어오면 입을 꾹 다물었다. 나는 엄마가 무슨 이야기를 들었는지, 무엇을 알고 있는지 단서를 발견하려고 경진이 안부를 묻는 엄마 얼굴을 찬찬히 들여다보았다. 하지만 그때마다 엄마다운 걱정과 염려, 별

뜻 없이 건네는 인사치레라는 인상 이외에 아무것도 찾아낼 수 없었다. 나는 경진이야 늘 똑같고 그냥 잘 지낸다고 대충 대답했다.

사실 그 당시 나는 전혀 다른 것들, 나에게 부쩍부쩍 다가오는 여러 가지 새로운 일들에 정신이 팔려 있었다. 그즈음 남자애들은 한 명씩 좋아하는 여자애를 정했다. 어떤 남자에게나 좋아하는 여자가 있었다. 나를 좋아하는 남자애도 하나 있었다. 그런 건 요란한 소문으로 먼저 들렸다. 그 애는 앞 반 남자애들 중 하나였다. 앞 반 남자애들은 화장실 가는 길 복도나 매점 앞에서 나와 마주치면 흘끔흘끔 쳐다보고 부자연스럽게 주위를 얼쩡거렸다. 나중에 알고 보니 그 애는 햇님 슈퍼집 아들이었다. 예전에 오로에서 그 애와 나는 친구였다. 다시 돌아온 후에는 거의 모르는 사이로 지냈지만 그 애가 어릴 때 햇님 슈퍼 평상에 앉은 할머니와 엄마 곁에서 떼를 쓰던 모습을 나는 여전히 기억하고 있었다. 그래서 그 애가 우리 반 뒷문에 서서 나를 불렀을 때 나는 정말 의아한 기분으로 그 애에게 갔다. 그 애는 안녕, 저기, 이거, 같은 단어들을 웅얼거리다가 보라색 손 편지와 아직 따끈따끈한 유자차를 주고 갔다.

그 후로 나는 그 애가 우리 반 뒷문으로 찾아와 주는 선물들을 주는 대로 다 받았다. 나중에 그 애와 마주 보고 고백을 거절할 때도 나는 그것들을 왜 받았는지, 어떤 기분으로 받았는지 잘 몰랐다. 내가 싫은 거야? 그 애가 물었다. 싫다기보다는. 그럼 좋긴 한 거네? 나는 고개를 저었다. 잘 모르겠어. 마음에 걸리는 게 뭔지 말해 봐. 걸리는 건 없어. 그냥 별로 생각해 보지 않았어. 지금 생각해 보면 되잖아. 급기야 그 애는 조금 초조하게 말했다. 나는 급하게 생각해 보는 시늉을 했다. 음, 아무래도 안 되겠어. 왜, 이유가 뭔데? 나는 슬퍼져서 고개를 절레절레 흔들었다. 모르겠어. 좋은지 싫은지 나도 잘 모르겠다고. 그 애가 붉어진 얼굴로 내게 따졌다. 그럼 넌 아는 게 뭔데? 그날 그 애는 내게 완전히 질려서 다시는 말을 걸지 않았다. 마지막에 그 애는 딱 한 번 돌아서 내게 물었다. 근데 너 경진이한테 그래도 되냐? 내가 뭘? 나는 날을 세워 물었다. 한참 동안 물끄러미 내 얼굴을 바라보던 그 애 눈에 놀라움이 일렁였다. 너, 아무것도 모르는구나? 그 애는 입을 꾹 다물고 더는 한마디도 하지 않았다. 그날 이후 그 반 남자애들은 복도에서 나를 마주치면 냉랭하게 지나쳤다.

한번은 경진이가 내 손목을 잡고 나를 화장실로 끌고 갔다. 승은이와 놀러 와 있던 세희, 주란이가 우리를 따라 천천히 시선을 옮겼다. 나는 교실에서 경진이와 말하지 않은 지 꽤 오래되었고, 그런 생활에 익숙해진 상태여서 당혹감을 감추지 못했다. 내 표정과 태도 때문에 경진이는 마음이 상했을지도 모른다. 내가 처음으로 경진이에게 보인 부정의 표시로 보였을지도 모른다. 하지만 경진이는 아무렇지 않게 내 손을 잡고 인적 없는 교사용 화장실로 갔다. 이거 벗어. 경진이는 내 치마를 손가락으로 가리켰다. 여기, 이거. 치마 뒷자락 옅은 체크무늬 위로 빨간 피가 엄지손톱만큼 배어나와 있었다. 나는 고요한 화장실 칸막이에 들어가서 치마를 벗어 문 너머로 경진이에게 건네주었다. 차가운 변기 뚜껑 위에 앉아, 세면대에서 경진이가 흐르는 물에 내 치마를 적시고 손으로 조금씩 피 얼룩을 문질러 빼는 소리를 가만히 들었다. 화장실 안에 투명한 햇살이 들어와 안개처럼 퍼졌다. 나는 컴컴하고 좁은 칸막이 안에서 문밖의 빛과 빛 속을 떠다니는 작은 먼지들을 올려다봤다. 그 빛무리 속에서 경진이는 무슨 생각을 하고 있을지 짐작도 되지 않았다.

그날 이후 경진이는 예전처럼 나에게 말을 걸지 않았다. 나도 이해나 고민이 필요 없는 단순한 생활로 다시 흘러 들어갔다. 그것은 방향이나 속도를 염려하지 않고 물이 흐르는 대로 떠다니는 표류에 가까웠다. 일상은 조금도 변하지 않았고 모든 것이 그대로였다. 그러니까, 어쩌면 그때가 경진이와 내가 함께한 마지막 기억이었다. 경진이가 영 학교를 나오지 않게 된 건 좀 더 나중 일이었고, 우리는 같은 교실에서 하루의 대부분을 함께 보냈지만, 또 어렵지 않게 서로의 모습을 지나가는 눈길로 볼 수 있었지만, 그 당시의 경진이를 떠올리려 하면 선명하게 기억나는 것이 없다. 경진이는 늘 책상에 엎드려 잠을 잤고, 아주 가끔 물속을 유영하는 사람처럼 조용히 교실을 걸어 다녔다.

나는 여전히 동네에서 경진이 아저씨를 마주치면 안녕하세요, 인사를 했다.

경진이가 일주일째 결석을 하고, 아무런 의욕 없이 출석을 부르던 푸들도 경진이가 학교에 오지 않는 이유를 아는 사람이 있느냐고 물었던 날, 나는 경진이네 오렌지색 철문 앞에 서 있었다. 엄마 아빠가 다투었던 날 이후로 처음이었다. 그때 경진이를 만났더라면 어땠을까 하는 생각을 하며 문을 열지 못하고 운동화 끝으로 바닥만 툭툭 찼다. 해가 짧아진 하늘의 어둑어둑한 가장자리로 거꾸로 누운 초승달이 떠올라 있었다. 결국 내일 다시 올 요량으로 뒤돌아서려는데 철문 안쪽에서 누가 내 이름을 불렀다. 너니? 너구나. 들어와. 이리 들어와. 나는 빙그레 벌어진 철문을 밀었다. 경진이 아줌마였다. 아줌마는 호두나무 아래 쭈그려 앉아 나를 올려다봤다. 머리를 하나로 낮게 묶고 얇은 하늘색 반팔 티를 입고 있었다. 소매 아래 드러난 아줌마의 팔뚝은 하얗고 앙상했다. 날씨는 완연한 가을이어서 나는 춘추복 위에 카디건을 하나 더 입고 있었다. 뭐하세요, 아줌마? 아줌마는 대답하지 않고 웃으며 내게 손짓했다. 나는 아줌마 옆으로 다가가 그 곁에 앉았다.

호두나무 얘기 해 줄까. 아줌마가 말했다.

내가 고향에 살 때 말이야. 너희 엄마도 오로에 오기 전에 살았던 시골에서 말이야. 우리 부모님이 뒤뜰 배추밭을 엎고 호두나무를 몇 그루 심기로 한 봄에 말이야. 내가 딱 너만 했을 거야. 아버지는 나한테도 잎이 무성한 호두나무 묘목을 한 그루 주셨어. 나는 새의 날개깃 같은 잎사귀가 다치지 않게 품에 꼭 끌어안고 흙이 부드럽고 볕이 좋은 자리를 찾아 이리저리 돌아다녔지. 딱 맞는 자리가 있었어. 연한 들풀이 깔린 근처 구릉이었는데 수로에 흐르는 시냇물 소리가 거기까지 들렸어. 나는 묘목 뿌리를 감싸고 있던 종이와 거

즈를 조심스레 풀어 내고 파내야 하는 땅의 깊이를 어림잡아 보았어. 한두 뼘 파면 되겠다고 생각했지. 노란색 플라스틱 손잡이가 달린 모종삽으로 땅을 파기 시작했어. 땅은 겨우내 얼었다가 녹아서 잘 지은 쌀밥처럼 구슬구슬 부풀어 있었어. 그런 흙을 파내는 건 조금도 어렵지 않았지. 나는 그때까지도 아무런 낌새를 채지 못했어. 토끼가 나타났다는 걸 말이야. 토끼는 갑자기 내 곁에 다가와 있었어. 검은 초승달 같은 귀 끝을 제외하면 온통 새하얀 토끼였지. 갓 태어난 어린 토끼가 분명했어. 토끼는 까만 눈으로 내가 파 놓은 구덩이를 가만히 가만히 바라보고 있었지. 마치 그곳에 내 눈에는 보이지 않는 무언가가 있다는 듯이 말이야. 그 순간 신기한 일이 벌어졌어. 토끼가 조금 달라 보이는 거야. 작고 연약한 귀, 빠르게 심장이 뛰는 둥근 등, 하얀 털 속에 숨은 투실투실한 뒷다리가 어쩐지 달라 보였어. 마치 잘라 낼 수 있는 하얀 덩어리처럼 보였어. 나도 모르게 손에 든 모종삽을 토끼 등에 꽂아 넣었어. 삽은 아무런 저항 없이 토끼의 몸속으로 빨려 들어갔어. 꼭 부드러운 두부 같았어. 털도 뼈도 없는 기름덩이를 휘젓는 느낌이었어. 삽은 내 손에서 칼이 된 거야. 나는 나무를 심으려고 했는데 베고, 자르고, 도려내는 칼이 된 거야. 토끼 몸에서 따뜻한 피가 흘러나왔어. 그제야 토끼가 죽었다는 걸 알았지. 눈물이 났어. 너무 무서웠지. 나는 덜덜 떨리는 손으로 토끼를 구덩이 속에 넣고 호두나무 묘목과 함께 묻었어. 토끼는 구덩이 속에서 가만히 가만히 자기 영혼을 보고 있었던 걸지도 몰라.

아줌마는 갑자기 내 존재를 잊은 것처럼 입을 꾹 다물고 아무것도 없는 빈 땅을 내려다봤다. 내가 굳은 몸을 일으켜 천천히 뒷걸음질 치고, 마당을 완전히 벗어날 때까지.

경진이한테는, 문제가 있었어.

오랜 시간이 흐른 뒤에도 엄마는 여전히 아줌마를 경진이라고 불렀다. 아주 오랜 후에, 엄마는 불현듯 경진이 아줌마 이야기를 꺼냈다. 엄마가 기억하는 아줌마의 어린 시절 모습부터, 그곳에서 시작된 어떤 기미들이 그녀의 삶 전체로 퍼져 나갔던 과정을 두서없이 이야기했다. 내가 경진이와 함께 학교를 다니던 무렵에 생겼던 아줌마의 문제, 그때 엄마가 내게 숨기려고 애썼던 비밀들이었다. 엄마는 경진이 아줌마에게 오랫동안 내재된 문제가 있었고, 그것이 사라지지 않고 이따금씩 삶의 터무니없는 순간순간 수면 위로 떠올랐다고 생각했다. 집안 곳곳에 새카만 구멍을 내고 가족들의 마음까지 텅 비게 만들었다고. 그것을 가여워했다. 그건 어떤 연유도 죄도 없이 생긴 깊고 어두운 구덩이였다. 경진이가 가만히 가만히 들여다보던 미래였다.

너는 그때 경진이랑 어떻게 된 거니?

엄마는 의심하거나 비난하는 기색 없이 내게 물었다. 기울어진 이마에 손을 얹고 생기가 모두 빠져나간 고단한 눈길로 나를 바라봤다. 순간 엄마는 아주 늙고 볼품없어 보였다. 갑자기 엄마가 이렇게 늙은 여자가 되어 버렸다는 사실에 나는 당혹스럽고 슬퍼 한참 동안 그 얼굴을 거울처럼 들여다봤다.

그해 겨울이 오기 전에 두 사람이 죽었다.

한 사람은 영건 언니였다. 나는 그 소식을 뉴스로 먼저 봤다. 오토바이를 타고 해안 다리를 건너던 중학생 남녀. 헬멧을 쓰지 않고 달리다가 덤프트럭과 충돌. 남자아이는 사고 현장에서 팔과 목이 부러진 채로 달아났다. 면허가 없어 겁이 났다고 후에 진술했다. 뒤에 타고 있던 여자아이는 그대로 날아가 가로등 기둥에 머리를 박고 즉사했다. 내일 아침 날씨는 맑고 화창하겠다는 일기예보가 연이어 나왔다. 학교에 가서야 죽은 여자아이가 영건 언니라는 것을 알았다. 영건 언니는 어린 여자아이가 되어 죽었다. 까진 여자애가 남자랑 놀다 죽었다고 사람들은 수군거렸다. 아무도 우리에게 영건 언니의 빈소를 알려 주지 않아 우리는 조문도 하지 못했다. 그냥 자기 몫의 의자나 차가운 길 위에서 잠시 언니의 죽음에 대해 생각했다.

얼마 뒤 푸들이 죽었다. 푸들은 차가운 바람이 부는 일요일 아침에 창문을 활짝 열어 두고 방에서 목을 매달았다. 푸들의 부모님은 교회에서 아침 예배를 드리고 돌아와 천천히 바람에 흔들리는 딸의 시체를 발견했다. 남기는 말도 편지도 없는 차가운 죽음이었다. 물론 신호는 있었다. 그 주말을 앞둔 금요일에 푸들은 우리에게 초콜릿을 나눠 주었다. 정갈한 글씨로 한 명, 한 명의 이름을 모두 적은 초콜릿이었다. 푸들의 유서가 되어 버린 우리의 이름을 우리는 구겨서 아무 데나 버렸다. 푸들은 과학고를 조기 졸업하고 대학을 삼 년 만에 졸업한 고작 스물두 살짜리 여자였다. 그때 처음 그것을 알고 조금 놀랐던 기억이 난다.

옆집 외국인 남자는 겨울이 오기 전에 그의 나라로 돌아갔다. 그의 나라에는 겨울에도 눈이 오지 않는다고 했다. 이곳은 너무 춥고 조용한 나라라고 했다. 그는 떠나기 전에 내게 전자 키보드를 주고 갔다. 상한 데 없이 깨끗해서, 소중하게 관리한 것이 분명해 보였다. 건반을 누르면 정확하고 아름다운 소리가 났다. 벽 너머에서 그런 소리가 들려온 적은 한 번도 없었다. 낯선 나라의 작은 방에서 연주하지 않는 건반을 바라보는 것은 어떤 기분이었을까. 다정하고 잔잔한 눈길로 세상을 보던 이국 남자의 이름을 나는 끝내 알지 못했다.

그리고 경진이.

경진이가 교실 안에서 너무나 희미하게 존재하다가 사라졌기 때문에 우리는 한참 시간이 흐른 후에야 경진이가 완전히 떠났다는 것을 알았다. 그때쯤 우리는 경진이가 어떤 사람이었는지, 우리와 어떤 사이였는지 잘 떠올리지 못했다. 불과 몇 달 전까지 경진이와 함께했던 시간들을 머나먼 시절처럼 아득하게 기억했다.

어떻게 그럴 수 있었을까. 경진이에 대한 생각을 나는 어떻게 멈추고 외면할 수 있었을까. 어떻게 도망쳤을까.

어쩌면 대수롭지 않은 일이었다. 그 시기에는 누구나 아무 노력 없이 몸이 자랐고, 이해하지 않아도 조금씩 어른이 됐다. 매일 모르는 사이에 무언가를 잃어버리고 그것을 잃었다는 사실도 쉽게 잊었다. 친구의 이름. 얼굴. 어제의 즐거움. 두려움. 화답을 기대하는 마음. 슬며시 생겨난 양심. 단순하게 반복되는 폭력. 결별. 지난 계절의 더위. 추위. 꿈. 불가해한 죽음. 지속되지 않는 다짐. 너를 버린다는 말. 그 모든 것들이 기억 너머로 가라앉는다. 아래로 더 아래로 가라앉아 깊은 구덩이 속에 고이고, 바로 거기, 잔잔한 수면이 생긴다.

경진이는 우리 세계에서 훌쩍 나가 버렸다. 추운 겨울에 남겨진 건 우리뿐이었다.

다만 눈이 오던 날, 경진이 동생을 한 번 봤다.

우리는 오로공원 팔각정에 앉아 있었다. 몸을 좀 녹이려고 따뜻한 핫초코 캔을 손에 쥐고 홀짝였다. 오로공원 구석에 있는 동상들은 하얀 눈을 맞고 있었다. 키가 작고 허리가 굽은 다섯 노인들이었다. 늙은 여자들 같기도 했고, 늙은 남자들 같기도 했다. 오로에는 다섯 노인이 살았대. 그래서 오로라고 부른대. 주란이가 아는 체를 했다. 우리는 그것이 무슨 의미일까 생각해 봤지만 아무도 그럴 듯한 해석을 내놓지 못했다. 후진 동네라는 거지. 다 같이 하하 웃을 때 봄이가 손을 뻗어 누군가를 가리켰다. 저기. 우리는 고개를 돌려 긴 그림자를 달고 공원 가장자리로 느릿느릿 걸어가는 뒷모습을 보았다. 경진이 동생이야. 경진이 동생은 그새 키가 조금 컸고 머리를 짧게 잘랐다. 밤톨처럼 둥근 머리가 걸음걸이에 맞춰 천천히 흔들렸다. 저 너머 어딘가에 반드시 그 애가 가야 할 곳이 있는 것처럼, 단조롭고 일정한 속도로 우리 시야에서 멀어지고 있었다. 소름 끼쳐. 승은이가 팔을 감쌌다. 애들은 경진이 동생에 대한 소문을 다시 떠올리며 경멸의 눈빛을 보냈다. 나도 그 소문을 들어 알고 있었다. 경진이 동생은 남자애들 몇 명과 함께 같은 반 여자애를 때렸다. 여자애는 사흘 만에 혼수상태에서 깨어났다. 여자애는 경진이 동생이 자기 옷을 벗기고 헤어드라이어 전선으로 손발을 묶었다고 진술했다. 나는 콩나물이 든 검은 봉지를 들고 수줍게 뒤돌아 인사하던 경진이 동생을 여전히 생생하게 떠올릴 수 있었다. 경진이네 가족이 모두 도망치듯 이사 가 버렸기 때문에 그 애가 아직 학교에 다니고 있는지 아닌지 알 수 없었다. 경진이네가 떠나고 그 집에는 동쪽 담벼락을 향해 크게 휘어진 호두나무 한 그루만 남아 있었다.

나는 앞머리를 쓸어 올려 애들에게 이마의 흉터를 보여 주었다. 경진이 동생이 남긴 거라고 하자 애들은 신기해하며 눈꽃처럼 작게 패인 자리를 구경했다. 세희는 치마를 걷어 올려 허벅지 뒤쪽 살을 보여 주었다. 초등학교에 들어갈 즈음 자전거를 타는데 어떤 남자애가 자전거 꽁무니를 확 잡아당겨 회전하는 뒷바퀴에 다리 살이 빨려 들어갔다고 했다. 주변에는 누군지 잘 몰라도 가끔 어울려 놀던 동네 꼬마들이 여럿 있었다. 세희는 개들 중에 누가 그 남자애인지 여전히 몰랐다. 승은이는 조금 은밀한 목소리로 소곤거렸다. 나는 장을 요만큼 잘라 냈어. 어릴 때 급성 탈장이 왔는데 시간을 지체해서 장기를 절제할 수밖에 없었다고 했다. 그때는 승은이 부모님이 아직 이혼하지 않았던 때였지만, 승은이는 홀로 남겨진 집에서 먹은 것을 토하며 밤이 올 때까지 울었다. 주란이도 수술을 했다. 주란이는 혀를 길게 내밀어 우리에게 보여 주었다. 나는 태어났을 때 혀가 두 개였어. 자세히 보니 주란이 혀는 조금 울퉁불퉁하고 색깔이 검었다. 돌이 될 때까지 두 개의 혀로 살다가 수술을 했다고 했다. 뱀처럼? 애들이 깔깔 웃었다. 주란이 부모님은 주란이가 말을 더듬으며 살까 봐 매일 밤 식탁에 마주 앉아 손을 모으고 기도했다. 봄이는 양말을 벗고 발바닥에 있는 화상 자국을 보여 주었다. 세 살 때, 방바닥에 부주의하게 놓인 뜨거운 찻주전자를 밟았다고 했다. 거죽처럼 어둡고 쭈글쭈글한 흉터는 이국의 해안 지도처럼 보였다. 봄이는 자신이 평생 밟고 살아갈 그 해변의 나라, 어쩌면 봄이가 영원히 갈 수 없을지도 모르는 땅의 단서를 다시 양말 속으로 감췄다.

고요한 눈의 바다 아래로 모든 것이 가라앉고 있었다. 불현듯 언젠가는 오로를 떠나야 한다는 생각이 들었다. 벽에 그림 액자가 한 점도 걸리지 않은 초라한 집들과 다룰 줄 아는 악기가 하나도 없는 딱한 아이들이 없는 곳으로. 하지만 당장 우리 눈앞에 보이는 것은 세상과 함께 눈에 파묻히는 다섯 노인들이었다. 상처와 흉터마저 주름에 파묻힌, 모두 똑같은 얼굴을 하고 있는 노인들 말이다.

백설공주와
일곱 악마들

임태운

1

"오늘 밤. 학교를 탈출헐랑게."

급식소에서 식판 위를 폭격하던 여섯 개의 숟가락들이 우뚝 멈추었다. 녀석들은 모두 게슴츠레한 눈으로 나를 쳐다보았는데, 컴퓨터 동아리 '키보더스'의 회장 황동민이 재빨리 주변을 살폈다. 누가 엿듣기라도 하면 큰일이니까.

동민은 맛대가리라곤 한 개도 없는 탕수육에 시선을 고정한 채 속삭였다.

"괜안컸냐, 한민국. 월요일 조회 때 교장이 그 생지랄을 혔는디."

"당근 안 괜안컸지. 헌디, 오늘이 뭔 날이여. 16강전이잖여. 오늘 같은 날을 놓쳐 불면 안 돼. 히딩크 형한테 거시기 함 못써."

이미 어젯밤 MSN 메신저에서 작당 모의를 마친 일곱 명이 동의의 눈빛을 교환했다. 바로 문과의 폐기물처리반이라고 불리는 3학년 4반의 녀석들이다. 그리고 우린 모두 파란색 하복 와이셔츠를 슬쩍 열어 서로의 다짐을 확인했다. 붉디붉은 티셔츠엔 'Be the Reds'라는 하얀 글씨가 장쾌한 필치로 적혀 있다.

빨갱이가 되자. 불온 분자가 되자. 반란군이 되자.

오늘은 2002년 6월 18일. 한일 월드컵 대한민국 대 이탈리아의 16강전이 있는 날이다. 전주 대부분의 고등학교가 야간 자율학습을 취소했다. 그러나 자랑스러운 우리 Y고는 달랐다. 거리 응원에 잔뜩 들뜬 1, 2학년과 달리 우리 3학년 전원에게 '단 한 명의 열외도 없는 야간 자율학습 강행'이라는 철퇴를 내린 것이다.

물론 잠자코 당하고만 있진 않을 것이다. 우린 '붉은 악마'들이니까.

2

억울해도 너무 억울했다.

모국에서 처음으로 월드컵이 열리는 해에 고3이라니. 세 살배기 꼬맹이부터 환갑이 넘은 꼬부랑 할배까지 얼싸안고 기뻐하는 지금 이 순간 고3이라니. 문학 동아리 '책벌레'의 회장 최윤필의 말을 옮기자면 '전 인류 중에서 우리만 호그와트행 열차에 못 탄 기분'이었다. 닭장차 같은 스쿨버스에 실린 채 별을 보며 등교하고 달을 보며 하교하는 우리였지만, 전국이 축제의 열기로 휩싸여 있다는 건 도무지 모를 수가 없었다.

84년 쥐띠들에게 축구란, 그리고 월드컵이란 무엇인가. 우린 '축구왕 슛돌이'와 '쥐라기 월드컵'을 보며 자랐다. '피구왕 통키' 때문에 내 축구 사랑이 자칫 흔들릴 뻔한 시절도 있었지만 다행히 피구는 월드컵이 없었다. 즉, 기억이 나지도 않는 어린 시절부터 형들을 따라 졸린 눈을 비비며 티브이 앞에 앉아 붉은 유니폼을 입은 태극전사들을 목이 터져라 응원했던 세대란 말이다. 말마따나 나는 두 번의 월드컵을 생생하게 기억하고 있었다.

94년 미국 월드컵. 무적함대 스페인을 이길 뻔하고, 전차군단 독일의 간담을 서늘하게 했지만 결국 1승도 거두지 못

하고 예선 탈락. 98년 프랑스 월드컵. 벨기에와는 비겼으나 멕시코와 네덜란드에 패해 세계의 높은 벽을 절감하며 또 탈락. 특히 베르흐캄프와 다비츠가 이끄는 오렌지 군단 네덜란드에게 다섯 골이나 내주며 참패했을 땐 모두가 허탈해했다. 중학교 2학년이었던 나 역시 충격이 컸다. '오렌지'라는 것엔 신물이 난다며 냉장고의 델몬트 주스 병을 깨뜨렸다가 어머니에게 등짝을 맞기도 했다. 아팠다.

월드컵 탈락이 확정된 순간, 프랑스 현지에서 이경규 아저씨는 이렇게 절규했다.

"여러분의 참담한 심정, 저와 똑같을 겁니다. 그러나 여러분, 절대로 좌절을 해서는 안 됩니다! 한국 축구는 다시 일어설 겁니다!"

그런데 우리나라에서 월드컵이 열린다니! 퇴근 시간에 맞춰 경기가 열린다니! 우리에게 '오대빵'이란 굴욕적인 별명을 안겨 준 장본인 히딩크 감독이 태극호를 지휘한다니! 그렇게 우리의 꿈처럼 거대한 위용의 월드컵 경기장이 하나씩 지어질 때마다 우리 가슴은 떨려 왔다. 그러나 한 가지 중요한 사실을 잊고 있었으니.

"워매, 그란디 우리 고3이잖여!"

그렇다. 고3은 이런 열기에서 멀찍이 물러나 있어야 했다.

6월이 가까워 올수록 고3 담임 선생님들은 마치 사도의 습격에서 AT필드로 우리를 지켜 내려는 에반게리온처럼 신경을 곤두세우고 있었다. 그 기묘한 분위기는 5월말 전달된 가정통신문에 그대로 담겨 있다.

　온 가족이 겸허히 받아들이고 하나의 유기적 공동체가 되어 헤쳐 나가야 하는 대위기입니다. 귀 가정의 자녀들이 월드컵에 현혹되지 않도록 가족 구성원 모두가 붉은 티셔츠, 응원가, 스포츠 뉴스를 멀리하십시오. 티브이 자체를 없애 버리는 것도 슬기로운 방법입니다. 고3의 길은 골고다 언덕을 올라가는 것과 같습니다. 가족 중에 고3이 있다는 것은 그 십자가를 함께 지고 가야 한다는 뜻이기도 하지요. 아멘.

　이게 대체 가정통신문인가, 아니면 악마퇴치문인가. 마치 월드컵이라는 이름의 악마가 우리를 유혹해 대학 입시라는 시험에서 모조리 탈락시키려는 것처럼 느껴지지 않는가.

3

함께 즐길 수 없는 기쁨은 종종 저주가 된다. 개막식에서 조수미 아줌마가 꾀꼬리 같은 목소리로 '챔피언'을 부를 때부터 우리 심보는 제대로 꼬여 있었다. 즐길 수 없는 축제라면 누군가 찬물이라도 끼얹어 주길 바랐다.

"월드컵에서 1승? 고것이 가능할 턱이 없당게."

베테랑 토종 골잡이 황선홍의 기막힌 선제골과 유상철의 대포 같았던 추가 골.

"우연이여. 여태껏 서양 아그들헌티 겁나 털려 부렀던 거 기억 안 나냐."

반지의 제왕 안정환의 천금 같은 동점 골. 눈앞으로 다가온 16강.

"아서라, 아서. 피구가 누군디. 레알 마드리드의 슈퍼스타잖여."

대표 팀의 막내 박지성의 예술 같은 결승 골. 포르투갈행 비행기를 탈 생각에 눈물 흘린 피구. 아직도 배가 고프다 한 히딩크의 허기. 광화문 광장을 가득 메운 붉은 물결. 한국에 취재 온 해외 기자들의 연이은 따봉, 오 마이 갓, 언빌리버블.

상황이 이상하게 돌아가고 있었다. 학교에서도 붉은 티셔츠를 입고 돌아다니는 1, 2학년들을 심심찮게 볼 수 있었다. 내가 속한 축구 동아리 '다이렉트'의 후배 녀석들도 마찬가지였다.

"야들아. 뭣헌다고 지도를 펼쳐 놓고 쑤군대고 앉았냐, 시방."

"아, 민국이 형. 다음 거리 응원 얼루 갈까 의논하고 있었는디요. 북대 앞이 좋을지, 풍남문 광장이 좋을지."

"북대 앞이지! 골만 들어가면 여대생 누나들이랑 얼싸안을 수 있어야!"

"멍청허기는. 그 소문이 천지빼까리에 쫙 퍼져서 우리 같은 시커먼 고딩들만 몰릴 거여. 반대루다가 풍남문 광장이 블루오션이랑게."

젠장. 어째서 고작 일 년 늦게 태어났다는 것만으로 너희는 그렇게 행복하단 말이냐. 절로 93년의 악몽이 떠올랐다. 대전 엑스포가 전국을 뜨겁게 달구고 있을 때, 내가 다니던 초등학교에선 5학년만 엑스포에 보내 주었다. 바로 우리 둘째 형이 5학년이었다. 노란색 꿈돌이 티셔츠를 입고 한빛탑 앞에서 찍은 사진을 자랑하는 형에게 "꺼져!"라고 빽 소리를 질렀다가 흠씬 두들겨 맞은 기억이 난다. 아팠다.

사춘기가 와 버린 큰형은 엑스포 자체가 유치하다며 관심이 없었다. 하지만 나는 둘째 형의 자랑질을 무시할 수가 없었다. 너무 부러웠다. 이 년 먼저 태어났다는 이유만으로 형 노릇하는 것도 짜증 나는데. 둘째 형은 그해 여름 내내 엑스포에서 보고 온 것들에 대해 늘어놓았다. 둘째 형의 입이 카세트테이프였다면 집에 있던 서태지 2집처럼 늘어져 버렸을 것이다.

둘째 형은 우리가 어른이 되면 전기로 가는 자동차에, 손목에 차고 다닐 만큼 작은 컴퓨터가 있을 거라며 '개뻥 같은 얘기'를 늘어놓았다. 나도 그런 신기한 것들을 너무나 보고 싶었고, 그 유명한 모노레일도 타 보고 싶었는데 어머니는 심드렁했다.

"머시마 세 놈 중에 한 놈만 댕겨왔음 되얐지."

피부 색깔이 다르단 이유만으로 차별해선 안 되고, 성별이 다르단 이유만으로 차별해선 안 되는 세상인데. 어찌하여 태어난 해가 다르단 이유만으로 난 이렇게 차별의 산증인으로 살아야 한단 말인가.

4

결국 난 4반 패거리들에게 선언하고 말았다.

"이탈리아전엔 무조건 나갈 겨. 동지들을 모은다."

녀석들은 물론 술렁였다. 모두들 내심 같은 생각을 하고 있었던 것이다. 거대한 스크린 앞에서 월드컵을 보고 싶었다. 핫도그와 치킨이 함께하는 거리 응원. 그리고 형광 악마 뿔 머리띠를 한 여고생들. 남고생의 존재 이유, 여고생들.

놀랍게도 4반의 서른한 명 중 스물일곱 명이 나의 탈출 계획에 동참했다. 과연 문과의 꼴통들만 모아 놓은 우리 반 다웠다. 우리 반엔 학교가 그렇게 싫어하는 동아리 활동의 주축인 회장들과 밴드의 리더, 예체능 계열이 모두 모여 있었다. 썩은 사과는 한 부대에 몰아넣는다는 교장의 정책을 엿볼 수 있는 대목이다. 교장은 그런 사람이었다. 그해 서울대에 몇 명을 보냈느냐로 한 학년 300명 전체의 가치를 판단하는 이였다.

그렇게 18일이 다가오고 있었다. 우린 'Be the Reds!' 티셔츠를 공동구매한 뒤 각자의 사물함에 고이 숨겨 뒀다. 3학년은 붉은 티셔츠를 교복 안에 입는 것조차 금지였던 것이다.

그런데 결행 이틀 전인 그제, 청천벽력 같은 소식이 날아들었다.

"망해 분 거 같은디. 당직 바꼈으야. 그날 당직이 영어가 아니고 체육이여, 체육."

교무실에 다녀온 반장의 증언이었다. 원래 야자 감독은 남자 선생님들이 돌아가면서 하는데, 학생들에게서 압수한 무협지를 읽느라 건성건성 감독하는 영어 선생 대신에 삼

년째 학생 주임을 맡고 있는 체육 선생으로 바뀌었다는 것이다. 그는 삼국지의 장비가 현신한 것 같은 덩치의 소유자였다. 바뀐 이유는 더 가관이었다.

"영어가 그날 지 아들이랑 거리 응원을 나가기로 혔대."

"그라문 체육은! 체육이 나이가 더 많은디, 위째서 양보한 거여!"

"민국이, 니 모르냐잉. 체육이 탁구 국가대표 상비군이었잖여. 그때, 태릉선수촌에서 사귄 수영 선수를 축구 대표 팀 선수한테 뺏겼대. 것 땀시 축구라면 이를 북북 간대잖여."

갑자기 이탈자가 속출했다. 당직이 체육이라면 아무래도 탈출은 무리라는 것이다. 체육은 밤 11시까지 이어지는 야자 4교시 동안 숙직실과 화장실 한 번 가지 않고 복도에서 엄중하게 감시를 서기로 유명했다. 각 반마다 의자 수까지 철저히 체크하기 때문에 의자를 커튼 뒤에 숨기는 것도 불가능했고, 공수 부대 의무병 출신인 그에겐 어지간한 꾀병도 통하지 않았다.

"아녀. 그라문 어찌야 혀. 저 째간한 티브이로 이탈리아전 봐야 쓰겄네. 한 놈이 망봐 가문서."

그것은 실제로 이과의 문제아 반인 10반이 포르투갈전 때 실행한 방법이었다. 그런데 체육의 주도면밀함은 우리의 예상을 능가했다. 18일 아침 0교시 EBS 방송이 끝나고, 텔레비전 안테나를 모조리 수거해 간 것이다. 정말 예상 밖의 일이었다. 우릴 월드컵으로부터 격리시키겠다는 그의 다짐은 실로 대단했던 것이다.

체육은 근육질 팔 안에 안테나 열 개를 품에 안고는 특히 우리 4반을 향해 경고장을 날렸다.

"너거덜, 행여나 오늘 야자 튈 생각은 접어라잉. 튀다가 걸리문 남은 육 개월 동안 지옥이 뭔지 보여 줄 텡께."

그 말을 들은 녀석들의 얼굴이 해쓱해졌다. 문제아로 가득한 우리 4반에서 학생 주임인 체육에게 지각이나 두발 불량으로 안 걸려 본 녀석은 드물었다. 그는 한 번 사냥감을 포착하면 절대로 놓지 않는 수사자였다.

결국 6교시가 될 때쯤엔 탈출을 시도하겠다는 녀석들은 나를 포함해 일곱으로 줄어 있었다. 나는 전우들의 배신에 실망감을 금치 못했다.

"아따, 느그들 이것밖에 안 되는 거여!"

"으찌냐. 체육한테 한 번 찍혀 불문 개고생이여. 글고 월드컵은 난중에 또 하잖여."

"또 허다니! 여서 다시 월드컵 할라문 오십 년은 있으야 혀. 할배가 돼 불문 거리 응원하다가 뼈 부라진다."

"홍명보나 김남일이 나 대학 보내 주는 거 아니잖여. 미안 허다."

이럴 수가. 녀석들은 이미 교장이 만들어 놓은 논리에 세 뇌되어 있었다. 길들여진 녀석들. 빨갱이가 될 배짱도 없는 녀석들. 레나도에게 슛돌이의 독수리 슛을 가르쳐 준 배신 자 마리오 같은 녀석들.

어떻게 해야 하지. 고작 일곱 명으로 무사히 학교를 탈출 할 수 있을까. 내가 이 걱정으로 골머리를 앓고 있을 때, 내 옆자리의 석재웅 역시 울상을 잔뜩 짓고 있었다. 녀석은 우 리 학교 밴드부 '종이비행기'의 보컬이자 전주 '다모임 3대 얼짱'으로 공인된 킹카였다. 하지만 최근 연애 전선에 난항 을 겪고 있기도 했다.

재웅은 금색 스타텍 휴대전화를 탁 덮더니 울먹였다.

"혜지가 요새 심상치가 않어. 문자에 답도 안 혀."

혜지는 B여상 밴드부의 드러머이자 녀석의 오랜 여자친 구였는데, 최근 재웅에게 '생각할 시간'이 필요하다는 철퇴 같은 선언을 한 바 있다. 여상의 3학년은 실습을 나가므로 학생이라기보다는 사회인에 가깝다. 드넓은 바다를 헤엄치 는 돌고래랄까. 반면 주말까지 학교에 붙잡혀 있는 재웅은 '수능'이라는 횟집 수족관에 갇힌 꼼장어나 다름없다. 아무래도 퇴짜 맞기 직전 아닐까.

남녀상열지사에는 문외한이지만, 난 녀석에게 작은 위로를 건넸다.

"혜지도 말여, 분명 거리 응원을 나올 것인디."

"……그럴까?"

"아, 그렇당게. 다이렉트 아그들이 그라는디 풍남문이 장난 아니래. 거서 함 찾아보장게, 혜지."

재웅이 녀석은 스타텍을 불끈 쥐고 고개를 끄덕였다. 하지만 그때까지도 야자 감독인 체육의 시선을 돌릴 만한 마땅한 수가 떠오르지 않고 있었다.

8교시로 넘어갔을 땐 해괴한 방법을 시도하는 녀석도 생겼다.

책벌레 회장 최운필이 슬그머니 자리에서 일어나 뭐라고 중얼거렸다. "아무래도 내가 나서야겠군" 운운하며 사물함을 열어젖히는 녀석의 눈빛은 흑마법사의 그것처럼 음침했다. 운필은 고대 마법서처럼 두툼한 『수학의 정석』을 꺼내며 이렇게 외쳤다.

"나와라, 질병의 신 아폴로!"

뭐라는 거여. 판타지 소설을 너무 많이 읽은 거 아니냐, 저놈. 4반의 모두가 황당한 얼굴로 녀석을 바라보는데 운필은 당황하지 않고 주문을 외우듯 설명했다.

"너거덜, 작년에 아폴로 눈병 사태 기억 안 나낭."

아폴로 눈병은 2001년 전국을 강타한 바이러스성 결막염이었다. 전염성이 너무 강해 걸렸다 싶으면 즉각 조퇴 판정이 내려지는 무시무시한 질병이었다. 그해 여름 보충수업 기간 내내 교실이 절반밖에 차지 못했던 기억이 난다. 운필이 꺼내 든 수학의 정석은 당시 보충수업을 빠지고 싶어 안달 난 녀석들의 매개체였다. 눈병이 걸린 녀석의 눈물을 종이에 묻혀 비비다 아폴로 신의 은총에 '당첨'된 녀석들이 꽤 많았다. 물론 나는 쓸데없이 건강한 몸을 타고나서 멀쩡했지만.

"후후후. 나가 그 뒤로 일 년 동안 이 정석을 펴 보지 않았당게."

운필은 자랑스럽게 얘기하곤 66페이지 '일차연립방정식' 부근에 눈을 대고 마찰을 일으키기 시작했다. 어떻게 됐냐고? 물론 보기 좋게 실패했다. 녀석은 흰자위가 벌겋게 충혈되긴커녕, 눈두덩만 거친 하드커버에 쓸려 한껏 부어올라 우스꽝스러운 몰골을 하곤 분하다는 듯 말했다.

"소환 실패여. 뭣 땀시 작년 겨울은 겁나게 추워 불어 가지고, 니미."

아무래도 바이러스들이 저 어두운 사물함 속에서 일 년을 생존하는 건 무리였나 보다. 운필의 부은 눈두덩만큼이나 은근히 기대한 내 마음도 부어올랐다.

결국 그렇게 어물어물 종례 시간이 다가왔다. 뛰쳐나가고 싶은 마음은 굴뚝같은데 마땅히 묘안이 떠오르지 않아 우리 일곱 명의 표정은 어두웠다. 교복 속에 입은 붉은 티셔츠와 가방 속의 헤어젤, 휴대용 태극기가 이렇게 무용지물이 되는 걸까.

담임은 별다른 말없이 종례를 마친 뒤 복도로 조용히 나를 불러냈다.

"한민국이. 오늘 같은 날 너거덜이 뭔 생각헐지 뻔허다. 거시기허지 말고 싸게 거시기혀라. 알긋냐?"

"헌디, 샘. 점번에 「죽은 시인의 사회」 보여 주셨잖어요. 거서 그라든디. 카페디엠."

"……카르페 디엠. 현재를 즐겨라."

"맞어요. 우덜도 현재를 즐기고 싶당게요."

그러자 담임은 뿔테 안경을 슬쩍 추켜올린 다음 말했다.

"그놈의 '현재'. 대학 가서 즐겨라잉. 너거덜은 시간이 멈췄다고 생각혀. 번데기처럼. 올 여름을 어떻게 보내느냐에 따라 번데기 기간이 일 년이 될지, 더 늘어날지 정해지는 겨."

5

야간 자율학습이 시작됐다. 트레이드 마크인 죽도를 든 체육이 5층 복도를 오가며 감시의 눈빛을 쏘아 대기 시작했다. 창문에 슬쩍슬쩍 걸쳐지는 그의 살짝 벗어진 머리와 수직으로 솟구친 죽도가 마치 잠수함과 잠망경처럼 보였다. 교실 뒤에서 웅웅거리며 돌아가는 에어컨 소리만큼이나 내 머리는 어지러웠다.

시간은 8시 10분. 이탈리아전 킥오프가 불과 이십 분 앞으로 다가왔다.

그러다 8반 녀석들 중 한 녀석이 체육복을 껴입고 한 팔에 이어폰 줄을 숨긴 채 라디오 중계를 듣다가 붙잡혔다. 체육에게 압수된 물품들은 졸업식 때 돌려받는다는 전설이 있다. 교무실의 퀴퀴한 서랍 속에서 미라처럼 잠들게 될 워크맨에 묵념하면서 우린 더더욱 초조함을 느꼈다.

"짜식들. 뻔헌 방법을 쓰게 걸리는 겨."

그때 천문 동아리 별바라기의 회장 이광재가 녀석의 비밀 병기 1호를 꺼내 들었다. 바로 1미터 30센티미터에 달하는 천체 망원경이었다. "그걸로 뭘 어쩌게?" 묻는 우리에게 녀석은 창가 쪽 1분단의 넷째 줄에 바싹 붙어 망원경을 들이

댔다.

"여서 배율을 쪼까 조정해 불면 말여. 배꼽시계 가게 안에 달린 티브이를 볼 수 있어야."

'배꼽시계'는 등굣길 끄트머리 버스 정류장에 붙어 있는 떡볶이집이었다. 그렇게 먼 곳의 벽에 붙어 있는 화면을 볼 수 있단 말인가! 나는 내심 별바라기를 샌님들의 동아리라며 비웃었던 과거를 반성했다. 우리 중 가장 키가 작은 '키보더스'의 황동민이 망을 보기 시작했다.

광재가 중얼거렸다.

"오오오. 선수들이 입장허고 있는디. 허연 유니폼이다, 오늘."

그런데 녀석의 목소리로만 전해 듣는 터라 우리는 감질이 날 수 밖에 없었다. 한 놈만 보는 게 무슨 의미가 있냐! 떠들 수도 없는데! 그러자 과학실험 동아리 '블랙홀'의 부회장 출신인 김동찬이 슬쩍 나섰다.

"내헌티 맡겨 봐. 거시기할 수 있을 것 같은디."

녀석은 교실 뒤편의 거울을 떼어 내고는 작은 손거울 두 개를 만지작거리더니 놀라운 일을 해냈다. 바로 교실의 하얀 천장을 스크린 삼아 중계 영상을 띄운 것이다! 물론 소리는 없었지만 몸을 풀고 있는 주장 홍명보의 모습이 천장 가득 잡히자 우리는 신음 소리를 내지 않으려고 입을 틀어막아야 했다.

"시작했어."

우린 창문으로부터 툭 튀어나온 천체 망원경을 커튼으로 잘 가린 뒤 고개를 한껏 꺾어 천장을 바라봤다. 잠수함과 잠망경이 등장할 때마다 황급히 공부하는 척 시선을 내리깔았지만 참고서나 문제집에 신경을 쓰는 녀석은 아무도 없었다.

그렇게 우리는 태극전사들과 아주리 군단의 한판 승부를 숨죽여 지켜봤다. 과연 빗장 수비로 유명한 이탈리아를 우리 공격수들이 뚫을 수 있을 것인가. 그것이 관건이었는데, 불과 사 분 만에 기회가 왔다! 송종국의 프리킥을 받기 위해 고군분투하던 설기현이 반칙을 당하며 페널티킥을 얻어 낸 것이다.

"아자, 이거제!"

난 교복 속의 붉은 티셔츠를 꽉 붙잡고 신음했다. 그런데 키커로 나선 선수는 안정환. 미국전에서 한 번 실축을 한 그였기에 우린 '설마 또 못 넣겠냐' 싶었는데 우려가 사실이 되었다. 얄밉게도 골키퍼 부폰이 안정환의 슛을 다이빙해 막아 낸 것이다.

그 뒤로 이탈리아는 거세게 대한민국을 몰아붙이기 시작

했다. 축구 선수인지 프로레슬링 선수인지 분간이 어려운 근육질의 전사들이 자꾸만 팔꿈치와 어깨를 이용해 태극전사들을 튕겨 냈다. 급기야 전반 십칠 분 토티의 코너킥을 놓치지 않은 싸움꾼 비에리가 헤딩슛을 집어넣는 참사가 벌어졌다.

"어어어? 어어어어어?"

우린 아무 말도 잇지 못했다. 불과 이십여 분만에 천당에서 지옥으로 떨어진 기분. 여기저기서 술렁임이 튀어나왔다. "저거, 유니폼이 뭐 저따위여. 저렇게 많이 늘어나 불문 반칙 아니냐.", "비에리, 저 새끼 권투 선수였다더만? 그려서 김남일이도 꼼짝을 못 해 부네.", "니미럴. 난 이제부터 이태리 타올을 쓰지 않을 거여.", "먼 소리여. 니 원래 잘 안 씻잖여.", "아아. 이렇게 또 사 년을 기다려야 하는 겨?", "2006년, 우리덜 중 태반은 군대에 있을걸? 안 그냐?"

선제골을 먹은 한국 대표 팀은 시종일관 밀리다가 하프타임을 맞이했다. 로커 룸으로 향하는 안정환과 박지성의 얼굴은 풀이 죽어 있었다. 그와 동시에 교실에서도 쉬는 시간을 알리는 종소리가 울려 퍼졌다.

이대로는 안 된다. 지금 태극전사들에겐 붉은 악마들이 모아 주는 원기옥이 필요해.

나는 책상을 쾅 하고 내리쳤다. 그러자 4반의 모두가 화들짝 놀라 내 얼굴을 쳐다봤다. 순간 나는 무척 비장한 얼굴을 하고 있었으리라. 왜냐하면 '축구왕 슛돌이' 비디오테이프 케이스 뒷면에 적힌 단 한 줄의 문구를 떠올리고 있었기 때문이다.

'곧 죽어도 축구 선수가 되어야만 하는 소년!'

나는 유럽 무대의 꼴찌 팀에 들어가 온갖 인종차별에 시달리면서도 승리를 향해 달려 나가는 슛돌이를 떠올리며 선포했다.

"결심했어! 곧 죽어도 거리 응원을 나간다!"

6

소변기와 소변기를 타고 현재 1 대 0으로 지고 있다는 소식이 퍼져 나갔다. 참을 수 없는 비탄에 연이은 탄식이 이어졌다. 그러나 쉬는 시간이 끝나자 1반부터 10반에 이르는 300명은 모두 각자의 교실을 찾아 들어갈 수밖에 없었다.

하지만 나를 비롯한 일곱의 붉은 악마들은 비로소 작전을 개시했다. 히딩크의 새로운 지시를 받고 로커 룸을 나서는 태극전사들처럼 우리의 각오도 자못 남달랐다. 쉬는 시간 십 분 동안 저마다의 준비물을 챙긴 채 우리는 교실 뒷문에 우르르 달라붙었다.

오히려 안절부절못하는 건 교실에 얌전히 남기로 한 녀석들이었다.

"느그들, 그러다 좆돼 분다."

"걱정 말어. 이제 아무도 우릴 막아설 수 없어야."

잠시 후, 우리가 그렇게 기다리던 신호가 들려왔다. 퍼벙 펑펑펑펑! 남자 화장실에서 울려 퍼지는 굉음이었다. 쉬는 시간의 막바지, 김동찬이 알코올램프에 휴지를 이어 폭죽 다발과 연결해 놓은 것이다. 거리 응원 도중 골이 터질 때를 대비해 사 놓은 폭죽이었지만 아까워할 때가 아니었다.

"한 놈도 나오지 말어! 꼼짝만 하면 조사 불랑게."

복도 전체를 울리는 소리에 모두가 웅성대자 체육은 죽도로 소화전을 탕탕 때리며 윽박질렀다. 잠시 후 정황을 살피기 위해 체육이 화장실 안으로 들어갔고, 그와 동시에 우리 일곱은 복도로 뛰쳐나왔다. 양손에 운동화를 든 채 맨발로. 살금살금 움직여 우린 1반 끝의 계단 앞에 이르렀다. 그리고 낭패감을 맛봐야 했다.

"억! 이게 뭣이여?"

1층으로 향하는 계단이 철문으로 잠겨 있었다. 체육은 우리 생각보다 교활했다. 탈출을 예상하고 양쪽 끄트머리 출구를 봉쇄해 버리다니. 1층으로 내려가려면 중앙 계단을 통하는 수밖에 없었다. 그러려면 화장실을 지나쳐야 한다.

"민국아. 으찌냐? 교실로 다시 드가야 혀?"

"아니. 불리헌 전황은 임기응변으로 거시기헌다."

난 우리의 일곱 번째 멤버인 미술 동아리 '팔레트' 회장 방국현의 가방을 툭 쳤다. 그러자 녀석은 내 눈빛을 읽은 듯 고개를 끄덕이곤 두툼한 가방을 열어젖혔다.

"언 놈이여! 변소에 폭죽 터뜨린 쉐끼들."

곧 분노에 가득 찬 체육의 사자후가 들려왔다. 죽도를 양손에 꼬나쥔 채 씩씩거리는 그가 1반 쪽 복도에 일렬로 늘어선 우리를 발견했다. "느그들이여? 몇 반 자식들이냐? 앙?" 하고 성큼성큼 걸어오던 그의 발걸음이 주춤했다. 우리 일곱의 얼굴이 붉은색과 파란색 물감으로 덕지덕지 칠해져 있었기 때문이다. 재웅이 녀석이 다모임 얼짱답게 마지막까지 반항했으나 우리는 작전의 성공을 위해 사지를 붙잡은 다음 녀석의 얼굴을 강제로 칠해 버렸다.

우리가 몇 반인지 알아챌 시간을 줘선 안 돼.

곧 우리는 복도 가운데 서서 무지막지한 위압감을 주는 체육과 마주했다.

"오호라. 빨간 티셔츠를 맞춰 입고. 요 겁도 없는 놈들이 나으 앞에서 야자를 튀어 보겠다? 눈 빼고 다 간인 놈들 아녀, 이거?"

사바나에서 하이에나 떼를 마주한 수사자의 으르렁거림이었다. 그가 손바닥을 죽도로 툭툭 때리며 다가오자 오금이 저려 왔지만 다행히 하이에나들은 두꺼비를 인질로 잡고 있었다. 1층 계단 옆에 있는 두꺼비집을 내리자 5층 복도와 교실 전체에 어둠이 내려앉았다.

"뛰어!"

우리는 잽싸게 복도를 내달렸다. 체육은 어둠 덕분에 얼굴을 분간할 순 없어도 걸리는 놈의 뼈를 부수겠다는 기세로 죽도를 머리 위로 쳐들었다. 하지만 우린 그와 정면 대결할 생각은 추호도 없었기 때문에 2반의 앞문을 활짝 열고 들어갔다.

"뭐여, 느그덜?"

우리가 갑작스런 정전에 우왕좌왕하는 2반 녀석들의 책상 위를 뛰어넘자, 일대 소란이 일어났다. 2반 뒷문을 열고 나오자 허공에 죽도를 휘두르던 체육은 자신의 실수를 깨달았지만 이미 늦었다. 우린 중앙 계단을 향해 날듯이 뛰어 학교 건물 바깥으로 뛰쳐나오는 데 성공한 것이다.

"담장을 넘어야 혀!"

초여름밤의 습한 공기가 땀으로 범벅된 피부에 와 닿는 기분이 묘하게 상쾌했다. 껌껌한 운동장의 정중앙을 가로지르는 일곱 개의 붉은 티셔츠들. 제1의 아해가 무섭다고 그러오. 제2의 아해도 무섭다고 그러오. 제3의 아해는 짜릿하다고 그러오.

그렇게 우리는 굳게 잠긴 교문 앞에 다다라 담장에 다리를 올렸다. 운동장이 아닌 바깥쪽 땅에 내려서기만 하면 우린 자유다. 태극기와 붉은 물결, 핫도그가 우릴 기다리고 있을 터.

그때, 다시 두꺼비집을 올렸는지 열 개의 교실에 불이 일제히 켜졌다. 그리고 1층 문이 벌컥 열리더니 죽도 대신 확성기를 든 체육이 천천히 걸어 나왔다. 우린 담을 넘으려는 자세 그대로 공중에서 동작을 멈췄다.

"쫄지 말어. 저까정 겁나게 멍게 무조건 안 잡혀."

내가 애써 녀석들의 마음을 다잡으려 하는데, 확성기를 타고 체육의 쩌렁쩌렁한 목소리가 귓가를 파고들었다.

"마지막 경고다잉! 너거 일곱 쉐끼들. 내가 어떻게든 찾아내 전 과목 수행평가 빵점 처리해 분다. 이거 헛소리 아녀."

수행평가 빵점? 고작 야자를 튀었다고 그런 무지막지한 처벌을? 우린 숨 쉬는 것도 잊은 채 이어지는 체육의 말을 경청했다. 우리의 동요를 눈치챈 듯 그는 운동장 한가운데에 멈춰 섰다. 학교 5층 열 개의 창문은 우릴 지켜보는 수백 개의 눈빛들로 가득했다.

"헌디! 만약 지금 내려와 갖고 내 앞에 일렬로 선다? 그라문 죽도 열 대만 엉덩이에 맞고 끝내 분다. 암시롱 읍시 다시 교실로 돌아가는 겨. 십 초 줄랑게. 십! 구!"

가장 먼저 운동장에 내려선 것은 방국현이었다. 녀석은 2학기 수시로 미술특기자 전형을 노리고 있었는데, 수행평가 점수 빵점은 곧 재수 생활로 향하는 편도 티켓이나 다름없었다. 곧이어 황동민, 최운필이 내려섰고 마지막으로 내 옆에 있던 석재웅도 터덜터덜 내려갔다. 녀석은 "혜지야" 어쩌고 하면서 거의 울먹였다.

나도 땅바닥에 내려섰다. 이미 전의를 상실한 여섯의 얼굴을 보자니 나도 맥아리가 없어진 것이다. 우리는 의기양양한 체육을 향해 터덜터덜 걸어갔다. 아, 이렇게 탈출 작전은 실패로 돌아가는 것인가?

맨발에 닿는 운동장의 모래알이 까슬까슬했다. 그 순간 왜인지 모르게 축구 동아리 다이렉트에 들어오자마자 실컷 운동장을 누비던 그때가 떠올랐다. 모든 잡념을 잊고 골대를 향해 육박해 들어가던 그 행복했던 순간. 그러고 보니 고3이 되고 운동장을 이렇게 뛰어 본 게 얼마만인가. 지금 내 골대는 어디에 있지?

"야이이이잇!"

나는 괴성을 내지르며 체육을 향해 전력 질주를 했다. 체육은 "그려. 매두 먼저 맞는 놈이······." 운운하며 고개를 끄덕이다가 나에게 탁 하고 확성기를 빼앗겼다. 곧 머리끝까지 화가 난 그가 날 붙잡으려고 달려들었다. 하지만 내가 누군가. 다이렉트의 10번 스트라이커 한민국이다! 난 달리면서 확성기에 대고 소리를 내질렀다.

"학교에 갇혀 있는 고3들아! 너거들도 축구 보고 잡지 않나! 백오십 일 중에서 딱 구십 분의 자유도 없는디. 열 받지 않냐고. 억!"

체육이 내 허리를 들이받고 태클을 걸었다. 난 운동장에서 그와 함께 나뒹굴며 확성기를 놓쳤다. 그걸 주워 든 건 블랙홀의 김동찬이었다. 녀석의 새된 목소리가 운동장에 울려 퍼졌다.

"우, 우리 몸의 세포는 말여. 칠 년이면 완전히 새로운 세포로 바뀌어 분다. 오늘의 나는 칠 년 뒤의 나랑은 암시롱 상관이 없어!"

별바라기의 이광재가 바통을 이어받았다.

"2012년에 안 있냐, 어차피 지구는 멸망한다! 마야 달력에 그람시로 쓰 있당게! 놀라믄 지금 놀아야 혀! 내 말이 들리…… 꾸엑!"

체육이 내 몸을 누르다가 광재를 향해 덤벼들자 다시 확성기가 내 눈앞으로 떨어졌다. 나는 물감으로 범벅이 된 확성기의 마이크에 재차 입을 가져갔다.

"언제까정! 오지도 않을 미래 땀시 오늘의 행복을 걷어차 불 거냐고!"

그로부터 이십 초나 흘렀을까. 봇물이 터지듯 3학년 녀석들이 운동장을 향해 뛰쳐나왔다. 나는 벅차오르는 감격 속에서 몸을 일으켰다. 300명 전원이 야자를 빼먹는다면 어떻게 될까. 우리 모두 수행평가가 빵점이 되나?

서울대에 열 명 이상 보내야 하는 우리 교장이 그런 걸 보고만 있을까.

7

그렇게 300명의 고3들은 전주의 사방팔방으로 흩어졌다.

반란을 주도한 일곱 명은 풍남문 광장으로 달려가 대형 스크린 앞에서 목이 터져라 태극전사들을 응원했다. 심장의 고동을 지배하는 북소리, 다섯 번의 경적이 울리면 어김없이 터져 나오는 '대한민국!', 태극기가 뇌쇄적일 수 있다는 걸 알려 준 누나들의 화끈한 패션.

물론 경기 상황은 좋지 않았다. 한 골을 앞선 이탈리아는 어지간해선 하프라인을 넘어오지 않으며 골문을 걸어 잠갔다. 목숨을 걸고 쟁취해 낸 내 거리 응원이 설마 처음이자 마지막이 되는 건가? 그러나 실망하긴 일렀다. 기적 같은 순간들이 그라운드에서 움트기 시작한 것이다. 후반 43분 터진 설기현의 천금 같은 동점 골! 그리고 연장 후반 12분에 터진 안정환의 역전 골!

"이겨 부렀따! 8강이다아!"

우리는 괴이한 몸골로 서로 얼싸안으며 덩실덩실 춤을 췄다. 난생 처음 보는 이들과 연달아 하이파이브를 하느라 손바닥이 남아나질 않았다. 붉은 티를 맞춰 입은 남녀가 뜨거운 키스를 나누는 걸 스크린으로 보면서 키득대기도 했다. 역시 젊음은 뜨겁다. 우리도 대학에 가면 저런 여자 친구를 만날 수 있을까.

그런데 문득 여자의 얼굴을 어디선가 본 것 같은 기분이

들었다.

"혜, 혜지야?"

그 딥키스의 주인공이 재웅의 스타텍 뒷면에 붙은 스티커 사진에서 본 얼굴이라는 걸 깨달았을 땐 이미 늦었다. 재웅은 턱을 덜덜 떨며 믿을 수 없다는 듯 주저앉았다.

내가 녀석을 일으켜 주려고 다가갔을 때 거대한 팔뚝이 목을 휘감아 왔다. 턱 하고 숨이 막혔다. 체육이 머리 위에서 잔인한 웃음을 짓고 있었다.

"잡았다, 요 쉐키들."

그렇게 우리 일곱 명은 현행범으로 붙잡혀 다시 학교로 강제 이송됐다. 운동장 수돗가에서 얼굴에 묻은 물감을 벅벅 씻고 나자, 우릴 기다리고 있는 것은 엉덩이 스무 대와 열 장의 반성문이었다. 체육은 그러고도 분이 풀리지 않았는지 내일 등교하면 교장실로 출두하라는 엄명도 내렸다.

"어떡하냐, 우리."

텅텅 빈 스쿨버스의 맨 뒷자리에 모여 앉은 우리는 낙담했다. 열병 같았던 일탈이 끝나자 머리는 다시 차가워졌고, 무작정 저지른 일들이 몰고 올 후폭풍이 걱정됐다. 나는 짐짓 세 보이려 "모든 책임은 내가 질랑게. 느그들은 걱정 말어"라고 말을 꺼냈다가 정말로 안도의 표정을 보이는 국현과 동찬 때문에 살짝 빈정이 상하기도 했다.

"민국아. 내 생에 다시 사랑 따윈 없다, 시부럴."

그 와중에 재웅은 이 한마디만을 남긴 뒤 넋이 나간 듯 대꾸가 없었다. 그럴 법도 했다. 첫사랑이 다른 남자와 키스하는 걸 생중계로 지켜봐야 했으니. 자고로 페널티박스 속의 골키퍼와 주화입마에 빠진 사춘기 소년은 건드리는 게 아니라 했다.

이탈리아전의 극적인 승리로 전주 시내는 용광로처럼 들끓고 있었다. 여기저기서 '빠방빠방빵!' 하는 경적 소리와 '오! 필승 코리아' 노래가 터져 나왔다.

다만 우린 재웅이 풍기는 어둠의 기운에 질식할 듯 눌려서 다가오는 토요일에 열릴 스페인전에 대한 이야기는 꺼낼 수도 없었다. 친구가 절망의 구렁텅이에 빠져 있는데 다음 잔치를 논할 수는 없는 것 아닌가.

그때 전동성당 앞에 스쿨버스가 멈춰 섰다. 자그맣게 열린 스쿨버스의 창문 밖으로 한 무리의 아리따운 여학생들이 눈에 들어왔다.

"어? 백설공주들이다."

횡단보도 앞에서 신호를 기다리고 있는 스무 명 정도의 소녀들은 전주에서 가장 도도하기로 소문난 S여고의 학생들이었다. 백설공주라는 별명은 어깨가 부풀어 오른 우아한 교복 스타일과 전원 기숙사 생활, 남학교와 절대 미팅 금지라는 S여고의 엄격한 규율에서 비롯한 것이었다.

평소라면 절대 말도 못 붙일 동화 속 그녀들이었다.

그런데 오늘 백설공주들은 다들 머리에 빛나는 악마 뿔을 쓰고 있었다. 양 볼에 앙증맞은 태극기를 그려 넣은 여학생들도 있었다. 그날 밤의 내 용기는 다 짜내서 쓴 줄 알았는데 아직 한 줌이 남아 있었던 모양이다.

나는 드르륵 창문을 열고 소녀들을 향해 박수를 쳤다.

짜작짜작짝!

백설공주들이 우리 쪽을 쳐다봤다. 곧 수군거림이 이어졌다. 뒷자리의 황동민이 내 머리를 때렸다.

"병신아! 쪽팔리게 뭐하는 거여. 쟈들이 월매나 도도헌디, 대꾸나 하겠냐?"

그런데 마법이 일어났다. 그녀들이 일제히 피식 웃더니 합창을 돌려준 것이다.

"대한민국~!"

스쿨버스 안엔 일대 소란이 일어났다. 재웅을 제외한 나머지 여섯 명이 벌떡 일어났다. 그리고 너도나도 좁은 창문에 얼굴을 들이밀기 시작했다.

"야야야, 너거덜 몇 학년이여?"

"3학년? 우리돈디! 토요일 모의고사지? 스페인전 같이 안 볼래?"

"반팅하자, 반팅!"

그러나 그녀들은 피식피식 웃기만 할 뿐 뭐라 확답을 주지 않았다. 역시 우리들의 둔탁한 얼굴로는 승부를 보기 힘들다. 나는 창문에서 눈을 떼 단연 학교 최고의 킹카 석재웅을 쳐다봤다. 너의 도움이 필요하다! 일어나라, 밴드 보컬이자 얼짱이여!

그런데 재웅은 의자 밑으로 고개를 처박고 있었다. 아직 충격에서 벗어나지 못한 건가, 이번 생에 다시는 사랑이 없다고 말한 게 역시 진심이었나. 내가 답답해하고 있는데 녀석이 얼굴을 꺼내 들었다. 놀랍게도 머리에 헤어젤이 듬뿍 발려 있었다. 아, 재웅의 그릇을 내가 얕보았구나. 녀석은 그 찰나 가방을 뒤져 헤어젤을 꺼내 변신을 하고 있었던 것이다.

머리에서 광채를 내뿜는 재웅이 창문 바깥으로 얼굴을 내밀었다.

"워떠? 연락처 줄 텨?"

재웅의 수려한 얼굴이 등장하자 백설공주들은 술렁이기 시작했다. 반대로 우리는 무척 초조해졌는데 곧 신호가 바뀔 모양이었기 때문이다. 그들 중 가장 청순한 외모의 한 여학생이 가방에서 노란색 포스트잇을 꺼내더니 번호를 적어 우리에게 보여 주었다.

그리고 그와 동시에 스쿨버스가 격렬하게 좌회전을 시작했다.

"으아아아앗!"

우리는 일제히 창문에 얼굴을 부닥치며 운전기사 아저씨를 마음속으로 저주했다. 왜 하필 지금!

"보, 보이냐?"

"워매, 너무 멀어!"

황급히 창밖을 보니 포스트잇을 든 여학생은 아쉽다는 듯 새침한 미소를 짓고 있었다. 점점 멀어지는 그녀의 손에 들린 포스트잇이 마치 영원한 이별을 상징하는 노란 손수건 같았다.

"모두 비켜서라앗!"

그때, 광재의 목소리가 버스 안에서 쩌렁쩌렁 울렸다. 녀석의 손에는 비밀 병기 1호, 천체 망원경이 들려 있었다. 그 순간 우리는 아무런 대화도 나누지 않았지만 세트피스를 구사하는 대표 팀처럼 일사분란하게 움직였다.

창가 쪽에 앉아 있던 나와 동민은 구렁이처럼 앞좌석과

뒷좌석으로 몸을 날려 공간을 만들어 주었고, 운필과 국현은 광재가 천체 망원경을 창밖으로 내밀고 배율을 조정할 동안 녀석의 허리와 다리를 붙잡아 최대한 고정시켜 주었다. 올림픽 성화 봉송의 비장함 정도가 이에 비견될 수 있을 것이다. 제발, 이 불을 꺼뜨리지 말아 다오.

그렇게 광재는 망원경의 스코프에 한참 눈을 대고 있었고, 우리는 재촉도 못 하고 침만 삼키며 녀석의 말을 기다렸다. S여고 학생들은 완전히 육안에서 멀어져서 더는 보이지도 않았다.

"뭐여? 본 겨, 못 본 겨?"

이윽고 광재는 스코프에 눈을 댄 채 잇몸이 만개한 큰 웃음으로 우리에게 답했다. 그것은 우리 모두가 연장 후반의 역전 골만큼이나 기다리고 기다렸던 것, 바로 진정한 악마만이 지을 수 있는 회심의 미소였다.

3학년 2반

이서영

지금 돌이켜 보면 오로지 그 키스 때문이었다.

중학교 3학년, 여름밤이었다. 그날 영인이는 술에 취해 있었다.

공원 벤치에 풀어진 채 주저앉은 영인이는 도무지 일어날 것처럼 보이지 않았다. 주머니에서 휴대전화를 꺼내서 살짝 플립을 열었다가 닫았다. 8시 35분. 지금 출발해도 집에 도착하면 9시 30분이 넘는다. 영인이가 내 손을 잡아끌었다. 나는 잔뜩 겁을 먹은 채 영인이 옆에 나란히 앉아서는 집에 가서 엄마한테 뭐라고 변명해야 할지만 계속 생각했다. 8시 45분이 되었을 때, 도저히 안 되겠다고 생각했다. 이젠 집에 가야겠다고 말하려고 고개를 돌렸다.

부드럽고 따뜻했다.

영인이가 입술을 떼었고, 나는 아무 말도 하지 못하고 멍하니 영인이를 바라보았다. 영인이는 풀린 눈으로 웃어 보였다. 여름밤의 영인이는 온통 푸른빛으로 보였다.

벤치에 기댄 영인이의 짧은 머리카락을 잠깐 뒤돌아 볼 때, 바람이 불었다. 나는 혹여 바람에 쓸려 나갈까 고개를 푹 숙이고 천천히 걸어 지하철역으로 들어갔다.

지하철 안에 있는 어느 사람과도 눈을 마주치지 않았다. 오로지 무릎만 바라보았다. 얕게 숨을 들이쉬었고, 더 얕게 내쉬었다. 가슴이 뼈개지는 것처럼 아팠다. 두 손을 모아 가슴팍에 그러쥐고 가쁘고 가늘게 숨을 쉬며 열여섯 개의 정류장을 지나쳤다. 갈아타는 역에선 바닥만 보고 걷다가 한 번 누군가와 부딪치기도 했다.

"학생, 앞을 제대로 보고 다녀야지!"

조금 걸걸한 중년 남성의 목소리였지만, 고개를 들지도 않고 사과를 하지도 않았다. 집에 올 때까지, 나는 고개를 들지 않았다. 간신히 집에 도착해서 신발을 벗자, 현관문에서 기다리고 있던 엄마는 짜증스럽게 말을 던졌다.

"너 요즘 왜 자꾸 이렇게 늦어."

엄마의 말에 무언가 대답을 해야 한다고 생각했지만, 도무지 입을 떼고 싶지 않았다. 대답을 하는 대신 멋쩍은 듯 살짝 웃어 보이고는 방으로 들어갔다. 가만가만히 옷을 벗어서 잘 개었다. 옷을 옷장 깊숙하게 넣어 놓은 뒤, 잠옷으로 갈아입지 않고 팬티만 입은 채 불을 끄고 이불 속으로 들어갔다. 천천히 눈을 감았다. 여전히 가슴이 아팠다. 위아래 입술을 말아서 앞니로 살짝 깨물어 보았다. 얼굴이 순식간에 뜨거워져서 참지 못하고 큰 숨을 내쉬고 말았다.

다음 날 학교에서 만난 영인이는 가볍게 웃으며 인사를 건넸다. 어제 일에 대해서는 아무 말이 없었다. 나도 반갑게 웃고는 내 자리에 앉았다. 우리는 이곳, 3학년 2반이라는 공간에서는 그리 많은 말을 하지 않는다. 우리는 다른 곳에서 만난다.

"난 내 세상 있죠, Peace B is my network ID, 우린 달라요, 갈 수 없는 세계는 없——"

누군가 스피커를 향해 필통을 집어 던졌다.

"씨발, 방송부에 보아 친척 있냐? 맨날 아침마다 왜 저렇게 보아만 틀어 대!"

나는 이 노래를 좋아하지만 이건 비밀이다. 모두가 보아를 싫어하기 때문만은 아니었다. 저 노래를 들을 때면 영인이를 생각했기 때문이다. 우리는 이곳에서 만나지 않으니까. 우리가 만나는 곳은 컴퓨터 앞, 신촌 공원, 산타페였다.

세이클럽의 한 이반 카페에서 영인이의 사진을 발견한 건 2학년 겨울방학 때였다. 캠으로 뽀얗게 만들어 놓으니, 영인이의 핼쑥한 얼굴은 더 예뻐 보였다. 안양, 15세, 부치. 이름은 강한빈이었다. 짧게 커트 친 머리만으로는 부치라고 여겨지지 않을 것 같았다. 조영인이라는 원래 이름도 충분히 예쁜데. 뭐…… 나도 하월야니까. 늘 컬러 렌즈를 끼고 다니는 그녀의 눈은 하두리 캠 사진 속에선 더 반짝거렸다. 그녀의 사진 아래에는 댓글이 아주 많이 달렸다. 그러니까…… 나는 영인이를 한빈이라고 불렀다.

정모 때는 그 애에게서 조금 먼 자리에 앉았다. 그 애는 나를 몰랐다. 그 자리에는 스무 살이나 된 언니도 있었다. 내가 약간 수줍어하자, 그 언니는 깔깔거리며 내 팔을 붙잡고 말했다.

"그럴 줄 알았지만, 월야는 천생 팸이네."

그때 영인이는 날 바라보았지만, 날 알아보지는 못했다. 당연했다. 나는 그 애를 알았지만 그 애가 꼭 나를 알 필요는 없었다. 어차피 그 애는 모두가 다 아니까. 수련회 때 장우혁의 춤을 똑같이 따라 추는 아이. 후배들도 선배들도 하나같이 좋아하는, 우리 학교 애들이라면 누구든 한번쯤은 떠올리며 얼굴 붉혀 보았을 아이.

영인이가 남긴 정모 후기를 집에 오자마자 찾아보았다.

큭―, 다들, 굉장히, 고맙습니다. 무척, 특별한, 기분이었어요. 특히, 같은, 지역 산다는, 월야랑은 거의, 대화도 못 해 봤네―? 조만간, 또 만나요―.

또 만나자고는 했지만, 영인이는 내가 누군지 몰랐을 것이다. 3학년 2반 교실에서 내 얼굴을 마주치고 약간 당황하는 표정을 짓기 직전까지는. 나는 가볍게 영인이에게 미소만 지어 보이고 앞자리 어딘가에 앉았다. 영인이가 2반이라는 사실을 알게 된 아이들이 웅성거리는 소리를 들으면서 자리에 엎드렸다. 누가 살짝만 건드려도 가슴이 펑 터질 것만 같았다.

우리는 얼마 지나지 않아 신촌 공원에서 다시 만났다. 이반 클럽의 공식 커플이나 마찬가지인 휘승과 루비가 지나가는 할아버지의 빤한 시선을 받으며 뒤엉켜 입을 맞췄다. 루비와 휘승은 고등학생이었다. 휘승이 서울에 살고 루비가 수원에 산다는 건 알았다. 하지만 우리는 대체로 신촌에서 만났다. 벤치 여기저기에서 힙합 바지를 입은 칼머리 여자애들이 서로를 쓰다듬는 곳. 휘승은 아무렇지 않게 담배를 물었다. 클럽 사람들 대부분이 그렇듯 휘승도 말보로 레드를 피웠다. 나는 아무 말도 못 하고 영인이의 얼굴만 보고 있었다. 학교에서 늘 보던 얼굴, 결국에는 마주쳐 버린. 한빈은 조금 눈치를 보더니 먼저 웃으며 내게 다가왔다.

"나 월야랑 같은 반이다?"

"뭐? 진짜?"

"우아!"

한동안 사람들은 나와 한빈의 주변에 둘러서서 우리의 학교생활에 대해 물었다. 그냥 같은 반이라고, 별건 없다고 웃으면서 얘기하다가 그날의 자리는 허무하게 파했다.

지하철을 타고 다시 돌아오는 동안 한빈은 크로스백 안에서 시디플레이어를 꺼냈다.

"같이 들을래?"

3월의 지하철, 우리는 한쪽씩 이어폰을 나누어 끼고서 Gil의 「Round 'N' Round」를 듣기 시작했다. 잠깐 환하게 지하철 밖이 밝아졌고 창밖으로 한강이 보였다. 이어폰 속에서 "forever together with you"라고 나직하게 속삭이는 목소리가 들렸다. 훅, 한빈이 고개를 숙이는 바람에 깜짝 놀라 돌아보았다. 영인이의 파랗게 깎인 뒷목이 보였다. 손을 얹고 싶다고 생각하며 뒷목에 난 솜털을 넋을 놓고 바라보았다. 나는 이 애를 좋아하고 있었다.

하루가 다 지나갈 때까지 키스에 대해선 서로 아무 말도 하지 않았다. 문자도 쪽지도 시선도 없이 종례 시간이 돌아왔다. 담임은 갱지에 찍힌 가정통신문을 한 아름 들고 들어왔다. 평소와는 달리 글씨가 빼곡했다.

1. 이반이란: 이성연애에 반대한다는 뜻. 팬픽(연예인이 주인공인 동성연애소설)이나 동성연애가 등장하는 일본 만화를 읽고 연예인(홍석천, 하리수 등)의 영향을 받아 동성연애를 함. 우쭐해 보이고 튀고 싶은 청소년들의 심리를 자극.
2. 확산 매체: 주로 세이클럽의 동호회.

서둘러 갱지를 접어서 가방 안에 넣었다. 몇몇 아이들이 수군거리는 목소리가 들렸다.

"요즘 여중이나 여고를 중심으로 음란 퇴폐 문화가 형성된다고 단속에 들어간다고 하던데. 우리 반에는 그런 음란 퇴폐 문화에 가담한 학생이 없을 것으로 안다. 특히 서울의

신촌 일대에서 거…… 여학생들끼리 그런…… 퇴폐 문화가
있다던데……. 다들 조심하고."

담임은 매우 심드렁하고 귀찮은 표정으로 청소를 지시하
고 종례를 마쳤다. 2분단 걸상을 위로 올리고 있을 때, 1분단
책상을 뒤로 다 민 영인이가 다가왔다. 영인이는 가만히 걸
상을 다 올릴 때까지 기다렸다. 하나씩 책상을 뒤로 밀고 있
는 나에게, 영인이는 말을 건넸다.

"나와, 그렇게 해서 언제 다 밀래?"

영인은 앞에서부터 책상을 쭈욱 밀고 들어가기 시작했다.
영인이의 팔뚝에 힘이 들어가 있는 게 보였다. 나도 그 옆에
서 함께 책상을 뒤로 밀었다. 아까보다 훨씬 수월하고 빠르
게 책상이 밀려 나갔다. 영인이가 아까 그 가정통신문을 보
고 무슨 생각을 했는지가 궁금했다. 지금도 여전히 입술이
화끈거렸다. 영인이의 살냄새가 갑자기 확 풍겨 와서 고개
를 숙였다. 책상을 밀다가 힐끔 영인이의 얼굴을 훔쳐보았
다. 영인이의 하얀 옆얼굴에서는 아무 표정도 읽을 수가 없
었다.

집에 돌아오니 한빈이 먼저 팸 게시판에 글을 올려 두었
다. 가정통신문을 사진까지 찍어서 같이 올렸다.

우리 학교에서도, 시작됐나 ─ 큭.

클럽에서는 '이반 검열'에 대해 이전부터 이런저런 말이
많았다. 유키가 제일 처음 댓글을 달았다. 한빈이 챗방에 들
어올 때마다 '울이 한빈 씨─, 샹훼─♡'를 분홍색 폰트 20
으로 외쳐 대는 언니였다.

아니, 이럴 수가─, -_ㅠ 한빈&월야, 같은 학교라고, 하지 않았
어─? 둘 다, 넘후 걱정돼…… 괜찮은, 거야─?

같은 팸에 들어가자고 먼저 말한 건 한빈이었다. 휘승이
팸을 만들려고 하는데 같이 하자면서. 휘승이 만든 팸 이름
은 할렘혈맹이었다. 팸은 패밀리의 줄임말이다. 여성스러운
이반도 팸이라고 했기 때문에, 처음엔 자주 헷갈렸다. 팸 멤
버였던 루비는 휘승과 헤어지면서 다른 팸 멤버와 사귄다고
했다. 휘승은 금세 다른 애인을 만들었다.

졸라─, 예쁜 팸들 다 모아서, 할.렘.을 만들어야지. ㅋ.
휘승은 나.밖.에. 없는 줄, 알았눈데 예쁜 팸이 또 필요해? -,-

새 팸의 챗방에선 하루 종일 휘승과 휘승의 새 애인이 앙 살을 떨어 댔다. 팸을 만들고 첫 정모를 했다. 중학교 2학년 이라는 휘승의 새 애인은 152센티미터의 조그마한 사람이 었다. 세하라고 했다. 가장 눈에 띄는 사람은 역시 한빈과 유 키였다. 유키는 안 입은 것과 다름없을 만큼 찢어진 청바지 를 입고 짙은 화장을 한 채 신촌 거리에 나타났다. 샛노랗게 탈색된 머리에, 왼쪽 손목에는 바둑판 모양의 손목보호대를 하고 있었다. 마치 만화 속에서 튀어나온 사람처럼 보였다.

"열일곱 살이라며. 머리 그렇게 해도 뭐라고 안 해?"

"아, 나 자퇴했어."

유키는 익숙하게 휘승의 주머니에서 담배를 빼서 꺼내 물 었다. 둘은 오늘 처음 만난 사이라고 했고, 휘승은 담배를 무 는 유키를 보며 섹시하다고 감탄했다. 세하가 휘승의 팔을 잡 아당겼다. 쏟아지는 앞머리를 넘기면서 휘승은 조그마한 자 신의 애인에게 키스를 퍼부어 댔다. 세하의 목에는 선명하 게 키스마크가 남아 있었다. 그녀는 그것이 퍽 자랑스러운 듯, 말을 할 때마다 오른쪽 목을 사람들 쪽으로 보여 줬다.

"에이, 월야 언니는 키스마크 같은 거 만들 줄 모를 것 같 은데?"

"설마, 월야 한 번도 키스 안 해 봤어?"

아니라고 말하려고 했는데, 말이 잘 나오지 않았다. 그날 유키는 계속 한빈에게 붙어서 윙크를 하기도 하고, 손을 잡기도 했다. 한빈도 유키를 뒤에서 한 번 끌어안았던 것 같다. 한빈이, 영인이가, 내게 키스했던 건 모두와 헤어진 그날 저녁이었다.

가정통신문을 받고 며칠 뒤 우리 팸은 신촌에서 만났다. 굳이 만날 이유가 있는 것은 아니었지만 왠지 조금 비장했다. 신촌의 레즈비언 카페 산타페에 모여앉아서, 한빈은 가정통신문을 꺼냈다.

3. 외모상 특징: 층난 커트 머리, 앞머리가 김, 액세서리, 타이 안 함, 힙합, 정장, 워커, 컬러 렌즈, 염색, 까만 매니큐어, 칼빵.
4. 모임: 이름은 정모(정식 모임). 정자나 카페를 빌려서. 게임은 불건전함(예: 입에서 입으로 얼음 넘기기, 풍선 안고 터뜨리기, 립스틱 바르고 열 번 뽀뽀하기, 키스마크 남기기, 눈 가리고 몸에 숨긴 물건 입으로 찾기).

"와, 시작부터 진짜 지랄 같다. 이성연애에 반대해서 이반이래."

"일반 애들은 지가 이반이 될 수도 있다곤 생각도 못 한다니까, 일반이니까."

"정모를 정자나 카페를 빌려서 한다고? 정자라뇨?"

"몰라, 계곡 같은 데 있는 거 아니야?"

한참을 붙어 앉아서 가정통신문을 비웃다가, 문득 유키가 가정통신문을 채뜨려서 라이터로 불을 붙였다. 모두 깜짝 놀랐다. 가정통신문은 화르륵 타올랐고, 손이 데기 전에 유키는 재떨이에 남은 종이를 놓아두었다.

"버려, 이런 거."

휘승은 역시 유키는 화끈하다며 치켜세웠다. 카페에서 시간을 때우다 늘 가던 대로 우리는 노래방에 갔다. 휘승과 한빈은 늘 H.O.T.의 댄스곡을 불렀고, 나는 종종 정경화나 에코의 발라드를 부르곤 했는데, 유키는 좀 달랐다. 그녀는 유난히도 라르크니 글레이니 하는 일본 록 밴드의 노래를 많이 불렀다. 무슨 말인지는 잘 모르겠지만, 곧잘 꺾어서 부르는 목소리가 묘하게 섹시하게 들린다고 생각했다.

내 차례가 돌아왔고, 자우림의 일탈이 흘러나왔다. 누가 불러도 신나는 노래였다. 자우림의 보컬이 늘씬하고 긴 다리를 흔들면서 노래를 하는 게 좋았다. 노래를 부르면서 고개를 돌리다가 문득 구석에서 한빈과 유키가 무언가 속삭이는 것을 보았다. 한빈의 속삭임에 유키는 몸까지 흔들면서 웃어 젖혔다. 그러다 눈이 마주치자, 유키는 생긋 웃으며 다가와 마이크를 잡았다. 하이라이트 부분이었다.

"할 일이 쌓였을 때 훌쩍 여행을, 아파트 옥상에서 번지점프를! 신도림 역 안에서 스트립쇼를! 야이야이야이야이야!"

유키의 목소리는 나보다 훨씬 크고 낭랑했다. 나는 얼결에 노래를 멈췄다. 유키는 2절로 노래를 이어 나갔다. 매력적인 목소리였다. 휘승과 세하도 순식간에 유키에게 집중했다. 세하가 자리에서 일어나서 박수를 쳤다. 한빈은 노래하는 유키를 보고 있었다. 나는 유키를 보는 한빈을 보고 있었다. 고개를 숙이고 다음 노래를 찾으려고 했지만, 무슨 노래를 불러야 좋을지 영 감이 잡히질 않아서, 유키의 노래가 다 끝날 때까지 결국 아무 노래도 예약하지 못했다.

일주일이 넘도록 점심 방송에서는 올드 팝이나 클래식만 나오고 있었다. 친구에게 보내는 노래를 틀지 못하도록 했기 때문이었다. '청건여중 모두와 함께 나누고 싶은 음악' 같은 사연만 가능하다는데, 그런 사연을 보내는 사람이 있을 리가 없지. 모두가 밥을 먹느라 가장 조용한 시간이면 꼭 들려오던 멘트, "3학년 2반 조영인 학생에게 보내는 노래입니다"가 없어지자, 나는 좀 허무한 기분이 들었다. 보내는 사람도 너무나 제각각이어서 다 알 수도 없었는데. 영인이가 가장 마지막으로 받은 노래는 핑클의 「서랍 속의 동화」였던 것 같다. 하지만 많은 러브송을 받던 영인이는 아무렇지도 않아 보였다. 이상한 올드 팝이 흘러나오는 교실에서 영인이는 밥을 잘 먹고, 수업 시간엔 잘 졸고, 체육 시간엔 잘 뛰어다녔다.

여름방학이 얼마 남지 않았다. 기말고사도 끝나고, 체육 시간에 딱히 배울 것도 없는 상황이었다. 그럼에도 체육은 굳이 옷을 갈아입고 운동장으로 집합하라고 시켰다. 운동장을 한두 바퀴 뛰게 한 다음, 체육은 우리에게 피구나 하라고 말하고는 휑하니 사라져 버렸다.

바닥에 대충 금이 그어지고, 피구가 시작되었다. 어떻게든 처음부터 금 바깥에 설 수 있는 공격으로 빠지고 싶었지만, 편 가르기에 실패해서 수비 팀으로 들어가고 말았다. 영인이와 한 팀이었다. 한 명이 내 옆에서 속삭였다.

"공격으로 나간다고 하지!"

뭐, 맞는 말이었다. 나는 걸음도 느리고 둔하니까. 그러게, 나도 공격으로 나가려고 했는데…… 생각하는 순간 공은 너무 빠르게 날아왔다. 영인이가 재빠르게 손을 뻗어 공을 잡왔다. 우리 공격 팀 쪽에서 환호성이 터졌다.

영인이는 빠르게 재공격에 들어가서 자신에게 공을 던진 사람을 맞혔다. 상대 팀은 허둥거리며 뒤로 물러났다. 영인이는 패스도 빨랐고 상황 파악도 빨랐다. 공격수뿐 아니라 수비 쪽에도 공을 자연스럽게 넘겼다. 나는 허둥거리며 공이 넘어올 때마다 반대쪽으로 도망 다니기 바빴다. 영인이는 선 안에서 날개가 달린 것처럼 자유롭게 돌아다녔다. 저쪽도 이쪽도 서로 인원이 줄어들어 가다 보니, 양쪽 모두 선 안에 두세 명밖에 남지 않은 상황이 되었다. 어쩌다 보니 거의 마지막까지 살아남은 셈이었다. 이런 적이 거의 없었는데. 그걸 깨달은 순간 바로 옆으로 공이 넘어 왔다. 당황하여 반대쪽으로 도망가려다 그만 엎어지고 말았다.

공은 미끄러지듯 달려와 넘어진 나를 막아선 영인이의 손에 맞고 튕겨 나갔다. 영인이는 날 맞추려는 공을 잡으려고 했을 것이다. 우리 팀에서 안타까운 탄성이 터졌다.

"아까비……."

영인이는 나지막하게 중얼거리면서 손바닥을 쓱쓱 체육복에 문질렀다. 그리고 내게 손을 내밀었다. 영인이의 손을 꼭 붙잡고 일어났다.

"너 혼자 남았어."

정말이었다. 십 초 안에 우리 팀의 패배로 게임은 끝났다.

"그냥 다에 죽게 냅 두지!"

"그러게, 내가 죽는 게 더 나았을 텐데."

영인이는 씩 웃었다.

"내가 또 엎어진 사람이 공 맞는 꼴은 못 보잖냐."

여름방학이 시작되었고, 나는 내내 팸과 함께 시간을 보냈다. 시간이 많아지자 우리는 종종 낮부터 만나서 신촌 공원에서 노닥거리다가 고기를 먹으러 가거나 노래방에 갔다. 나는 슬그머니 달고 맛있는 칵테일을 시키곤 했다. 쓰지도 않았고 금세 얼굴이 달아올랐다. 술에 취하는 건 몸이 떠오르는 것처럼 기분 좋았다. 집에 들어가기 전에는 편의점에서 레쓰비를 몇 캔씩 사서 들이켜야 했지만.

  그날도 집에 들어가려고 했는데, 갑자기 한빈이 모두를 붙잡았다.

"유키네 아버지 오늘 출장 가셨다는데."

"응? 무슨 말이야?"

"유키 오늘 집 빈다고."

  우리 집에는 한빈이 전화를 해 주고, 세하네 집에는 휘승이 전화를 했다. 세하의 본명은 현아인 모양이었다. 유키의

집은 신촌에서 버스를 타고 삼십 분 정도 가면 있는 동네의
빌라였다. 유키는 능숙하게 근처 슈퍼에서 맥주와 소주, 과
자를 샀다. 처음으로 팸이 함께 지새는 밤이었다.

　집은 그렇게 깨끗진 않았다. 현관에 놓여 있는 잡동사
니들을 대충 손으로 치우면서, 유키가 들어오라고 했다. 아
파트가 아닌 친구의 집을 처음 보았다. 가족사진도 걸려 있
지 않았고, 아버지 것으로 추정되는 옷이 거실에 대충 던져
져 있었다. 거실 하나에 방은 두 개. 유키는 자신의 방으로
들어오라고 했다. 책꽂이 하나와 책상 하나 외에 아무것도
없는 방에는 짙은 화장을 한 어느 기타리스트의 포스터가
붙어 있었다. 일본 사람이겠지.

　유키는 남은 밥으로 김치볶음밥을 만들었다. 한빈은 유
키가 요리를 잘 한다고 계속 칭찬을 했다. 밥을 먹고 나서는
유키의 시디들을 틀어 놓고, 술을 마셨다. 맥주가 다 비었을
무렵, 유키는 소주를 꺼내 왔다.

　"우리 진실 게임 하자."

　세하가 환호성을 질렀다.

　병을 돌려서 차례를 정했다. 첫 질문은 세하에게로 향했
다. 한빈이 물었다.

　"휘승이랑 어디까지 갔어?"

세하는 어깨를 으쓱하더니 자리에서 벌떡 일어나 노래를 불렀다.

"머리 어깨 무릎 발 무릎 발."

"으이구, 내 새끼!"

휘승이 세하를 무릎 위에 앉혀 놓고 입을 맞췄다.

두 번째 질문은 휘승에게 향했다. 이번엔 세하가 물었다.

"제일 민감한 부위는 어디?"

휘승은 눈앞에 있는 술을 한 번에 들이켰다. 세하가 휘승을 부끄럼쟁이라고 놀렸다.

세 번째 질문은 내게 돌아왔다. 휘승이었다.

"우리 중에 좋아하는 사람 있어?"

머릿속이 하얘졌다. 몸이 굳은 채 휘승의 눈을 바라보고 허둥거리다가 눈앞에 있는 술을 마셨다. 목구멍을 타고 넘어가는 액체는 씁쓸했다. 술잔을 내려놓자마자 후회했다. 차라리 마시지 말걸, 그냥 없다고 거짓말을 할걸. 아니면 있다고 하거나. 너무 뻔하잖아. 세하가 눈을 반짝이며 생글거렸다.

"뭐야, 있나 봐."

"안 돼, 이미 마신 거 더 묻기 없기."

유키가 병을 돌렸다. 한빈의 차례였다. 유키가 한빈에게 물었다.

"한빈이는 월야랑 사귀는 사이?"

질문을 듣자마자 가슴이 철렁 내려앉았다. 그러나 한빈은 잠시의 망설임도 없이 손을 내저었다.

"아냐, 그런 거 아니야. 우리 그냥 같은 반."

"곁가지 질문 하나. 학교에서는 그럼 같은 팬인 거 다른 사람들한테 트고 지내?"

"아니. 학교에선 서로 그런 거 전혀 모르는 척하지."

"그럼 막 비밀 연인 같고 그렇지 않아?"

"그런 건 진짜 아니라니까."

한빈은 거듭해서 그런 사이가 아니라고 부정했고, 나는 어색하게 따라 웃었다. 어지러웠다. 나도 내가 한빈과 사귀는 사이가 아니라는 것은 잘 알고 있었다. 하지만 그러면 어째서 그날…… 우리는 입을 맞췄지?

유키 차례가 되자 나는 머뭇거리며 물었다.

"우리 중에…… 좋아하는 사람 있어?"

유키의 눈이 섹시하게 가늘어졌다. 유키는 잔을 들고 가볍게 장난을 치며 술을 마셨다. 세하가 웬일이냐고 또 소리를 쳤다.

밤 11시 무렵엔 우린 모두 엄청나게 취해 있었다. 세하는 술에 취해서 휘승에게 계속 키스하자고 졸라 댔고, 휘승은 세하의 옷 속으로 손을 넣어 가슴을 만졌다. 나는 세하와 휘승에게 미친놈들 아니냐고, 사람들 앞에서 이러지 말고 옆방 가서 하라고 소리를 질렀다. 한빈은 뭐가 좋은지 마냥 계속 웃고 있었다. 술에 많이 취한 유키는 갑자기 자리에서 일어나서 중얼거렸다.

"더워, 너무 더워. 씻을 거야."

쿵쾅거리면서 화장실로 들어간 유키는 물을 틀어 놓고 한동안 나오질 않았다. 나는 한빈에게 묻고 싶었다. 대체 그날의 키스는 그럼 뭐였는지, 우리는 왜 아무 사이가 아닌 건지. 아무 말도 못 하고 눈치만 보고 있었다. 한빈의 새끼손가락에 까만색 반지가 보였다. 어쩌면 손가락도 저렇게 하얗고 예쁠까. 우울했다. 금방이라도 울음이 터질 것 같았다.

"나 이젠 오줌 마려운데. 유키 아직도 씻어?"

화장실로 간 한빈이 소리를 질렀다.

"야! 유키야!"

모두들 한빈의 목소리 때문에 놀라서 화장실로 달려갔다. 유키는 옷도 다 그대로 입은 채 샤워기로 찬물을 틀어 놓고 욕조에 쓰러지듯 잠들어 있었다. 한빈은 샤워기를 끄고 유키를 때려 깨웠다. 유키는 술에 취한 채 뭐라고 중얼거리며 한빈의 목덜미를 세게 끌어안았다. 한빈은 유키를 부둥켜안다시피 하고 욕조에서 유키를 꺼냈다.

"얘 이대로 재웠다간 감기 걸리겠는데. 벗겨야겠는데."

그 와중에도 유키는 한빈의 목을 꼭 끌어안고 있었다. 한빈의 귓전에 대고 유키가 말하는 목소리가 아까보다는 선명하게 들렸다.

"가지 마. 나 두고 가지 마."

"그래, 어디 안 가. 여기 있어. 괜찮아."

다정스러운 목소리로 대답하면서 한빈은 유키가 입고 있던 셔츠의 단추를 풀기 시작했다. 세하와 휘승이 한빈을 도와 유키의 옷을 벗겼다. 눈을 어디 둬야 할지 알 수가 없어졌다. 물에 젖은 유키의 브래지어가 드러났을 때 나는 고개를 돌려 버렸다.

"월하야, 유키 옷장에서 입을 만한 거 없는지 좀 찾아봐 주라."

얼른 몸을 돌려 유키 방 붙박이장을 열었다. 유키의 옷장은 집 안보다 더 깔끔하게 정돈되어 있었다. 센스 있는 셔츠와 바지, 꽤 섹시한 느낌의 스커트들. 잠옷은 따로 분류해 둔 듯, 눈앞에 바로 회색 티셔츠와 트레이닝 바지가 보였다. 내가 그걸 꺼내자, 세하가 쪼르르 달려와 옷을 받아 갔다. 유키에게 옷을 입히느라 부산스러운 세 사람의 뒷모습을 보다가 머뭇머뭇 김치볶음밥을 담았던 그릇들을 부엌으로 치웠다. 함께 있기가 힘들었다. 설거지를 시작하고 조금 시간이 지나자, 옆에 한빈이 왔다.

"도와줄까?"

"아냐, 괜찮아."

나는 설거지를 하던 손을 멈추고 화급하게 그녀를 불렀다. 지금 묻지 않으면 영영 묻지 못할 것만 같았다. 마음이 급해서 다른 이름이 튀어나왔다.

"저, 영인아."

잠깐의 침묵이 흘렀다.

"응?"

우리 아무 사이도 아니야? 그날 왜 나한테 입 맞춘 거야? 넌 날 어떻게 생각해? 우린…….

"……아니야."

"싱겁긴."

그날 이후 방학이 끝날 때까지 어쩐지 팸은 모이지 않게 되었다. 채팅방에서는 여전히 얘기도 많이 하지만, 고등학생인 휘승의 방학 보충이 시작된 탓인지 어째서인지 만나지는 않았다. 세하가 다들 보고 싶다고 종종 말을 하면, 우리는 서로서로 보고 싶다고 대답했지만 약속을 잡지는 않았다. 나는 한빈이 보고 싶었다. 하지만 굳이 말을 하진 않았다.

새 학기가 시작되었다. 아직 날씨는 더웠지만, 곧 가을이 될 것이었다. 영인이는 변함없이 뒷목을 파르라니 깎은 칼머리를 하고 등교했다. 교실 구석에 가방을 놓다가 나와 눈이 마주치자 늘 그랬듯 웃으며 가볍게 인사를 건넸다. 나도 인사를 했다. 안 본 사이에 영인이는 조금 더 예뻐진 것처럼 보였다. 사물함 쪽으로 가면서 본 영인이의 목에는 블라우스 안으로 가느다란 목걸이가 걸려 있었다.

새 학기가 시작되고 나서 얼마 지나지 않아 우리 팸이 다시 모였다. 전체 클럽 정모가 있었기 때문이다. 리얼변태 팸에서 유혁이라는 닉네임을 쓰는 언니가 나를 알아보고 먼저 아는 척을 했다.

"혈맹할렘! 잘들 지냈어?"

"할렘혈맹이에요."

"아, 미안."

한빈은 유키와 함께 나타났다. 헐렁한 까만색 힙합 바지에 딱 달라붙는 탑을 입고 나타난 유키는 귓바퀴에 피어싱을 새로 했다며 웃었다. 그녀의 귀는 꼭 스프링 노트처럼 보였다. 한빈은 MF!의 티셔츠를 입고 있었다.

"아래에서 유키랑 만나서."

분명 학교에서 봤지만, 이제야 제대로 그녀를 만난 것 같다는 생각이 들었다. 학교에서 보는 건 진짜 그녀가 아니었다. 우리는 여기에 있을 때가 진짜니까. 공원 저편에서 우리 학교 교복을 본 건 그때였다. 누군진 잘 보이지 않았지만, 그 애는 고개를 갸웃거리며 다가오기 시작했다. 한빈을 알아본 건 분명해 보였다. 나는 깜짝 놀라 한빈을 냉큼 돌려세워서 공원 구석으로 데려갔다.

"왜 그래?"

유키가 당황하며 따라왔다.

"우리 학교 애가 보고 있었어."

한빈의 얼굴이 보이지 않게 돌려세우고, 그 앞을 반쯤 가리고 섰다. 나는 학교에서 조용한 편이니 나를 알아보지는 못할 것이었다. 계속 기웃거리던 그 애는 어느새 사라지고 없었다. 갑자기 긴장이 풀려서 다리가 살짝 떨렸다.

오랜만에 본 세하와 휘승은 어쩐지 조금 어색해 보였다. 휘승은 세하를 약간 피하는 것 같았고, 세하는 조금 불안해 보였다. 늘 가던 산타페에서 나는 세하와 함께 앉았고, 맞은편에 유키와 한빈이 함께 앉았다. 유키와 한빈은 맥주를 시켰고, 나는 칵테일을 시켰다. 유키가 아까 그 사람 아는 사람 이냐며, 학교에 찌르는 거 아니냐고 약간 호들갑스럽게 걱정을 했고, 나는 누군지는 모르겠지만 별일은 없을 거라고 말했다. 계속 뭐라고 투덜대면서 감자튀김을 집어먹던 유키의 입술에 케첩이 묻었다. 한빈은 엄지손가락으로 유키의 입술을 닦아 냈다.

"민희야, 좀."

"네가 닦아 주면 되잖아."

민희야,라는 말을 듣고 세하와 내가 동시에 고개를 번쩍 들었다. 이름……? 우리는 아무도 서로 이름을 부르지 않는다. 이름을 부른다는 건……. 유키가 당황한 내 얼굴을 보고 눈썹을 올리면서 웃었다.

"영인이랑 너랑 학교에선 진짜 아무 말도 안 하나 보네? 우리 사귀기로 했어."

유키의 빨간 매니큐어가 눈에 들어왔다. 유키의 손톱은 잘 정리되어 있었고, 길고 매끈했다. 한빈의 손가락이 그렇듯이. 한빈의 목에 걸려 있던 목걸이와 비슷한 목걸이가 유키의 목에도 걸려 있었다. 목걸이에는 펜던트 대신 한빈이 하고 다니던 까만 반지가 걸려 있었다. 숨이 턱 막혀 왔다. 머릿속에서 폭탄이 터진 것 같았다. 한빈의 얼굴을 보았다.

한빈은 쑥스러운 듯이 어색하게 웃고 있었다. 생각할 겨를도 없었다.

나는 내 앞에 있던 유리잔을 들어서 한빈의 머리를 내리쳤다.

잔이 깨지면서 칵테일이 한빈의 오른쪽 어깨에 흘러내렸다. 한빈의 귀 옆으로 핏방울이 떨어지는 게 아주 느리고 선명하게 보였다. 유키와 세하가 지르는 비명 소리가 아주 아득하게 먼 곳에서 들리는 것처럼 느껴졌다. 어떻게든 몸을 똑바로 세우려고 노력하면서 가방을 집어 들고 산타페를 나왔다. 신촌역 계단에서 한 번 크게 휘청댔지만 다행히 넘어지지는 않았다. 집에 오는 길은 추웠다. 벌써 가을이 되려는지 일교차가 심해졌다고 생각하면서 천천히 발을 내디뎠다. 조금이라도 잘못 걸었다간 금방이라도 넘어질 것 같았다.

다음 날엔 학교에 조금 일찍 갔다. 혹여라도 영인이와 마주치고 싶지 않았다. 오자마자 가방을 놓아두고 자리에 엎드렸다. 조회를 시작할 때까지 잠이나 잘 생각이었다. 하지만 끝내 잠이 들지 못했다. 영인이 자리쯤 어딘가의 걸상이 뒤로 끌릴 때마다 가슴이 미어지게 아팠다.

담임은 들어오자마자 탁, 출석부를 내려놓고 말했다.

"조영인이랑 주다에 나와."

교탁 앞에 서서도 영인이 쪽을 보지 않으려고 노력했다.

"조영인, 넌 얼굴이 왜 그래?"

영인이는 아무 대답도 하지 않았다. 나는 영인이 얼굴을 보는 대신, 담임의 얼굴을 똑바로 응시했다.

"너희가 불량한 애들이랑 어울려서 이반을 한다는 얘기가 들어왔어. 사실이냐?"

그때서야 고개를 돌려서 영인이의 얼굴을 보았다. 영인이는 관자놀이부터 귀까지 붕대를 감고 있었다. 하얗고 매끈한 옆얼굴은 여전히 예뻤고, 표정은 여전히 읽을 수가 없었다. 영인이는 빨간 입술을 꼭 다물고 있었다. 그 순간 나는 울음을 터뜨리고 말았다.

"선생님, 저는……저는 아니에요. 저는 진짜 아니에요. 저는…… 영인이가 같이 가 보자 그래서, 그래서 신촌 따라갔다가…… 영인이한테 강제로……, 강제로…… 키스 당했어요. 영인이 지금 다친 거, 제가 억지로…… 밀치고 도망 나와서 어디 박아서 다친 거예요. 저는 정말, 진짜 억울해요, 선생님."

반 아이들이 웅성거리는 목소리가 들려왔다. 교탁에 엎어져서 눈물을 흘리다가, 영인이의 얼굴을 다시 보았다. 아까

와 확연하게 다르게 동공이 확장된 영인이의 갈색 눈을 보았다. 오늘은 컬러 렌즈 안 꼈네.

우리 엄마와 영인이의 엄마가 불려 왔다. 나는 영인이의 엄마를 보지 않았다. 학생 지도실에 가서는 똑같은 얘기를 계속 반복했다. 종종 울기도 했다. 3학년 주임 선생님에게 눈물을 흘리면서 말했다.

"저는 첫 키스였어요."

학생 주임은 자리에서 일어나 내 쪽으로 와서는 내 어깨를 감싸 안았다.

"이제 괜찮아."

선생님들은 나와 영인이가 마주치지 않도록 모든 배려를 다 해 주었다. 조사를 받고 조퇴한 그날 저녁, 담임이 우리 집에 전화를 걸었다. 담임은 영인이가 모든 사실 관계를 부정하지 않았다고 했다.

"걔는 뭐가 있을 거라고 생각하긴 했어. 머리도 그렇고, 하고 다니는 꼬라지도……. 그냥 운이 나빴다고 생각해라. 다 괜찮아질 거야."

다음 날 담임은 조회 시간에 내 머리를 가볍게 쓰다듬었다. 영인이는 등교하지 않았다. 다음 날도, 그다음 날도. 퇴학당했다는 소문과 다른 학교로 강제 전학되었다는 소문이 함께 돌았다. 나는 소문의 진위를 확인하지 않았다.

아이돌을 갑자기 잃어버린 반 아이들은 내게 모두 친절했다. 걸핏하면 모두가 내게 와서 말했다. 걔 어쩐지 이상했어. 너무 겉멋 들어서는. 자기가 엄청 잘난 줄 알고. 그렇게 나쁜 짓도 하는 앤 줄은 몰랐다. 다예야, 괜찮아? 어쩌다가 그랬어. 너한테 강제로 어떻게 하려고 한 거야? 그래도 밀폐된 곳이 아니라 도망칠 수 있어서 다행이다. 어쩌면 좋아, 우리 다예. 어떤 애들은 상황을 구체적으로 듣고 싶어 하기도 했지만, 내가 별로 말하고 싶지 않다며 침울한 표정을 지으면 다른 애들이 그 애들을 타박하곤 했다.

졸업 앨범은 사지 않겠다고 했다. 애들은 모두 이해한다는 표정을 지었다.

겨울 내내 세이클럽에 접속하지 않았다. 그 대신 엄마를 따라서 교회에 나갔다. 교회 중등부 회장은 우리 학교 옆 남중에 다닌다고 했다. 여드름투성이의 남자애들은 매일 키득거리면서 여자애들을 곁눈질했다. 나는 조별 모임에는 그렇게 열심히 참여하지 않았지만, 찬양 예배는 꽤 즐거워서 손뼉을 치며 노래를 했다.

어느 날 예배를 마치고 돌아오는 길에 안경을 끼고 키가 껑충한 남자애가 내게 쪽지를 건넸다. 남자애는 쪽지를 주고 나서 자기 친구들에게로 돌아갔고, 친구들은 와자지껄하게 환호하며 남자애를 격려했다. 쪽지에는 삐뚤빼뚤한 글씨체로 그동안 나를 계속 봤다며, 자기 친구들이 하는 모임에 나를 초대하고 싶다고 쓰여 있었다. 쪽지를 대충 주머니 안에 구겨 넣었다.

그 남자애가 초대한 모임이 있던 날, 초대에 응해서 그곳으로 가는 대신 컴퓨터를 켜서 세이클럽에 접속했다. 그리고 할렘혈맹 팸의 클럽에 들어갔다. 그날 이후 클럽에는 세하가 쓴 글 하나뿐이었다. 제목은 "헐랭 - ㅠ 이건 무슨 일이야..."였다. 그 글을 클릭하지는 않았다. 그때 클럽 채팅창에 '쌩부치한비니'가 접속했다. 숨이 막혀 왔다. 허둥대며 마우스를 움직였다. 그러나 쪽지창에는 끝내 불이 들어왔다. 한빈은 내게 말을 걸어왔다.

다예야.

손이 벌벌 떨렸다. 침착해야 해. 천천히. 나는 내 페이지에 들어가서 탈퇴하기를 눌렀다. 세이클럽 탈퇴 과정을 다 마쳤는데도 손 떨림은 멈추지 않았다. 떨리는 손으로 방문을 잠그고 서랍에서 커터 칼을 꺼냈다. 영인이의 귀 옆으로 흐르던 느린 핏방울. 커터 칼로 오른 손목을 가볍게 그었다. 느리게 피가 맺혀 올라왔다. 그제야 약간 숨이 트였고, 정신이 돌아왔다. 피가 맺힌 손목을 붙잡고 크게 심호흡을 했다.

그때는 그게 버릇이 될 거라고는, 서른 살이 될 때까지도 같은 행동을 하게 될 거라고는 생각도 하지 못했다. 그러니까, 모두 그 키스 때문이었다.

육교 위의 하트

정세랑

석일고에 들어가야 한다. 아니면 석안고. 그러지 못하면 인생이 망한다. 배가영은 망하고 싶지 않았다.

가영은 중학교를 다니는 내내 특유의 공격적인 공기에 적응하지 못했다. 어떻게 견디고 버텼는지 모를 정도였다. 지역에서도 분위기가 좋지 않기로 유명한 학교였고, 매일매일이 위협이나 다름없었다. 사실 첫 단추부터 어긋났다. 입학하자마자 가영은 공부를 잘한다는 이유만으로 학급 임원 자리를 떠맡았는데, 덕분에 수련회를 가서 같은 반 남자애들에게 둘러싸이고 말았던 것이다.

"부반장, 정말 여잔지 확인해 볼까?"

"한번 벗겨 봐."

말로만 위협했을 뿐 그 이상 추행은 없었지만 충격이었다. 불과 반년 전에 초등학생이었던 남자애들이 이해할 수 없는 존재로 변한 것 같았다. 학교가, 혹은 학교를 떠다니는 광기의 입자 같은 게 그 아이들을 변하게 만들었다고 가영은 생각했다. 그 사건을 겪은 후 학급 임원 같은 건 절대 맡지 않았다. 눈에 띄지 않게 있다가, 숨만 쉬다가 졸업하는 게 목표였다. 3학년이 되자 초조함과 희망을 함께 느꼈다.

중학교가 왜 그런 분위기인지, 콕 집어 말할 수 있는 사람은 없었다. 어쩌면 학교의 한 모서리를 둘러싸고 있는 15평짜리 임대 아파트와 다른 한 모서리를 둘러싸고 있는 63평짜리 아파트 사이의 빈부 격차를 아이들이 견디지 못하고 미쳐 버렸는지도 모르고, 지금 한 학교에 다녀 봤자 수준별로 스물두 개의 고등학교에 나뉘어서 진학할 거라는 사실이 참을 수 없이 기분 나빴는지도 모르고, 아니면 천오백 명씩 모아 놓으면 원래 서로 끔찍한 게 인간인지도 몰랐다. 폭력 사건이 끊이지 않았다. 다른 반과 싸우고 다른 학년과 싸우고 다른 학교와 싸웠다. 절도 사건은 세는 게 무의미했다. 따돌림은 잔인했고 자살에서 다음 자살까지가 너무 짧았다. 교사와 학생 사이는 투쟁으로 요약되었다. 학생회장 선거는 이 년째 파행이었다.

집에 돌아와야 조금 숨을 쉴 수 있었다. 집은 그렇게 힘들지 않았다. 엄마 아빠는 조용한 활자 중독자들이었다. 각자 읽고 있는 책 말고는 별로 신경 쓰는 게 없었다. 가영에 대해서도 크게 관심을 기울이지 않는 편이어서 편했다. 활자 중독자 두 사람 사이에서 태어났기 때문에 가영도 글자를 읽을 수 있게 된 이후로 끊임없이 무언가를 읽었다. 뒷부분을 뜯어서 편지지로 쓸 수 있는 팬시 잡지를 읽고, 청소년 신문을 읽고, 교과서를 읽고, 문제집의 쉬어 가는 코너를 읽고, 만화책을 읽고, 판타지 소설을 읽고, 패션지를 읽고, 클린앤클리어 화장품 케이스의 설명을 읽고, 부모님께 전달해야 할 공문을 읽고, 세계문학전집도 읽었다. 책은 두껍고 글자가 많을수록 좋다는 걸 막 깨달아서 세계문학전집을 듬성듬성 모으기 시작한 차였다. 부모님의 오래된 전집이 있긴 있었지만, 세로쓰기여서 멀미가 났기에 용돈을 모아 한 권씩 새로 샀다.

학교는 매일 가영을 불안하게 만들었기 때문에 밤마다 충분한 읽을거리를 가방에 새로 채워 넣었다. 뭔가를 읽고 있을 때에는 그래도 덜 불안했다. 『적과 흑』을 학교에 들고 갔었는데 그게 중학교에서의 마지막 실수가 될 줄은 몰랐다.

"애들이 너 욕하는 거 알아?"

"왜?"

"솔직히 쉬는 시간에 세계문학전집 같은 거 읽으면 재수 없잖아?"

"어째서?"

"잘난 척하는 거잖아."

"이거 잘생긴 프랑스 남자가 귀부인이랑 낙엽 위에서 뒹굴뒹굴하는 건데? 그러다가 목이 뎅겅 잘리는데?"

"몰라. 나는 그냥 전달하는 거야."

그렇게 가영은 타깃이 되었다. 서랍에 쓰레기가 들어 있고, 신발에 썩은 우유가 차 있고, 세일러복 칼라 사이에 껌이 붙어 있는 한 계절을 보내야 했다. 타깃은 또 다른 아이에게로 옮겨 갔지만 학교에 만정이 떨어진 다음이었다.

이렇게 계속할 수는 없어. 비평준화 지역이라서 차라리 다행이야. 나는 탈출할 거야. 가영은 자주 생각했다. 좋은 학교에 가면 좋은 아이들이 있을 거야. 적어도 이 정도는 아닐 거야. 가영은 탈출을 위해 맹렬하게 공부했다. 활자 중독은 공부할 때 스트레스를 덜 받는다는 이점이 있었다. 반복해서 읽는 게 공부니까. 가영은 반복에 잘 질리는 편이 아니었다. 그래도 조금 질리려 하면 음악을 들었다. 내내 펑크였다. 제일 자주 들었던 것은 오프스프링의 「아메리카나」 앨범과

노브레인의 「청춘구십팔」 「청년폭도맹진가」 앨범이었다. 어울리지 않게 펑크 취향이었다. 얌전한 단발머리를 하고 늦게까지 펑크를 들으며 공부했다. 새벽에 머리가 얼얼해지면 잠들었다. 연합고사만 아니었어도 키가 3센티미터는 더 컸을 거라고 가영은 나중에 생각했다.

인생이 달려 있다고 생각했는데, 막상 연합고사는 긴장하지 않고 보았다. 예체능까지 빠짐없이 모든 과목에서 출제된다는 점에서 수능과 달랐다. 체육 문제 중 하나는 함정 문제였다. 가영은 이상하게 그 문제 하나만은 잊지 못하고 자주 떠올렸다. 인체 중심이 가장 낮은 곳에 존재하는 인물이 누구인지 묻는 문제였다. 언뜻 다리를 넓게 벌리고 몸을 굽힌 채 선 사람이 답일 것 같지만, 사실 바닥에 누운 사람이 정답이었다. 가영은 그 문제를 틀릴 뻔했다가 제때 고쳐서 맞혔다. 그리고 그 덕분에 석일고에 안정적으로 합격했다. 주변에 비해 무관심한 편인 가영의 부모도 합격 발표가 나자 제법 기뻐했다.

방학 동안에는 청소년의회 친구들과 자주 만났다. 힘든 중학교 생활을 버티게 해 준 건 그 친구들이었다. 처음에는 국어 선생님이 지역 청소년의회를 운영하는 운동가 선생님과 아는 사이여서 추천받아 나가게 된 것이었지만, 언제부턴가 누가 시키지 않아도 나갔다. 한 달에 한 번, 혹은 두 번 모였다. 시청의 지원을 받아서 하는 활동이라 시청 회의실에서 모였다. 어른들의 방이여서 거기 모인 또래들의 얼굴을 보고 있자면 웃음이 났다. 가영은 커다랗고 윤기 나는 인조 가죽 의자에 앉아 가끔 주르륵 미끄러지며 회의를 했다. 소속은 청소년의회 인권 팀이었다. 인권이라니, 세계사 교과서의 프랑스 혁명 가운데나 나오는 단어지 한국 청소년과는 무슨 상관인가 싶었지만 생각보다 이런저런 일을 많이 했다. 체벌 반대 캠페인도, 복장 단속 철폐 캠페인도 열심히 벌였다. 팸플릿을 만들고 스티커를 만들고 배지를 만들었다. 얼마만큼 소용 있을지 생각하지 않으면서 했다. 학교를 대표하는 것도 아니고 자발적으로 모인 한 줌이 참여하는 것일 뿐인 청소년의회였지만 전국 단위의 행사에 나가면 재미있었다. 친구들이 마음에 드는 만큼 관련된 어른들도 마음에 들었다. 그때까지 만나 보지 못한 종류의 어른들이었다. 존중받고 있다는 느낌, 그게 가영에게 중요했다.

차창우는 인권 팀은 아니었다. 팀은 어른들이 지정해 주는 거라 인권 팀엔 주로 공부를 잘하거나, 긴 글을 쓸 수 있는 아이들이 배치되었다. 창우는 문화 팀이었는데, 시끄럽고 활기찬 애들이 주로 있었다. 의회에서 내는 의견은 주로 공원 한쪽에 공연장을 확충해 달라거나, 스케이트보드 장을 보수해 달라거나, 댄스 대회를 열어 달라거나 하는 것들이었다. 창우도 밴드를 하고 있었다. 실력이 형편없는 밴드였지만 그래도 펑크 밴드라서 가영은 몇 번쯤 공연에 갔었다. 얼굴은 그냥 그랬다. 손가락이 길었다. 손가락이 길지 않으면 베이스는 못 치니까. 창우는 자주 연주를 틀렸다. 달리다가 삐끗했다. 음악으로 대성할 것 같지는 않다고, 가영은 속으론 냉정하게 평가했지만 맨 앞에서 열심히 호응해 주었다.

창우가 자신을 좋아한다는 걸 가영은 알고 있었다. 다른 아이들이 말해 주기도 했고, 그러지 않았다 해도 알았을 것이다. 창우는 연애시가 가득 든 팬시 시집을 선물한 적이 있었는데, 만약 그 시집이 조금만 가영의 취향이었더라도 결과가 나왔을 것이다. 한 편도 마음에 들지 않았다. 너무 달고 느끼했다. 가영은 창우보다는 한두 살 많은 오빠들이 좋았다. 더 잘생기고 똑똑해 보이는 오빠들이. 그래서 내내 창우의 이런저런 표현들을 모른 척하는 중이었다.

그런데 고등학교 입학 전 두 달 내내 한 무리로 어울려 다니게 되어 계속 모른 척하기가 어려워지고 말았다. 놀이공원을 가고, 찜질방을 가고, 하자센터에 갔다. 하자센터는 가영의 동네에서 사십 분이나 걸렸지만 자주 갔다. 개관한 지 얼마 안 된 하자센터의 멋진 설비들이 다 가영과 친구들의 것만 같았다. 거기서 창우와 청소년의회 홍보 동영상을 편집했는데, 다른 일 때문에 온 MTV 피디가 가영의 시디를 뒤적거리다가 물었다.

"이 시디 다 누구 거야?"

"제 건데요."

"다 네 거야?"

"두 개 빼고요."

"어떤 거 두 개?"

가영이 창우의 시디 두 장을 제외하고 다시 건넸다.

"우리 프로그램에 노래 신청하는 엽서 보내 봐. 그럼 틀어 주고 사은품도 줄게."

"네, 그럴게요."

무언가 인정받은 것 같아 기분이 좋았다. 집에 MTV가 나오지는 않았지만 말이다. 창우가 슬쩍 팔꿈치로 가영을 찔렀다.

"너는 정말 대단한 것 같아. 좋은 학교 갈 거라고 생각했지만 석일고라니 놀랐어."

하자센터를 나오는 길에 창우가 말했다. 다른 친구들은

창우와 가영만 남겨 놓고 먼저 가 버린 참이었다. 그런 식의 분위기 조성은 조금 유치하다고 여기면서도 가영이 먼저 티를 낼 순 없었다. 창우는 중운고에 합격했다고 했다. 가운데 중 자가 들어가긴 해도 사실 중간보다 약간 아래의 학교였다. 그렇지만 창우가 축하하면서 하는 말에는 축하 말고 다른 게 섞여 있지 않아서 가영은 살짝 놀랐다. 학교 친구들하고는 역시 다르네, 가영은 생각했다.

"똑똑하고, 같이 있으면 너무 재밌고……."

창우가 말을 이었고 가영은 눈치챘다. 이거 고백이구나. 열일곱이 되자마자 고백을 받는구나. 그전에 한두 번 사물함에 든 편지, 사탕 같은 것들을 받아 본 적은 있었지만 얼굴 보고 받는 진짜 고백은 처음이었다.

"그리고 넌 카드캡터 체리를 닮았어."

뭐라고? 얘가 미쳤나? 하나도 안 닮았는데! 단발인 거 말고 뭐가? 가영은 예상하지 못한 말에 당황했지만 그게 결정타였다. 카드캡터 체리를 닮았다고 말해 주는 남자애와 사귀지 않을 수는 없었다.

그날 사십 분 거리를 손을 잡고 돌아왔다. 창우의 큰 손이 가영의 손을 감싸듯 잡았다. 와, 남자애의 손. 기타를 치는 손. 가영은 두근거리기보단 신기해하면서 내려다보았다.

고등학교는 신기했다. 신기하다, 말고는 다른 말로 설명하기가 힘들었다. 정말로 다른 환경을 만났다는 걸 가영은 입학 후 매일 깨달았다. 수업 시간은 조용했다. 아무도 떠들지 않았다. 각 학교에서 전교 10등, 15등 안에 들었던 아이들만 진학했으니까. 중학교 때는 선생님들이 수업의 전반부 십 분 이상을 수업 분위기를 만드는 데 썼는데 이제는 그럴 필요가 없었다. 종이 치면 교실은 바로 음소거 상태가 되었다. 선생님들은 좀처럼 지친 얼굴을 하지 않았다. 수업은 효율적이고 전달력이 높았으며, 난이도는 자극적이었고, 조별 과제도 개인 과제도 수월했다. 너희는 정말 특별해, 너희는 나중에 굉장한 사람이 될 거야, 자신이 얼마나 행운아인지 너희는 아직 모르고 있어. 그런 말들을 선생님이 할 때마다 기분이 미묘했다. 가영은 믿고 싶으면서도 쉽게 믿을 수 없었다.

어쨌든 부드러운 공기가 마음에 들었다. 폭력 사태는 거의 일어나지 않았다. 축구를 하다가 가벼운 주먹다짐을 하는 정도는 있었지만, 그마저도 누가 크게 다치는 일은 없었다. 중학교 때는 부러뜨린 자로 목을 찔러 상대방을 혼수상태에 빠뜨리고, 심한 구타로 한쪽 눈을 실명시키고, 이 조각을 복도에 흩뿌리던 무법자들이 한둘이 아니었기에 비교되었다. 고등학교라서 다른 건지, 좋은 고등학교라서 다른 건지 몰라도 가영은 안전하다고 느꼈다. 무법자가 없는 공동체라니 동화 속으로 걸어 들어온 것만 같았다. 동화, 아니면 문명사회. 중학교에서도 가영이 직접 물리적으로 공격당하는 일은 거의 없었지만, 폭력의 광기에 노출되어 있는 것만으로 얼마나 스트레스를 받았었는지 새삼 깨달았다. 이글거리는, 무슨 일이 곧 일어날 듯한 그 공기로부터 벗어났다는 안도감이 있었다. 절도의 경우 아주 없지는 않아도 빈도가 훨씬 낮았다. 학급비는 잘 사라지지 않았다. 체육 시간에 나갔다 와도 지갑은 그대로 있었다. 시디플레이어도 시디도. 새로 산 운동화도. 하이텍 시도 젤리롤도.

하지만 다른 스트레스가 금방 찾아왔다. 첫 중간고사를 보고 나서 성적을 확인했을 때, 가영은 놀라 성적표를 눈으로 거듭 더듬었다. 입학 등수보다 제곱으로 등수가 떨어졌던 것이다. 두 배도 예상했고 세 배도 예상했지만, 제곱으로 떨어질 줄은 몰랐다. 한 번 더 제곱으로 떨어지면 아예 정원수 바깥이겠는걸, 가영은 아득하게 생각했다.

"그럼 거기서도 계속 잘할 줄 알았어? 당연한 거야."

엄마가 가볍게 위로해 주었다.

"머리로는 알고 있었는데 숫자가 너무 낯설어서 놀랐어."

"하긴 넌 그런 등수를 받아 본 적이 없지. 그래도 너희 학교에서 꼴등하는 애조차 대학은 잘 가니까."

그것은 모두가 아는 비밀이었다. 대학에서는 외국어고등학교나 과학고등학교, 비평준화 지역의 상위권 학교를 위해 따로 점수 계산법을 만들었다. 이미 고교 평준화가 시행된 대다수의 지역에서는 그것을 두고 불만이 많았다. 대학들은 공식적으로는 부인했지만 애써서 좋은 학교 아이들을 뽑으려 했다. 평준화 고교에서 잘하는 학생을 뽑아 봤자 대학에서 대단한 기량을 보이지 못한다는 게 대학들의 입장이었다. 석일고는 정원의 3분의 1쯤을 SKY에 진학시키고 나머지 3분의 2도 상위권 대학에 낙오 없이 밀어 넣었다.

"나 너랑 같이 공부하고 나서 전교 5등 했다? 열심히 하면 너랑 같은 대학교 갈 수 있을지도 몰라."

창우가 가영에게 신이 나서 말했을 때, 가영의 마음 한편이 어두워진 이유였다. 가영은 그런 일이 일어나지 않을 거란 걸 알고 있었다. 중운고에서 전교 1등을 한다 해도 불가능할 것이었다. 가영은 대충 그래, 그러면 좋겠다, 하고 웃으며 대답했다.

가영은 한 학기 만에 자신의 한계를 인정해야 했다. 공부를 잘하는 게 아니었다. 샴푸 성분표나 관리비 명세서 같은 텍스트라 해도 몇 번이고 몇 번이고 흥미를 가지고 읽을 수 있는 성격이어서 지금껏 버텨 온 것뿐이었다. 가영은 특별히 머리가 비상하거나 이해력이 뛰어나지 않았다. 모의고사 전국 1등을 번갈아 하는, 각종 경시대회를 격주로 휩쓸고 오는 아이들과 학교를 같이 다니면 그런 건 아주 빨리 깨달을 수 있었다. 모의고사를 보고 나면 춘천의 모 학교, 인천의 모 학교, 분당의 모 학교, 안산의 모 학교 등 비평준화 지역의 다른 우수 고등학교와 결과를 비교 분석한 표가 전교에 붙었다. 그러니까 이런 괴물 같은 아이들이 수천수만 명이나 된단 말이지, 가영은 게시판 앞에 서서 생각했다. 절대로 공부를 하는 길은 가지 말아야겠다고 마음먹었다. 그리고 300명 정원이니, 150등 안에만 들기로 목표를 수정했다.

그런 가영도 잘하는 게 있었다. 학교에서는 토요일마다 논술 연습을 했다. 다른 학교 아이들이 수능을 보고 나서야 시작하는 논술을, 석일고에서는 1학년 1학기부터 시작했다.

"이 학교니까 가능한 거야. 나중에 비싼 과외 안 받아도 되게 성실하게들 해."

담당 국어 선생님이 말했다. 석일고 선생님치고 언제나 좀 냉한 사람이었다. 특별히 열정적이지 않았고 편애도 하지 않았다. 선생님마다 눈에 띄게 아끼는 학생들이 있기 마련이었는데 도통 관심이 없어 보였다. 국어 선생님은 논술 답안지를 걷어 가서 무작위로 골라 첨삭을 해 주었다. 가영은 한 번도 첨삭을 받지 못했다. 운이 없나 보다 하고 말았는데 어느 날 다른 용무로 교무실을 갔을 때 그 선생님이 불러 세웠다.

"배가영."

"네?"

"너는 첨삭 같은 거 필요 없으니까 앞으로도 안 해 줄 거야. 섭섭하게 생각하지 마."

전혀 섭섭하지 않았다. 오히려 기분이 좋았다. 입학하고 나서 처음으로 자기 유능감을 느꼈다. 그것은 발견에 가까웠다. 석일고에 오지 않았다면 하지 못했을 발견 말이다. 보통 학교에 가서 이것저것 다 잘한다고 착각하고 지냈으면 몰랐을 터였다. 무지막지하게 사방으로 뛰어난 아이들 속에서 무언가 하나라도 잘한다면, 그건 정말 잘하는 거니까. 그렇다고 국어 선생님이 제일 좋아하는 선생님이 되진 않았다. 그러기에는 너무 냉랭한 사람이었다. 다만 어느 날, 다른 아이들이 그 국어 선생님을 두고 놀리는 걸 들었을 때에는 조금 화가 났다. 가영이 모르는 새 아이들은 국어 선생님을

'지오다노'라고 부르고 있었다.

"지오다노 니트를 몇 개 돌려 입나 봐. 다른 것 좀 입지."

"가난해서 지오다노밖에 없는 거 아냐?"

가영은 옷차림을 두고 그렇게 말하는 게 비열하다고 느꼈다.

그랬다. 공부를 잘하는 아이들은 쉽게 폭력을 쓰진 않았다. 하지만 다른 면으로 비열했다. 정교한 방식으로 비열했다. 대놓고 물건을 훔치진 않지만 체육대회 반티를 맞추면서 횡령을 했다. 횡령이 발각되어 전교생 앞에서 사과를 하는 동급생들의 뻔뻔한 얼굴을 보며 가영은 깨달았다. 이 학교 아이들은 폭력배가 되진 않아. 하지만 화이트 컬러 범죄자는 분명 몇이든 되고 말 거야.

그런 몇몇 사건으로 학교에 대한 환상은 천천히 깨져 가기 시작했다. 너무나 우수한 미래의 재원들이니까, 무슨 짓을 저질러도 처벌은 솜방망이였다. 법조인이 될 거니까, 의사가 될 거니까, CEO가 되고, 이 나라를 이끌어 갈 테니까. 세상이 어떤 방식으로 움직이는지 어렴풋이 알 것도 같았다.

1학년의 여름방학은 근사했다. 입시가 시작되기 전에 마지막으로 자유를 누리라고 뭐든 허락해 주는 분위기였다.

가영은 청소년의회 친구들과 함께 전국적 규모의 청소년 축제인 유스 페스티벌에 참가했다. 진행 요원으로 참가해서 조끼를 입고 명찰을 건 채 다녀야 했지만, 그건 그것대로 소속감이 느껴졌다. 올림픽공원에 축제 부스가 가득했다. 첫 회는 광화문에서 열려서 약간 좁은 느낌이었는데 잠실은 드넓어서 좋았다. 잠실까지 두 시간 가까이 걸렸지만 페스티벌 기간 내내 매일 오락가락했다. 12시쯤 집에 들어가도 부모님은 혼내지 않았다. 어른이 된 기분이었다. 하긴 고등학교 입시를 위해 독서실을 다닐 때도 그 시간에 들어오는 건 예사였는데, 이제 와 혼을 내면 이상하긴 할 터였다.

휠체어 체험 코너가 가영의 담당이었다. 가영은 참가자들에게 휠체어를 빌려주고, 인쇄된 지도도 나눠 주었다. 지도에는 높은 보도 턱, 계단밖에 없는 지하도, 신호가 지나치게 빨리 바뀌는 횡단보도, 육교, 가파른 경사면이 포함되어 있었다. 중간에 일어서면 탈락이었고, 행인들의 도움을 받는 게 규칙이었다. 한여름이었다. 휠체어에 서툰 참가자들도 행사를 함께 주최한 장애인 단체 사람들도 쉽게 더위에 지쳤다.

"어우, 못 하겠다. 그냥 내 뒤를 잡고 가요."

본인의 전동 휠체어를 타고 함께 다니던 한 사람이, 학생

참가자들에게 제안했다. 반칙이었지만 다들 깔깔 웃으며 매달렸다. 유쾌한 기차처럼, 애벌레처럼 주르륵 공원 길을 달렸다. 한 팀이 그렇게 가자 다른 팀도 비슷한 전략을 썼다. 전동 휠체어를 탄 사람들이 인기였다. 왕자님처럼, 기사처럼. 다시는 만나지 않을 사이라 해도 그건 멋진 경험이었다. 내일 서먹해진다 해도 축제에는 마법 같은 게 있었다.

하루 종일 코너를 지킬 필요는 없어서 가영은 창우와 똑같은 헤나를 손가락과 손목에 받고, 거리 사진전을 보고, 미로를 통과하고, 뽑기를 하고, 게임을 하고, 코스프레를 구경하고, 물총 싸움을 하고, 사소한 기념품을 만들고, 비누 거품을 불고, 티셔츠에 붙일 스티커를 교환하고, 행위 예술에 참여해 물감이 든 풍선을 던지고, 핫도그를 먹고, 세수를 하고, 축제 신문을 나르고, 그늘에서 더위를 피하고, 폴라로이드 사진을 찍고, 가방에 달 장식을 사고, 아이스크림 심부름을 하고, 컵에 그림을 그리고…… 그러다가 밤이 되면 콘서트를 보았다. 강산에가 오고, 자우림이 오고, 윤도현 밴드가 오고, 크라잉 넛이 왔다. 모기에 뜯겨 가면서, 양말에 풀물이 들어 가면서 음악을 들었다.

유스 페스티벌 마지막 날에는 조금 울었다.

"매년 하면 좋겠다, 그치?"

창우가 위로해 주었다.

"매년 한다 해도 우리가 청소년이 아니게 되잖아."

"여기 어른들도 많잖아."

"하지만 다를 거야."

"뭐가?"

"고막 같은 게 늙어 버리겠지."

그러자 창우가 주머니에서 비타민 사탕을 꺼내 주었다. 비타민 사탕은 창우의 체온으로 뜨거웠지만 지친 다리도, 약간 까끌거리는 편도선도 사탕을 반겼다.

중학교와 석일고가 다른 점 또 하나는, 집이 가난한 애가 없다는 것이었다. 찾아보면 아예 없진 않겠지만 비율이 보통 학교와는 달랐다. 부모들은 굉장했다. 대기업에 다니고, 전문직이 흔했으며, 티브이에 나오는 사람들도 적지 않았고, 넓은 집에 살면서 좋은 차를 탔다. 자율학습이 끝나면 학교 앞은 세단들로 붐볐다. 공부를 잘하려면 유전자와 환경을 다 물려받아야 하는 모양이었다. 학부모 네트워크도 대단했는데, 가영은 그 틈에 엄마도 아빠도 전혀 어울리지 못하고 있다는 걸 파악했다.

"너 친구들 사이에 어느 학원이 유행인지 그런 거 아니?"

"왜?"

"모임 나가면 그런 이야기하던데, 나만 못 따라가겠더라. 요즘 학원들은 이름도 다 너무 어렵고. 좋다는 데가 금방 바뀌고."

"괜찮아."

"괜찮다니?"

"엄마, 너무 무리하지 마. 학원은 내가 알아서 할게. 모임도 안 나가고 싶으면 안 나가도 돼."

"정말?"

엄마가 너무 반기는 게 보여서 가영은 조금 웃었다. 그리고 중학교 때부터 다니던 단과 학원에 계속 다녔다. 인터넷 강의도 성격에 잘 맞아 여러 개 들었다.

그러다가 학원 엘리베이터에서 불쾌한 일이 있었다.

"대(大) 석안, 소(小) 석일!"

한 무리의 석안고 남자애들이었다. 유치하게 외치더니 자기들끼리 키들거렸다. 석일고 다음으로 좋은 학교라는 석안고 애들이었는데도 콤플렉스가 심했던 듯했다. 지금 내 교복 보고 무슨 구호처럼 그렇게 외친 거야? 가영은 일단 너무 당황했고, 얼굴이 화끈거렸다. 사실 부끄러워해야 할 쪽은 가영이 아닌데도 그 상황 자체가 불편해서 그랬다. 엘리베이터는 또 왜 그렇게 느린지. 석일고는 석안고를 별로 신경 쓰지 않았다. 하지만 석안고는 석일고를 매우 신경 썼다. 석일고에 간 아이들과 석안고에 간 아이들의 점수는 고작 몇 점 차, 그럼에도 상위권 대학 진학률은 현격하게 차이가 났다. 눈앞에서 간발의 차로 놓쳤다는 느낌만큼 사람을 오래 괴롭히는 것은 없을 것이다. 그 마음 자체는 이해가 갔다. 그렇지만 가영은 혼자였고 상대는 다섯, 좁은 엘리베이터에 공격성이 가득해서 그저 피하고 싶었다. 고교 평준화에 대한 사설이 신문에 자주 실렸는데, 가영은 어느 쪽이든 불공평하게 느껴져서 기분이 이상했다. 평준화 고교에 진학했더라면 중학교에 다니던 것과 비슷하게 불행했을 것 같았고, 그렇다고 비평준화가 답인 것 같지도 않았다. 분리해서 계급을 만드는 건 절대 다수에게 나빴다.

계급이었다. 그게 계급이란 걸 배우고 있었다.

"너는 근데 왜 중운고 남자애랑 사귀어?"

2학기 때부터 친해진 최아름이 물어 왔을 때, 가영은 뭐라고 대답해야 할지 몰랐다. 창우는 창우였다. 창우가 중운고에 다니는 건 그다음이었다.

"중학교 때부터 친했는데?"

"흐음…… 뭐 상관없지. 그래도 우리 학교 애 사귀는 게 낫지 않나?"

석일고는 남학생이 여학생보다 현저히 수가 적었다. 그러니 좋아할 만한 남자애의 수는 더 적었다. 좋은 집안에서 남자로 태어나 공부까지 잘하면 피하기 어려운 오만함이 두드러지는 것도 약간 문제였다. 귀엽게 봐줄 수도 있는 그 오만함이 가영은 어쩐지 부담스러울 때가 있었다.

"너는 괜찮다고 생각하는 애 있어?"

"예를 들면…… 강승원 괜찮지 않아? 잘생기고 축구도 잘하고."

"잘생기긴 했는데 얘길 안 해 봐서 모르겠다."

"얘기해 봐야 괜찮은 거야? 너도 진짜 이상하다."

"젤 이상한 애가 할 말은 아니지."

가영은 진심이었다. 최아름은 이상해서 좋은 친구였다. 몇 안 되는 예체능 지원자였다. 음악이 두셋, 미술이 두셋, 체육이 두셋 있었는데 미술 쪽이었다. 그림도 썩 잘 그렸지만 그보다 입체적인 걸 잘 만들었다. 가영의 생일에는 심지어 팝업북을 만들어 주었다. 별 줄거리도 없이 둘이 같이 먹은 햄버거가 불쑥 튀어나왔다. 싸구려 색종이만 몇 장 있으면 어떤 장면이든 그대로 재현할 수 있는 아이였다.

가영과 아름은 주로 도서실에서 둘이 공부했다. 독서실과 도서실이 따로였다. 독서실은 광혜관(光慧館)이라는 멋들어진 현판이 붙어 있는 규모가 큰 열람실이었다. 그곳에선 전교 60등까지의 아이들이 칸막이형 책상을 하나씩 배정받아 공부했다. 그에 비해 도서실은 계단 바로 옆 일곱 평 남짓한 곁방이었고, 학생들과 학부모들에게 기증받아 들쭉날쭉하기 짝이 없는 책들이 쌓여 있어 이용 학생이 그리 많지 않았다. 가영과 아름은 도서위원도 아니었다. 도서위원들은 자기 교실이나 광혜관에서 공부하는 걸 선호했기 때문에 가영이 당번을 대신해 주자 좋아했다. 도서실 담당인 생물 선생님도 가영을 예뻐해서 아무 문제 없었다. 가영이 몇 번 교내 글짓기 상을 타고 나자, 어느 날은 가영을 불러 가영이 받아 본 중 가장 멋진 선물을 주기도 했다. 도서실 책 구매 시기가 되었을 때 가영의 마음대로 구매 리스트를 채우게 해 준 것이다.

"읽고 싶은 책 있니?"

"네?"

"서른다섯 권 골라 와."

"정말요?"

"응, 근데 다른 애들한텐 비밀이야."

가영은 정말 마음껏 골랐다. 문학과 역사와 과학과 예술과……. 서른다섯 권 중 한 권도 거절당하지 않았다. 그중에는 캐드펠 수사 시리즈도 몇 권 있었다. 가영이 매우 사랑하게 된 추리 소설이었다. 중세의 수도사라면 꽉 막힌 사람일 것 같았는데, 폭넓은 경험을 하고 느지막이 수도사가 된 캐드펠은 사려 깊고 유머 넘치며 현명한 사람이었다. 찾아오는 사람에게 머드 와인을 끓여 주며 상담을 해 주고 살인 사건도 해결했다.

"머드 와인이 대체 뭘까? 먹어 보고 싶다."

"대학생이 되면 유럽 가자. 가면 팔겠지."

아름은 마치 대학생이 되어도 둘이 계속 단짝으로 남을 것처럼 이야기했다. 아름은 책에는 별로 관심이 없었다. 도서실의 팬을 돌리곤 그 아래에서 담배를 피우곤 했다. 유쾌한 학같이 낭창한 애가 어울리지 않게 말보로 레드를 피웠다. 그거 카우보이들의 담배 아닌가. 가영은 도서실에 불이 날까 봐 불씨를 꼼꼼히 확인하곤 했다.

창우는 종종 학교 앞에서 가영을 기다렸다. 중운고 교복을 입고 기다릴 때도 있었지만 대개는 평상복을 입고 기다렸다. 몇 개 안 되는 후드를 날마다 바꿔 입고, 아이스크림이나 초콜릿을 사서 기다리고 있는 창우를 보면 어째선지 약간 슬퍼졌다. 애잔함, 애잔함이겠지. 이제 그 단어의 뜻을 정말로 알았다. 가영은 어쩐지 먼 미래에서 돌아보는 느낌으로 애잔해했다.

하루는 창우가 손을 잡는 척하며 가영에게 무언가를 쥐여 주었다. 동전 같지만 동전 같지 않은 무엇이었다. 가로등 밑에서 손바닥을 펴 보니 황동색의 하트였다.

"이게 뭐야?"

"내가 만든 거야."

"뭘로?"

"10원짜리로."

"아…… 고마워. 이걸 얼마나?"

"2주 내내 갈았어."

동전을 하트 모양이 될 때까지, 표면이 닳아 매끈해질 때까지 갈았다니 가영은 놀라고 말았다. 그리고 창우가 자신을 좋아해 주는 만큼 좋아해 주지 못하는 게 너무나 미안했다. 손을 잡을 때에도 가끔 키스를 할 때에도 가영은 창우가 느끼는 만큼 느끼지 않는다는 것을 깨닫고 있었다.

어쩌면 내가 진짜 이상한 애인지도 몰라, 가영은 생각했다. 가끔 꿈에서 가영은 좋아하는 작가들과 연애를 했다. 주로 외국 작가였고, 죽은 작가였다. 어째선지 꿈속에선 말이 잘 통했다. 쥘 베른과 신기한 동식물을 구경하러 갔고, 오스

카 와일드와 춤을 췄고, 아이작 아시모프의 연구실에 앉아 있었으며, 찰스 디킨스와 산책했고, 뒤마와는 말을 탔으며, 카프카와 다락에 누워 있었다. 읽고 있는 책에 따라 꿈이 달라졌다. 흑백일 때도 있었고 컬러일 때도 있었다. 하지만 정말 이상하잖아, 어째서 살아 있는 남자친구에게보다 죽은 작가들에게 더 애정과 욕망을 느끼지? 물론 제인 오스틴과 비 내리는 창밖을 구경할 때도 있고 브론테 자매 중 누구인지 모를 한 명과 응접실에 앉아 있을 때도 있으니, 꼭 이성에 대한 욕망만은 아닌 것 같지만…… 그래도 어딘가 정말 고장 난 게 아닐까, 가영은 창우가 준 하트를 쥐고 가끔 고민했다.

"그렇게 펜을 매주 사는 건 이상해."

아름이 말했을 때, 가영은 좀 뜨끔했다. 아름의 말대로였다. 가영은 끝까지 쓰지도 못할 펜들을 매주 샀다. 필통에 다 안 들어가서 필통을 커다란 것으로 바꾸었을 정도였다. 무언가 불안하고 불만족스러워서 하는 행동이란 걸 알면서도 멈출 수 없었다.

펜을 산 김에 필기를 열심히 하긴 했다. 중지의 옹이가 커지고 커질 때까지 쓰면서 공부했다. 가영이 공부하는 방식은 텍스트의 압축에 가까웠다. 일단 수업 시간에 모든 것을 받아 적는다. 농담이나, 가영 본인의 생각까지 모두 적어 그걸 깃발로 만든다. 깃발은 그 자체는 중요한 정보가 아니지만 연상 작용에 필요했다. 그리고 시험 기간이 되면 교과서, 참고서, 필기 노트 중 가장 적합한 걸 골라 나머지들을 거기에 합친다. 그렇게 정리한 하나의 완벽한 텍스트를 시험 전날까지 다시 한 장으로 압축한다. 평범한 지능으로 석일고에서 해 나가려면 그 정도 노력은 필요했다.

2학기 중간고사를 2주 앞두었을 때, 공부한 걸 전부 합쳐 정리해 둔 국사 문제집을 누가 훔쳐 갔다. 사물함에 넣고 간 기억이 확실히 나는데 다음 날 보니 사라져 있었다. 사물함에 다는 자물쇠는 철사나 핀 하나만 있어도 쉽게 땄다가 흔적 없이 다시 잠글 수 있는 단순한 것이었다. 누군가 가영이 문제집에 정리를 다 해 둔 것을 알고 가져간 것 같았다. 황망했다.

"우리 반 앨 거야."

아름이 추측했다.

"아무래도 그렇겠지?"

두 사람은 이유를 입 밖에 꺼내 말하지 않았지만, 만약 다른 반 애였다면 가영보다 공부 잘하는 애 걸 가져갔을 것이다. 가영이 필기를 열심히 한다는 걸 알고 있다는 점에서도 역시 같은 반일 확률이 높았다.

"이따 점심시간에 같이 찾아 줄게. 이름 써 놨지?"

"응, 윗면 옆면 아랫면에 네임펜으로 써 놨어. 그랬는데도 가져가다니."

"진짜 못됐다. 니가 다 정리하길 기다린 거 아닐까?"

다른 아이들이 점심 먹으러 내려가길 기다렸다가 책상 서랍을 슬쩍 들여다보고 문이 잠기지 않은 사물함도 열어 보았다. 가방은 차마 열어 보지 못했지만 지퍼가 크게 열려 있는 가방 안은 확인해 보았다. 하지만 가영과 아름이 생각해도 훔쳤다면 보이게 둘 리 없었다. 괜히 남의 물건들을 들여다보아 더 찝찝해지기만 했다.

"없네."

"됐어. 그냥 밥 먹으러 가자."

급식실로 내려가다가, 아름을 먼저 보내 자리를 잡게 하고 화장실에 들렀다. 혼자 다시 급식실로 가는데 문득 광혜관이 눈에 들어왔다. 훔쳤다면, 교실에 두기 싫겠지. 공부를 잘하는 애라면 광혜관 자기 자리에 숨겼을지도 몰라. 우리 반 애가 몇 명이었지? 기껏해야 대여섯 명일 텐데. 그 자리를 살짝 확인할까? 가영은 광혜관 문을 열었다.

반 아이들의 자리를 살필 필요도 없었다. 남자아이 한 명이 눈에 익은 문제집의 윗면을 커터 칼로 긁어 내고 있었다. 광혜관의 조용하고 환기 되지 않은 실내가 삭삭삭, 칼 소리로 찼다. 가영은 화가 났다. 화가 나서 이마가 뜨거워졌다. 그 아이 뒤에서 어떻게 하면 더 모욕감을 줄까, 몇 초 생각했지만 포기하고 이름을 불렀다.

"강승원."

강승원이 심장마비라도 일으킬 듯한 얼굴로 돌아보았다. 하지만 축구로 다져진 젊은 심장은 그 정도에 멎지 않았다.

"야……."

심지어 가영의 이름도 생각나지 않는 모양이었다. 거기써 있잖아. 네가 지우고 있는 이름. 강승원이 이름을 부르는 걸 포기하고 사과해 왔다.

"미안해."

가영은 윗면이 엉망으로 긁혀 나간 문제집을 빼앗았다. 거칠게 빼앗고 싶었지만 얌전한 몸이 따라 주지 않았다.

"미안해."

도서실을 나서는 가영의 뒤에다 대고 강승원이 다시 말했지만 가영은 믿지 않았다. 가영은 문제집을 옆구리에 끼고 급식실에 가 아름을 찾았다.

"너 그거 어디서 찾았어?"

"이따 이야기해 줄게."

강승원이 그랬다는 걸 아름이 다른 아이들 몇에게 말한 것 같은데, 그래도 승원에게 별로 타격이 가진 않았다. 공부 잘하는, 운동 잘하는, 잘생긴 남자애에게 그런 도둑질쯤은 흠도 되지 않는 듯했다.

창우와 헤어진 것은 기말고사가 끝나고 겨울방학을 맞기 직전이었다.

"방학 때 뭐 할래? 청소년의회 애들이랑 바다 갈까?"

신이 나서 창우가 말했지만 가영은 같은 기분이 아니었다. 2학년 때부터는 본격적인 입시가 시작되는데 가영은 마찰 없는 경사면에 서 있는 형국이었다. 아래로만, 아래로만 미끄러져서 바닥에 가 닿지 않으려면 몸부림을 쳐야 했다. 이 작은 나라에 똑똑한 아이들이 이렇게 많다면 나중에 어른이 되어서 가영이 설 자리가 있을까, 할 수 있는 일이 있을까, 낙관적으로 전망할 수가 없었다. 한국은 중간쯤 똑똑한 사람들한테 별로 친절한 나라가 아니라는 걸 희미하게나마 이미 깨닫고 있었다.

"나 이제 모임 안 나갈 거야. 활동도 못 하고."

"왜?"

"공부해야지."

그렇게 말하자 창우가 전에 본 적 없는 표정을 지었다. 비웃음? 분노? 불쾌? 하여간 비읍으로 시작되는 온갖 부정적인 감정들이 섞인 표정이었다.

"가진 게 많은 애들이 더 한다니까."

"뭐?"

"그렇게 유난 떨며 공부해서 뭐 될 건데? 공부 잘하니까 좋아 죽겠어? 아주 걸쭉한 인물이 되겠다?"

가영은 몸이 떨렸다. 육교 위였다. 눈이 올 거라는 예보가 있었지만 아직이었고, 희고 무거운 구름만 낮게 깔려 있었다. 그렇게 추운 날은 아니었는데도 몸이 떨렸다.

"……걸출한 인물, 이겠지."

숨을 고른 가영이 지적하자 창우가 얼굴을 붉혔다. 창우에게 다시 물을 수밖에 없었다.

"너 나한테 그런 말들 얼마나 오래전부터 하고 싶었어? 얼마나 참았어?"

"너희 같은 애들 욕심부리는 거 맞잖아. 남들보다 훨씬 많이 가졌으면서도 더 원하지. 대충 좀 하면 안 돼? 보통으로 살면 안 돼?"

"너무 쉽게 말하는 거 아냐? 누가 보면 내가 좋아서 이러고 있는 줄 알겠다. 나 무서워서 공부해. 무서워서 한다고."

거기까지 말하고 가영은 소스라치고 말았다. 한 번도 분명하게 떠올린 적이 없었는데, 입 밖으로 꺼낸 순간 그게 진심이란 걸 알게 되었던 것이다. 무서워서였다. 언제나 무서워서였다. 가영은 계속 말했다. 진심을 말하고 나니 멈출 수 없었다.

"너는 안 무서워? 어떻게 안 무서워? 청소년 운동가 선생님들은 세상이 좋아질 거고 이렇게 미친 듯이 공부하지 않아도 되게 변할 거라고 했지만…… 나는 모르겠어. 우릴 기다리고 있는 게 뭘지 모르겠어."

"너 지금 선생님들이랑 내가 멍청하다고 말하고 싶은 거냐?"

창우의 얼굴은, 가영의 바람과는 달리 단단하게 닫혀 있었다. 평소의 창우가 아니었다. 어쩌면 가영이 창우를 잘못 알고 있었는지도 몰랐다. 늘 아무렇지 않아 보였던 창우는, 아무렇지 않은 게 아니었던 게 분명해졌으니까.

"그게 아니잖아. 내가 겁쟁이고 비겁하다는 거지. 겁에 질려서 이러고 있는 걸 너는 이해해 줬으면 했어. 협박 반인 학교 선생님 말들도, 다 괜찮을 거라는 운동가 선생님 말들도 믿을 수가 없었어. 어느 쪽도……. 어른들은 우리한테 거짓말을 해. 나쁜 의도 없이, 정말로 그렇게 믿고 있어서 거짓말을 할 때도 있어. 그게 죽을 것같이 무서워. 거짓말과 거짓말 사이에 서 있는 게 무서워. 그래서 아등바등할 뿐이라고."

"말장난하지 마. 누가 거짓말을 한다는 거야? 그리고 네가 뭐라고 거짓말을 다 안다는 거야? 사람들 그렇게 무시하는 거 아냐. 너, 내가 그렇게 멍청해 보여? 나도 너만큼 열심히 해. 너랑 나랑 원래 가진 게 다른 거야. 네가 노력해서 얻은 게 아닌 것들 가지고 잘난 척 좀 하지 마."

가영이 가방을 앞으로 돌려 지갑을 꺼냈다. 지갑의 투명 코팅 칸, 둘이 찍은 스티커 사진 앞에 끼워 두었던 창우가 만들어 준 10원짜리 하트를 손바닥 위에 올렸다.

"열심히 해? 이런 거나 만들고 있었잖아."

그러자 창우가 하트를 확 빼앗아 던졌다. 육교 밖으로 떨어질 줄 알았는데 촘촘한 기둥에 팅, 하고 맞고 다시 안쪽에 떨어졌다.

어떤 포기가, 가영에게 찾아왔다.

"그만 보자, 우리."

"그래, 잘살아라."

창우가 바로 대답했다. 그리고 가영을 두고 급하게 걸어

갔다. 가영은 창우의 바깥쪽이 심하게 닳은 캔버스화가 육교 위에서 사라지는 걸 지켜보았다.

아무 기미도 없이 그렇게 말들이 쏟아져 나올 줄 몰랐다. 가영도, 창우도 알지 못했다. 가영은 뒤늦게 계단을 내려오다가 울었다. 같이 눈을 맞고 싶었다. 중운고의 보풀보풀한 교복에 눈이 쌓이면 귀여웠을 텐데.

그날 늦게 눈이 내렸고, 며칠쯤 쌓여 있었고, 다시 녹았다. 육교 위의 하트는 한동안 거기 있다가 어느 날 보니 사라져 있었다. 가영은 하트를 확인하기 위해 횡단보도가 있는데도 육교를 이용하곤 했었다. 누군가 발견해서 가져간 것 같았다. 가져간 사람은 아마 궁금할 것이었다. 어떤 물건인지, 누구의 것이었는지, 어떻게 해서 거기 놓였는지. 알고 있는 사람은 세상에 둘뿐이지만.

두 사람은 다시 만나지 않았다. 만날 일이 없었다. 청소년의회를 같이 했던 친구가 창우의 공연에 갔다 와서 가영에게 연락한 적은 있었다.

"걔, 네 욕 하는 노래 부르더라."

쌍년, 쌍년, 엘리트주의자, 그런 노래였다고 한다. 가영은 펑크를 그만 듣기로 마음먹었다.

석일고는 이 년 뒤에 평준화 고등학교가 되었다. 스무여 개의 다른 고등학교와 함께 일괄 평준화되어 보통의 학교가 되었다. 가영은 3학년이었고 그다지 충격을 받지는 않았다. 예정되어 있던 일이었다. 석일고를 외고나 다른 특수고로 만들려는 움직임이 있었지만 실패한 다음이었다.

"그런 명문고가 하루아침에 사라지다니."

아쉬워하는 사람들은 있었다. 가영은 아무 느낌이 없는 자신이 이상했다.

고등학교 어디 나왔느냐는 질문을 그러고도 한참 받았다. 십 몇 년쯤 받았다. 가영이 대답하면 석일고를 아는 사람도 있고, 모르는 사람도 있었다. 가영은 모르는 사람이 늘어나 길 기다리기로 했다. 출신 고등학교에도 대학교에도 별로 애교심이 없는 사람이 되었다. 가끔 아름을 만났고, 다른 모임에서는 강승원을 마주치기도 했다. 어느 모임에도 소속감은 들지 않았다. 두려움 때문에 들어간 집단에 소속감을 가지는 건 이상하니까.

그사이 10원짜리는 더 작고 반짝거리는 동전으로 바뀌었다. 세계는 바뀌지 않고 동전만 바뀌네, 가영은 그 반짝거림이 마음에 들지 않았다.

비겁의 발견

전혜진

반찬은 적고 밥만 많은, 싸늘한 도시락이 싫었다.

김치에다 캔 참치를 반만 덜어 넣은 초라한 도시락. 운이 좋은 날이면 계란 프라이가 들어 있기도 했지만, 기대하지 않는 편이 좋았다.

학교 식당이 있었지만, 한 달에 4만 원인 용돈으로는 식당 밥은커녕 자판기 커피 한 잔 뽑아 마시는 데도 결심을 해야 했다. 그나마 회수권은 매달 쓸 만큼 엄마가 사다 주니 망정이지 내 용돈으로 샀다면 더 빠듯할 뻔했다. 엄마는 내가 뭘 먹는지, 어떻게 다니는지 따위 관심도 없지만 늘 나에 대해 뭐든 다 아는 척을 했다. 내가 이 학교에 원서를 넣었을 때는 깜짝 놀라서, 그런 애인 줄 몰랐다고 화만 냈으면서.

그런 애는 무슨 그런 애.

뱁새가 황새를 따라가면 가랑이가 찢어진다고 굳이 강조하지 않아도, 이 초라한 도시락을 열 때마다 새삼 깨닫는다. 나는 여기 올 주제가 못 되었다. 그 생각을 하니, 김치 국물과 캔 참치 기름이 뒤범벅된 도시락이 목으로 넘어가지 않았다. 파란 뚜껑이 달린 낡고 촌스러운 타파웨어 도시락을 크린백 비닐봉지로 둘둘 말아 학교 식당으로 들고 내려갔다.

학교 식당 잔반통에 남은 밥을 털어 넣으며, 나는 문득 예쁜 도시락을 사고 싶다고 생각했다. 귀여운 도시락 가방에 예쁜 도시락, 그 안에 좋아하는 반찬이 들어 있는 인생을 살아 보고 싶었다. 조금 더 욕심을 부리자면 반찬이 네 가지쯤들어 있으면 좋겠다.

언젠가는 원하는 도시락을 살 수 있을 것이다. 반찬통에 동그란 꼬마 돈가스를 넣을 수도 있겠지. 더 커서 어른이 되고, 대학에 가고 성공을 하면, 그러면 언젠가는.

"짜잔!"

그때 차가운 음료수 캔이 뺨에 닿았다. 덕화였다.

덕화는 이 학교 와서 만난 친구였다. 고등학생쯤 되면 같은 반이고 나란히 앉는 짝이라는 것만으로는 친구가 될 수 없는 법이다. 특히 한 해에 백 명씩 서울대에 보내고, 전교

600등을 해도 인현공대에는 너끈히 들어간다는 이런 입시 명문 고등학교에서는.

내가 다닌 변두리 중학교는 애들도 다 고만고만했다. 옆으로 고속도로가 지나는 빌라촌 근처의 이름 없는 중학교. 거기서는 난다 긴다 하는 애들이 과학고를 버리고 들어온다는 이 대단한 학교에 세 명밖에 보내지 못했다. 여기 원서를 넣고도 나는 한참 동안 엄마에게 욕을 먹었다. 계집애가 실속 없이 헛바람이 잔뜩 들었다고.

덕화는 나와 달랐다. 서울에서도 한다하는 집안 아이였다. 서울 강남 8학군에서 어쩌다 좀 별 볼 일 없는 학교에 배정이 되었는데, 다행히 이쪽 교육청에 아는 사람이 있어 입학 전에 서둘러 전학했다.

그런 일이 어떻게 알려지는지는 모르지만, 백 써서 들어온 아이가 있더라는 소문은 금세 퍼졌다. 그게 덕화라는 사실이 알려지는 데도 그리 오랜 시간이 걸리진 않았다.

"또 누가 뭐라고 그래?"

"아냐."

"아니면 이건 뭐야."

"마시라고 준 거지 뭐긴 뭐야. 야, 우리 학교에 음료수 캔 하나 갖고 신경 곤두세우는 애는 너밖에 없어."

나는 덕화와 나란히 운동장 스탠드에 앉았다. 내가 캔을 만지작거리자, 덕화는 캔을 따서 내 손에 다시 쥐여 주었다.

"그냥 좀 마셔. 날도 더운데."

덕화 말대로였다. 이 학교에서 음료수 정도로 쩔쩔매는 애는 거의 없었다. 신발도 가방도, 다 어디선가 들어 본 메이커 제품들. 어지간한 애들은 영어듣기용 소니 워크맨과 공부할 때 듣는 음악용 시디플레이어를 따로 들고 다녔다. 워크맨이라 부르기엔 민망한, 어른 손바닥만 한 소형 카세트를 시장표 책가방 깊숙이 숨긴 채, 나는 늘 주눅이 들어 있었다. 이 세계에서 나는 가장 초라한 존재 같았다.

덕화는 그런 나와 스스럼없이 친구가 되었다. 사실 덕화는 전국 상위 3퍼센트 안에 드는 성적이었고, 우리 학교에 들어오기에도 모자람이 없었지만, 그래도 그 찜찜했던 입학 과정 때문에 덕화와 내가 친구가 될 수 있었던 거라고 나는 가끔 생각했다. 어쨌든 덕화는 내게 있어, 이 학교에 하나밖에 없는, 아주 사소한 이야기를 나눌 수 있는 친구였다.

"종생부 있잖아."

덕화는 한숨을 쉬었다. 나는 고개를 끄덕이며 캔에 든 홍차를 몇 모금 마셨다. 레몬 향이 났지만, 떫고 텁텁했다. 답답하여라, 그놈의 종생부.

이달 초, 갑자기 교육개혁안이 발표되었다.

놀라울 것도 없는 일이었다. 교육부는 매년 입시 정책을 바꾸기로 악명 높으니까. 바로 재작년부터 학력고사 대신 수학능력시험을 한 해에 두 번 보게 해 놓고는, 작년에는 수능을 일 년에 한 번만 보도록 축소해 버렸다.

이번 5.31 교육개혁안은, 말하자면 수능 만점을 200점에서 400점으로 바꾸고, 국공립대에서 본고사를 없애고, 종합생활계획부를 도입하겠다는 내용이었다. 수능 점수 뻥튀기야 변별력을 높이겠다는 말이니 나쁠 것은 없었다. 하지만 본고사 폐지는 이야기가 달랐다. 지역에서 공부 좀 한다하는 애들을 모아 놓고 경시대회 준비하듯이 공부만 시키는 것이 이 학교의 비결이었는데, 이제 그 전략은 안 먹힌다는 뜻이었다.

그리고 교내 석차를 반영하는 종생부는, 우리 학교는 물론이고 명문고라 불리는 학교 어디에도 불리한 정책이었다.

우리 학교에서 전교 꼴찌하는 학생이라고 해도 모의고사를 보면 전국 12퍼센트 안에는 너끈히 들어갔다. 그런 애들이, 종생부 때문에 졸지에 다른 일반 학교에서 수업도 제대로 안 듣고 중간고사에 백지 내는 애들과 비슷한 취급을 받게 된다고 했다.

본고사 폐지에 종생부 반영. 그러니 결론은 간단했다. 우린 망했다. 아주 떼로 망하고 퍼펙트하게 망했다. 이런 학교에 오는 게 아니었는데.

교육개혁안이 발표된 이후, 학부모들은 끊임없이 학교에 나타났다. 새 개혁안이 처음 적용되는 2학년 교무실 앞은 초상집이나 다름없었다. 1학년 쪽도 상황은 마찬가지였지만, 아직은 발등의 불이 아니라는 건지, 그 와중에 고상한 척을 하려는 건지 언성 한 번 안 높였다. 그 대신 대책 회의를 한다며 떼 지어 몰려다녔다.

교육청이나 교육부 앞에 가서 시위를 해야 하지 않겠느냐는 의견도, 언론에서 다뤄 줘야 한다는 의견도 있었다. 서명운동을 하자는 중론이 모였다지만, 과연 누가 이런 일에 서명을 해 줄까? 안 그래도 귀족 학교라고 말이 많은데. 영 쓸모없어 보이는 회의의 유일한 장점은, 굿이나 보고 떡이나 먹으라는 건지 매일 경쟁적으로 학생들에게 간식을 보낸다는 것이었다.

3학년들은 재수는 꿈도 꾸지 말라는 압박을 받았다. 선생님들은 마치 죄수를 지키는 간수처럼 순찰을 돌며 3학년들이 딴짓을 못 하게 하는 데 매진했다. 2학년들은 차라리 학교를 그만두고 검정고시를 보는 편이 유리하지 않을까 수군거렸다.

우리는 어떻게 될까. 나는 불안했다. 우리 학년에도 자퇴하는 애들이 나올까. 하나씩 하나씩, 여길 다 빠져나가고 나면, 나는 어쩌지. 우리 엄마 아빠는 내가 여기서 함께 침몰해버려도 신경도 쓰지 않을 텐데.

"엄마가…… 자퇴하래."

캔 홍차를 홀짝이는 나를 옆에 두고, 운동장을 건너다보며 덕화가 말했다. 덕화가 우리 학년 최초의 자퇴생이 될 줄은 몰랐다. 상상도 하지 못했다.

"어차피 여자애들은 동문 덕 볼 일 거의 없다고, 그냥 깔끔하게 자퇴하고 검정고시 보래."

"그렇구나."

나는 이별의 아쉬움과, 나 자신에 대한 연민으로 울지 않으려 애쓰며 물었다.

"그럼 일 년 먼저 대학 갈지도 모르겠네. 언제부터 안 나오는데?"

덕화는 눈물을 글썽이며 대답했다.

"오늘."

7교시가 끝나고, 덕화는 사물함과 책상을 정리해 짐 상자 두 개를 반짝이는 중형 세단의 트렁크에 실었다. 뒤따라가 작별 인사를 하려고 했지만, 8교시 보충수업 때문에 나가 볼 수 없었다. 나는 교실에 앉아 창문을 내다보았다. 수업 종이 울리고, 덕화네 차는 천천히 운동장을 빠져나갔다.

　"네 짝은 또 어디 간 거야?"

　보충수업을 하러 들어온 수학이 늘 들고 다니는 큐대 끝으로 내 머리를 툭툭 쳤다.

　"짝이 도망갔으면, 어, 찾아다 놔야지."

　나는 그만 훌쩍거렸다. 2분단 쪽 남자애들이 낄낄거리며 나 대신 대답했다.

　"자퇴했어요, 자퇴."

　"저만 살려고 도망간 걸, 뭐 그렇게 애틋해하고 그래."

　수학은 뒤에서 휴지를 빌려다가 내 책상에 툭 떨어뜨렸다.

　"조용히 울든가, 나가서 울어."

　나는 고개를 끄덕였다. 이대로 교실 밖으로 달려 나가면 그야말로 청춘 드라마의 한 장면이겠지. 하지만 고등학교에 들어오기도 전에 수능 범위를 다 배워 놓은 아이들, 본고사 수준의 미적분도 척척 풀어내는 애들과 경쟁하려면, 내 인생은 청춘 드라마가 되어서는 곤란했다. 그 애들은 나처럼 학원도 못 다녀 본 애들과는 출발선부터 달랐다. 혼자 공부하거나 기껏해야 동네 학원이나 다니던 아이들은 고립된 섬처럼 고군분투해 봐야 버티는 게 고작이고 잠시만 방심해도 속절없이 밀려났다. 결국 종생부로 인해 가장 큰 피해를 보는 것도, 그럼에도 여기서 도망치지 못하는 것도 우리 쪽일 텐데.

벽이 느껴졌다.

아무리 노력해도 따라잡을 수 없을 것만 같은 벽이.

문득 덕화가 부러웠다. 입시에 필요한 모든 것을 알고, 자식을 서울대 정문으로 데려가기 위해 무슨 일이라도 할 준비가 되어 있는 엄마의 딸로 사는 것은 어떤 기분일까. 늘 세련되고 고상한 데다 명문대를 나온 전문직 출신인 덕화 엄마는, 학원 한 번 안 보내 주면서 내가 시험을 잘 봐도 못 봐도 타박만 늘어놓는 우리 엄마와는 본질적으로 달랐다.

어쩔 수 없다.

아무리 부러워도, 그건 내 인생이 될 수 없다. 종생부가 당장 앞길을 막는다고 해도, 앞으로 이 년 반 동안 교육부가 또 무슨 변덕을 부릴지는 아무도 모른다. 어쩌면 여기 남아 있는 것이 더 현명한 선택일 수도 있다.

지금 이 순간, 분명한 것은 하나뿐이었다. 이 수업을 들으면 다른 아이들을 간신히 따라잡을 수 있겠지만, 이 수업을 듣지 않고 나가서 슬퍼하면 뒤처지고 만다는 것. 수업을 메꿀 방법은 어디에도 없다. 나를 걱정해 줄 사람도 없다. 나는 수업에 집중하려 애썼다.

문득 덕화에게서 빌린 시디플레이어를 돌려주지 않은 것이 떠올랐다.

사실은 안 돌려줘도 상관없지 않을까. 그 애는 그런 시디플레이어 따위는 몇 개라도 살 수 있을 텐데. 아니면 주말까지만 내가 갖고 있다가, 일요일에 만나서 돌려줘도 되고.

"너, 나와서 이거 풀어 봐."

나는 얼른 자리에서 일어나 앞으로 나갔다. 분필을 집어 칠판 앞에서 문제를 풀어 보았다. 답은 깔끔하게 떨어졌다. 기뻤지만, 당연한 일이었다. 적어도 여기서는.

7시 반까지 학교에 와서 0교시 보충수업, 8시 40분부터 7교시까지 수업을 받고 나니 오후 4시 20분, 청소 시간. 40분부터 8교시 보충수업을 받고 나니, 오후 5시 반.

6시부터 야자여서, 서둘러 저녁 도시락을 먹었다. 딱딱해진 밥을 배 속에 밀어 넣고 매점에 내려가 자판기에서 커피

한 잔을 뽑아 마셨다.

초여름 더위가 밀려들고 있었다. 학교에 입학하고 벌써 넉 달이 지났다. 황사가 가셨지만 6월 하늘은 의외로 묵직했다. 당장이라도 소나기가 쏟아질 것 같았다.

종이컵을 구겨 버리려는데, 덕화가 내 앞을 지나쳐 갔다.

나는 눈앞에서 계단을 꺾어 올라간 그 애를 뒤쫓았다. 하지만 잡을 수 없었다. 나풀거리며 그 애는 교실 쪽 복도로 사라졌다. 나는 뒤따라가 교실 문을 열었다. 창가 쪽, 내 자리 옆 덕화의 자리에 그 애가 있었다. 나는 자리에 다가가 책상에 손을 짚었다.

뭐에 홀린 기분이었다.

덕화는 보이지 않았다. 당연하지, 어제 자퇴했잖아. 나는 아무 일도 없었다는 듯이 내 자리에 앉았다. 6월 말의 초저녁 햇살이 교실 안으로 쏟아져 들어왔다.

나는 덕화를 좋아했던 걸까. 우리는 친구였지만, 가끔 나는 그 애의 안전하고 아름다운 세계를 동경하거나 질투하고 있다는 생각이 들었다. 친구보다는 공주 서덕화와 시녀 김연희 쪽이 어울릴 것 같기도 했다. 내가 그 애 앞에서 완전히 짜부라지지 않을 수 있었던 것은, 그 모든 악조건에도 불구하고 지난 시험에서 내가 덕화보다 성적이 아주 조금 좋왔다는 것, 그뿐이었다.

나는 눈을 깜빡였다. 눈앞에 다시, 책상에 엎드린 덕화가 보였다. 미쳤나 봐. 나는 속으로 중얼거렸다. 생시 같은 꿈이었다. 내 손에 그 애의 따뜻하고 말랑말랑한 팔뚝이 닿는 꿈.

"덕화야. 서덕화."

나는 가만히 그 애의 이름을 불러 보았다. 그때 앞자리 아이가 나를 흘끔 돌아보았다.

"혼자만 살겠다고 도망간 애는 왜 찾아."

"아니, 분명히 여기 있었는데……."

뭐라 변명하려는데, 6시, 야자 시간을 알리는 종이 울렸다. 나는 속으로 안도하며 어제 풀다 남은 수학 문제집을 꺼냈다. 연습장을 세로로 길게 접고, 덕화에게 돌려주지 못한 시디플레이어의 이어폰을 귀에 꽂았다. 금방 갖다 줄 거야. 뭐, 닳는 것도 아닌데. 옆 분단 남자애들 몇 명은 무슨 중계 방송을 듣는다고 했다. 볼륨을 얼마나 높였는지 이어폰을 꽂았는데도 라디오 방송의 오프닝 시그널이 들렸다. 바람이 불어 묶어 놓은 커튼이 들썩거렸다.

그때 누군가가 비명도 신음도 아닌 묘한 감탄사를 내질렀다.

"백화점이 무너졌다는데?"

교실은 순간 침묵했다가, 갑자기 소란스러워졌다.

"아, 미친 새끼가. 백화점이 왜 무너져."

"아냐, 지금 뉴스 속보 하는데? 진짠가 봐."

교실이 술렁였다. 옆 반과 복도에서도 웅성거리는 소리가 났다. 복도 쪽 창문으로 선생님들이 서둘러 달려오는 모습이 보였다. 담임이 앞문을 열었다.

"백화점 무너진 거 진짜예요?"

앞자리 앉은 애가 물었지만, 담임은 웃음기 없는 얼굴로 우리를 돌아보았다.

"손들어 봐라. 가족 중에 삼풍백화점에서 일하시는 분이 있거나……."

아이들은 서로 눈치만 살폈다. 손을 드는 아이는 없었다.

"없으면 됐고."

"저희 오늘 일찍 가요? 백화점 무너졌다면서요."

"백화점이 너희랑 무슨 상관이야. 지금 이 순간에도 과학고 외고 애들 공부하는 거 몰라? 딴 데 신경 쓰지 말고 공부나 해."

담임은 속사포같이 말을 쏟아 내고, 다시 복도로 뛰어나갔다. 몇몇이 라디오 볼륨을 최대로 키웠다. 다들 뉴스 속보에 귀를 기울이며 한마디씩 말을 보탰다.

"대체 뭐라는 거야. 천장이 내려앉은 게 아니라 건물이 통째로 작살났다고?"

"그럼 안에 있던 사람들은? 다 죽은 거야?"

"이렇게 찌부됐겠지. 납작하게."

"야, 넌 말을 해도."

여자애들이 낯을 찌푸렸지만, 남자애들은 계속 낄낄거렸다. 몸만 커다란 어린애들 같아 한심했다.

그때 학생들은 전원 귀가하라는 안내 방송이 나왔다.

"나이스."

"사고가 심한가 보네……"

가방을 챙겨 나오다 말고, 나는 덕화의 책상을 한 번 바라보았다. 어째서인지 자꾸만, 덕화가 나를 쳐다보는 것 같은 기분이 들었다.

정문 쪽에는 불을 환하게 컨 스쿨버스가 줄을 지어 서 있었다. 그새 집에 연락들을 했는지, 벌써 70~80대의 승용차들이 그 옆에서 마중을 나와 있었다. 나는 내 것이 아닌 그 불빛들을 지나, 어둑어둑한 학교 후문 버스 정류장으로 향했다. 갑자기 하교 시간이 당겨져서 집에 미처 연락하지 못한 아이들까지 몰려나오는 바람에 정류장은 꽤 혼잡했다. 게다가 강화에서 인천으로 퇴근하는 아저씨들이 한참 넘어

올 시각이었다.

삼십 분 뒤 도착한 버스는 술 냄새와 땀 냄새로 가득했다. 나는 한껏 몸을 웅크린 채, 사람들 틈으로 손만 힘껏 뻗어 앞을 더듬거렸다. 의자 등받이가 아슬아슬하게 손에 걸렸다. 불빛도 없는 시골길을 따라, 버스는 기우뚱거리며 느릿느릿 달렸다. 이대로 버스가 뒤집혀 논두렁에 처박혀도 아무도 모를 것 같았다.

"연희 너, 연준이 라면 하나 끓여다 줘라."

"나 공부해야 돼."

"고등학생이 무슨 벼슬이야."

배도 고프고 속도 쓰렸다. 집에 따뜻한 밥이 남았으면 한 숟갈 먹고 싶었는데 전기밥솥은 비어 있었다. 그러고 보니 엄마는 내가 일찍 왔는데 저녁 먹었는지도 안 물어보네. 나는 투덜거리며 라면을 두 개 끓였다. 노란 양은 냄비에서 라면이 보글보글 끓는 동안, 나는 빨래를 걷고 있는 엄마에게 별일 아니라는 듯 말을 건넸다.

"엄마, 나 학원 좀 보내 주면 안 되나."

"저게 뭐래……."

"다른 애들은 다들 배우고 와서……. 수학 같은 거 학원 조금만 다니면 따라잡을 수 있을 것 같은데."

"그러세요, 그럼. 그거 보내 주면 서울대도 가고 그러겠네?"

빨래를 털며 엄마가 비아냥댔다. 거실 쪽에서 삼풍백화점 사고 중계가 계속 들려왔다.

"엄마 말이 틀린 게 없지. 그러게 누가 그런 학교 가래? 네가 뭐 그렇게 잘났다고."

"……됐으니까 그만해."

"그만하긴 뭘 그만해. 야, 새벽부터 네 도시락이나 싸고 있는 나는 편해서 암말 않고 가만있는 줄 아니? 계집애가 엄마 불쌍한 건 하나도 모르고……."

내가 얻을 수 있는 것은 없다. 알고 있었으므로 나는 귀를 닫았다. 언제나, 엄마에게는 그저 자신이 세상에서 가장 불쌍한 사람이었다. 아버지에게 속아서 결혼했다는 둥, 애는 괜히 셋이나 낳았다는 둥 온갖 신세타령 한풀이를 모두 나한테 늘어놓았다. 연준이는 아들이니까 떠받들고, 언니에게는 엄마처럼 살지 말라고 하면서, 내게는 그저 자식이 돼서 왜 엄마 마음 하나를 몰라주느냐고 떼를 썼다.

연준이 방에 라면을 냄비째 밀어 넣었다. 덜어 먹을 그릇

은 왜 없냐고 연준이가 구시렁대는 것은 들은 체도 않고 문
을 쾅 닫고는, 나는 내 방에 틀어박혔다.

아버지는 늘, 치맛바람 휘두르는 미친 여편네들이 나라를
망친다고 욕을 했지만, 그런 미친 여편네가 우리 엄마라도
좋았다. 공부하라고 매일 괴롭혀도 상관없었다. 헛된 꿈 꾸
지 말아라, 계집애가 공부 많이 해서 뭘 어쩌겠다는 거야, 그
렇게 남의 일처럼 이야기하지만 않는다면. 공부하겠다는 걸
무슨 분에 맞지 않는 허영처럼 여기지 않는다면. 나는 책상
을 머리로 들이받았다. 얼얼하게 아팠다. 죽고 싶었다. 조금
전까지 세상에서 자기 자신이 제일 불쌍하다던 엄마는, 어
느새 소리 높여 웃고 있었다. 온 방송국들이 백화점 사고로
난리가 났는데, 어디 유선방송에서 코미디 프로그램을 찾아
내서는.

도망치고 싶었다. 품위도 교양도 없는 이 집구석에서.

하지만 그럴 수 있을까.

다음 날 아침, 나는 뉴스에서 백화점 건물 세 동 가운데
한 동이, 벽면 일부만 남기고 통째로 무너진 것을 보고 경악
했다.

"꽝 소리가 나서 뛰어 들어가 보니까 연기 나고, 피 묻은 사람들 잔뜩 뛰어나오고……. 지금도 계속 구출하고 있어요."

앙상하게 드러난 골조가 흐린 하늘 아래 휘어져 있었다. 산산조각 난 건물 잔해 위로 뿌연 먼지가 덮여 있었다.

"깔린 사람들도 있고, 직원들도 안에 있겠죠. 주차장에서 빠져나오지 못한 사람들도 있고."

나는 밥을 먹다 말고 티브이를 한참 바라보다가, 문득 거실 바닥을 손으로 짚어 보았다.

"아침부터 재수 없게 뭐 저런 걸 봐."

엄마가 뭐라든 나는 못 들은 체하며 물었다.

"우리 집은 괜찮겠지?"

"괜찮긴 뭐가 괜찮아. 강남 백화점도 무너지는 마당에. 야, 너 이 집이 얼마나 날림인지 몰라서 그래? 옆집에서 뭘 하는지 소리가 다 들릴 만큼 벽이 얇은데."

"집을 왜 그렇게 짓는대. 기술이 없는 것도 아니면서."

"물태우 때 지은 게 다 그렇지. 바닷모래로 지어서 그래, 바닷모래로. 그게 싸다고 소금기도 안 빠진 걸로 집을 지으니 저 꼴이 나지. 5공 때처럼 이런 걸로 장난치는 놈들은 죄다 삼청교육대로 보내 버려야지, 원……. 아, 밥이나 먹어."

엄마는 한참 혼자 이야기를 하다 한탄으로 말을 마쳤다.

"얼른 이 동네 재개발되어서, 우리도 번듯한 아파트 분양권이나 하나 얻어야 할 텐데."

"망할 여편네가, 분양권만 있으면 아파트가 생기나."

아버지가 화장실 문을 열고 나오다 엄마 말을 듣고는 소리쳤다.

"거 뉴스도 좀 꺼. 시끄러운 게 아침부터 재수없게."

아버지는 팔을 휘저으며 짜증을 냈다.

"낮부터 남편이 벌어 온 돈으로 백화점이나 쏘다니는 부르주아 여편네들 몇 명 깔려 죽었기로서니, 그게 뉴스거리야? 꼴만 좋구먼."

나는 어깨를 움츠린 채 눈을 돌렸다. 먼지를 뒤집어쓴 기자가, 현장에 소방차 스무 대, 구급차 스무 대가 나와 있다고 목청을 높였다.

"누나, 이거 뭐야? 웬 시디플레이어?"

언제 내 가방을 뒤졌는지, 연준이가 덕화의 시디플레이어를 들고 나왔다.

"넣어 놔. 친구 거니까."

"친구 게 왜 집에 있어?"

"……빌렸어."

"없으면 그냥 없는 대로 살지, 무슨 계집애가 남 하는 건 다 하고 싶어 해."

엄마가 들으라는 듯 못마땅해하는 말을 늘어놓았다. 눈치 없는 연준이가 엄마에게 매달렸다.

"엄마, 나도 이거 하나 사 줘. 소니나 아이와 걸로. 응?"

나는 아무 말도 하지 않았다.

뉴스 앵커는, 삼풍백화점의 사장인지 회장인지가 건물이 무너질 것 같자 혼자만 도망갔다는 소식을 전했다.

혼자만 살겠다고 도망간 애.

덕화가 짐을 들고 교실 밖으로 나서자마자 애들은 그렇게 비아냥거렸다. 백 써서 들어오더니 능력 돼서 도망갔나 보네 하고 깔깔거리는 애들도 있었다. 처음에는 황당했지만, 지금은 궁금했다. 그 애들은 화가 났던 걸까, 섭섭했던 걸까. 그것도 아니면 부러웠던 걸까. 그렇게 날카롭게 날을 세워 물어뜯어야 직성이 풀릴 만큼.

어쩌면 덕화를 삼풍백화점 사장 같다고 말하는 애도 있을지 모르겠다.

그런 말은 하지 않으면 좋을 텐데.

등굣길 버스에서 운 좋게도 자리가 났다. 나는 가방을 끌어안고 앉으려다, 문득 앞에 서 있는 남자를 바라보았다.

낯이 익었다. 큰 키에 구부정한 어깨, 반쯤 벗어진 대머리에 안경. 1학년 수업에 들어오는 일은 없지만, 우리 학교 선생님이었다.

"저기, 앉으세요……."

나는 손을 뻗어 선생님의 옷자락을 잡아당겼다. 선생님은 깜짝 놀란 듯 나를 돌아보다가, 쓴웃음을 지으며 고개를 저었다. 어쩐지 부끄러워서 나는 고개를 푹 숙이며 단어장을 꺼냈다. 선생님의 시선이 느껴질 때마다 고개를 숙이거나 돌리다 보니, 단어는 못 외우고 어느새 꾸벅꾸벅 졸고 말았다.

"얘, 내려라."

하마터면 내릴 정류장도 지나칠 만큼 깊이 잠들었다가, 선생님이 어깨를 흔들어 겨우 눈을 떴다. 나는 선생님을 추월해 달려가지도 못하고, 학교 정문까지 몇 걸음 뒤에서 쩔쩔매며 땅만 보고 걸었다.

"그렇게 걷다간 넘어진다. 1학년인가?"

"예."

"열심히 해라."

나는 선생님의 뒤를 따라 학교로 들어서며 오늘 일진을

생각했다. 앉아서 왔으니 운이 좋은 건데, 상쾌한 출발은 아니었다. 자리 양보도 하려다가 못 했고, 단어장도 보려다가 못 봤지. 뭔가 계속 찜찜했다.

신발을 갈아 신고 교실로 들어갔다. 교실 안에서 묘한 불안과 흥분이 느껴졌다. 아이들이 웅성거렸다. 창가 쪽 내 자리에 가방을 내려놓는데, 반장이 등을 툭툭 쳤다.

"야, 서덕화 죽었대. 들었냐?"

"무슨 소리야."

"못 들었어? 오늘 스쿨버스에서 난리도 아니었잖아."

"김연희 스쿨 안 타."

뒷자리에서 누군가가 말했다. 그 말에 어깨를 움츠리다가, 나는 조금 전 들은 말을 이해하려 애썼다.

잘못 들었겠지. 누군가 잘못 알았겠지. 그럴 리가 없었다. 덕화가 왜.

"어제 삼풍백화점에 갔었대. 아직 못 찾았나 봐."

현실감이 없었다. 누가 거짓말이라고 좀 말해 줘.

"어제 김태호 엄마가 걔네 엄마랑 밥 먹고 있었다잖아. 근데 삼풍 무너졌다는 소식 듣고 까무러쳤대. 너, 건물 무너진거 봤어? 아주 이렇게, 누가 위에서 밟은 것같이 아작이 났잖아."

267

"설마······. 그래도 안에서 사람 소리 났다고 했는데."

"야, 뉴스야 원래 사람들에게 희망을 주자고 그러는 거지. 건물이 그렇게 작살났는데, 그 안에서 사람이 잘도 살아 있겠다."

어제 보았던 덕화의 모습이 떠올랐다. 아무 말도 하지 않았던, 평소와 다를 게 없던 그 애.

"그러고 보니 어제 너, 덕화 봤다고 하지 않았어?"

앞자리 애가 나를 돌아보았다. 갑자기 모두의 시선이 내게 쏠렸다.

"야자 시간 직전이었지?"

등골이 서늘해졌다.

"백화점이 5시 50분엔가 무너졌다잖아. 그럼 귀신 본 거네."

아이들이 웅성거렸다. 그때 옆 반 담임이 창문을 열었다.

"오늘 너희 반 조례 없다."

오전에 담임은 교실 근처에도 나타나지 않았다. 그 대신 다른 반 아이들과 2학년, 3학년 선배들이 쉬는 시간마다 창문 너머로 우리 반을 들여다보았다. 저기래, 저 자리. 저기 창가 쪽 자리. 동물원에 갇힌 짐승이 된 것 같았다. 나는 복도 쪽을 애써 외면하다 커튼을 묶고 창문을 조금 열었다. 창밖에는 6월의 햇살이 가득한데, 교실은 이렇게도 그늘지고 어둡다. 볕은 1분만 구워 버릴 듯이 내리쬐어 열기와 습도와 빠져나가지 못한 먼지들 때문에 숨이 막혔다. 도시락을 까먹는 애들이 많다 보니, 여기저기서 반찬 냄새까지 났다. 여기에 점심시간에 운동장에서 뛰놀고 들어온 남자애들 땀 냄새마저 더해지면 온 사방에서 쓰레기통 같은 냄새가 날 것이다. 안에 있을 때는 못 느끼다가, 문득 창문 밖으로 얼굴을 내밀었다 교실을 돌아보면 비로소 깨닫게 되는 그런 냄새가.

나는 빈 덕화의 책상을 손바닥으로 한 번 쓸어 보았다. 줄잡아 십 년은 묵은 듯한 삐걱거리는 나무 책상 여기저기에 서울대에 가고 말겠다는 다짐들이 겹겹이, 칼끝으로, 송곳날로 새겨져 있었다.

돌려줄 수 없게 되어 버렸다.

나는 가방 속 시디플레이어를 생각했다. 안도인지 불안인지 미안함인지 모를 감정이 몰아쳤다. 그때 4교시를 알리는 벨이 울렸다. 담임이 맡은 국어 시간이었다. 담임은 귀찮아 죽어 버릴 것 같은 표정으로 교실에 들어왔다.

"서덕화 삼풍에서 사고 났다는 거 진짜예요?"

누군가 물었다. 담임은 퉁명스럽게 대답하며 책을 펼쳤다.

"이상한 소리들 하지 마."

어쩐지 우스웠다.

스승의 날에는 한 번 스승은 영원한 스승이라고 했으면서 바로 그저께까지 우리 반이었던 덕화의 일에는 저렇게 냉랭하다니. 아무리 그래도 담임인데.

"너희 요즘 신문에 나오는 거 잘 봐 둬라. 수능 국어 비문학 지문은 신문 사설 같은 것도 나오니까. 이번 삼풍백화점처럼 큰일이 있으면, 수능이나 논술에 나온다."

"천장이 가라앉았다는 것은 폭발물이 아니라는 거죠."

토요일 저녁, 나는 밥상에 책을 펼쳐 놓고 엎드려 뉴스를 들었다.

"가스폭발설도 있었습니다만, 그보다는 5층 옥상에서 공사를 하기로 되어 있었던 것이 걸리는데요."

백화점 사고가 일어나고 이틀이 지났지만, 여전히 티브이에서는 온통 그 소식뿐이었다.

"무너져 내리는 소리가 계속 들렸어요."

피해자가 떨리는 목소리로 말했다. 백화점은 오전부터 균열이 있었다. 5층 바닥이 솟아오르듯 일그러졌지만, 관리자들은 이상이 없다고 했단다. 오후에 5층에서부터 뭔가 무너지는 소리가 나서, 직원들이 상품을 아래로 옮기며 손님들을 대피시켰다.

"넌 계집애가 공부한다더니 뭘 그렇게 봐?"

하지만 미처 나오지 못한 사람들도 있었다.

"내 짝이 저기 있어, 엄마."

덕화는 그중 한 명이었다.

"덕화 말이야. 걔 수요일에 학교 그만뒀는데, 목요일 오후에 저기 갔었나 봐."

"학교를 왜 그만둬?"

"……이번에 바뀐 입시가 불리하다고."

"입시 불리하다고 학교를 그만둬? 아주 맘대로 사네. 그래, 걔네 엄만 그걸 두고 봤대?"

"지금 그게 중요해?"

내가 정색을 하고 대들었다.

"걔가 저기 있다고! 사람이 저기 갇혀 있는데, 엄만 그런 게 그렇게 중요해?"

"……내가 뭐랬냐."

엄마는 혀를 차며 내 옆에 앉았다.

"무슨 영화를 누리겠다고 그렇게 멋대로 굴다가, 어이구."

"엄마."

"아니, 불쌍하다고. 그러게 애가 무슨 바람이 불어서는."

엄마는 애가 왜 백화점 같은 데를 혼자 갔느냐고 혀를 찼다. 우리가 재래시장에 다니듯 그 애는 백화점에 다녔다는 것을 이해하지 못하는 것 같았다. 답답하고 막연해서, 나는 입을 다물었다. 그때 엄마가 멍한 표정으로 중얼거렸다.

"아, 저거 보상금 나온다던데. 얼마나 나오나……."

나는 책을 덮었다. 참담하고 부끄러워서 견딜 수가 없었다. 나는 악을 썼다.

"그깐 보상금이 뭘!"

"아니, 넌 왜 엄마한테 소리를 지르고 그래."

"엄마는 내가 저기 있어도 보상금이나 궁금해하겠네!"

화가 치밀었다. 더는 아무것도 듣고 싶지 않았다.

엄마는 모른다. 세상이 어떻게 돌아가는지, 학교에서 무슨 일이 벌어지는지, 대학 입시가 어떤 것인지. 하다못해 옆자리 친구가 저 삼풍백화점에서 죽었을지도 모른다고 할 때 해선 안 될 말이 무엇인지도 몰랐다.

운동화를 구겨 신고 밖으로 나갔다. 고속도로 너머에는 공장뿐이었고, 이쪽으로는 산그늘 아래 다닥다닥 붙은 빌라 촌뿐이었다. 옆 동네에 거대한 아파트 단지가 생기고, 그랜

드마트도 들어온다는 말은 들었지만, 그래 봤자 여긴 변두리였다.

갈 곳은 없었지만 나는 걸었다. 삼거리까지 쭉 걷다가 길을 건넜다. 방향도 잡지 못한 채 걷고 있는데, 누군가가 내 어깨를 툭툭 쳤다. 깜짝 놀라 뒤를 돌아보았다. 어제 내가 자리를 양보하려고 했던 그 선생님이었다.

바로 어제 일이었는데 한 달은 된 것처럼 멀게 느껴졌다. 나는 그만 울음을 터뜨렸다.

떡볶이와 튀김이 내 앞에 잔뜩 쌓이는 것을 보고서야 나는 울음을 완전히 그쳤다.

"저기요, 선생님."

나는 짐짓 점잔을 빼며 말했다.

"여고생은 떡볶이만 입에 밀어 넣으면 슬픔을 다 잊어버릴 거라고 생각하시는 거면 큰 오산인데요."

그때 내 배에서 꼬르륵 소리가 났다. 나는 부끄러워서 고개를 푹 숙였다. 선생님은 고개를 숙인 채 말도 없이 떡볶이를 집어 먹는 나를 물끄러미 바라보다 문득 말했다.

"너, 8반이지."

나는 고개를 끄덕였다.

"그 애랑 친했나 보구나."

순간 머뭇거렸다. 나는 덕화와 정말 친했던 걸까.

덕화는 내 짝이었고, 우리는 덕화가 학교를 그만둘 때까지 줄곧 붙어 다녔다. 하지만 그것만으로, 친하다고 말해도 될까. 나는 한참 생각을 곱씹다가 대답했다.

"모르겠어요."

"친하지 않아도 슬퍼할 수 있지. 사람이니까."

"……."

"내가 누군지 아니?"

"우리 학교 선생님……."

"영어다. 2학년 영어, 송재정."

나는 고개를 끄덕였다. 그때 선생님이 나를 보며 웃었다.

"다른 학교 아이들도 대학에 간다."

"예?"

"무리하지 말라는 말이다. 지금은 백화점이 무너졌지. 예전에는 와우아파트라고, 날림으로 지은 아파트가 무너진 적이 있었어."

"아파트가 무너져요?"

"그래. 저만 혼자 무너진 것도 아니고, 옆에 있던 판잣집

들까지 덮쳤지."

나는 분식집 창밖, 우뚝 서 있는 지산아파트를 올려다보
았다.

"우리 엄마가 그러셨는데 노태우 때 지은 건 바닷모래를
써서 부실하대요."

"사람 욕심이라는 게 늘 그렇지."

선생님은 쓴웃음을 지었다.

"공든 탑이 천년을 간다고 말하면서, 탑을 공들여 쌓을 생
각은 안 하는 게 사람들이니까."

몰랐는데, 송 선생님은 꽤 나이가 많은 것 같았다. 희끗희
끗하게 새치가 보였고 손등에도 주름이 있었다. 우리 아빠
보다 나이가 많은 것 같았다. 이런 사람과도 이렇게 이야기
를 나눌 수 있구나. 나는 묘하게 안심이 되었다.

"운이 좋으면 방학 때 내 수업 들을 수도 있을 거다. 방학
보충 때는 1학년과 2학년 선생들을 바꿔서 넣거든."

떡볶이를 먹고 일어서면서, 나는 선생님께 백 원짜리 동
전 하나를 빌렸다.

나는 공중전화로 덕화에게 삐삐를 쳤다. 괜찮냐고. 무사
히 돌아와 학교에 한 번 놀러 오라고. 혹시 오늘 밤에라도
이 메시지를 들으면 전화하라고. 언제 만나자고.

하지만 전화를 끊으며, 나는 문득 깨달았다. 덕화는 죽었다. 그 애는 내 삐삐에 답을 남기지 못할 것이다. 아마도 영원히.

화요일, 교문 앞에 검은 캐딜락 한 대가 다가와 섰다.

차는 교문 앞에서 한참 실랑이를 벌였다. 검은 한복을 입은 덕화 엄마가 차에서 내리더니 교문을 막아선 선생님들에게 머리를 조아렸다.

"김연희."

담임은 내 이마에 분필을 던졌다.

"너 수업 안 듣나."

"덕화가……."

나는 창밖을 가리켰다. 담임은 내 자리로 다가와 거칠게 커튼을 내렸다.

"자퇴생이 우리 학교 학생이냐, 아니냐? 응? 잔말 말고 일어나서 다음 단락 읽어 봐."

나는 자리에서 일어났다.

"갓 괴여 닉은 술을 갈건으로 밧타 노코, 곳나모 가지 것거 수 노코 먹으리라. 화풍이 건듯 불어 녹수를 건너 오니……."

지난 주에도 여기 있었다, 덕화는.

덕화가 앉던 자리의 온기는 아직 식지도 않았다.

엿새 사이 덕화는 자퇴를 했고, 백화점에 갔다가 사고를 당했고, 주말에야 겨우 발견되어 저렇게, 새카만 영구차에 탄 채로 돌아왔다. 우린 한 반이었는데, 같이 놀고 함께 점심을 먹었는데, 다들 쉬쉬할 뿐이었다. 학교에서는 그 애에 관해선 일언반구도 없었다. 그 애에 대해 묻지도 못하게 했다.

그리고 덕화는 운동장에 들어오는 것조차 허락받지 못했다. 마치 전염병 환자라도 되는 것처럼.

내 손에서 책이 미끄러졌다. 더는 읽을 수가 없었다. 나는 덜덜 떨리는 손으로 국어책을 집어 들었다. 담임이 내 코앞까지 다가왔다.

"지금 학교에 3학년들 있는 거 몰라서 그래?"

그는 내 턱을 큐대 끝으로 툭 쳤다. 입을 다물라는 듯이.

"자퇴했으면 끝이지. 가뜩이나 학교 분위기 뒤숭숭한데 말이야. 제 발로 걸어나가 놓고서 어쩌라는 건지……. 마저 읽어."

가슴이 꽉 막혀서 숨조차 쉬어지지 않을 것 같았다. 나는 떨리는 손으로 국어책을 꽉 붙잡은 채, 울먹이며 상춘곡을 마저 읽었다.

"명사 조흔 물에 잔 시어 부어 들고, 청류를 굽어보니 떠오나니 도화로다. 무릉이 갓갑도다, 저 뫼이 긘 거이고."

청소 시간, 우리 반은 예정보다 일찍 짝을 바꿨다.

한때 그 애가 우리 곁에 있었던 흔적을 지우듯 하나 남은 책상은 서둘러 학교 창고에 가져다 넣었다. 한 사람의 빈자리는 불과 이삼십 분 사이에 말끔하게 지워졌다. 처음부터 서덕화라는 아이가 이 교실에 없었던 것처럼.

기말고사는 전쟁이었다. 한 문제 맞히고 틀리는 일로 더러는 울음을 터뜨리고, 더러는 커터 칼을 목에 들이대며 칵 죽어 버린다고 요란을 떨었다. 코앞을 스치고 지나갔어도, 죽음은 여전히 농담거리가 될 수 있었다.

내 자리 옆으로 툭 튀어나온 기둥에 등을 기댄 채 교실을 바라보았다. 정오의 햇살이 찬란하게 들었지만, 교실은 막막하도록 어두웠다. 나는 몸을 돌려, 건물 하중을 버틸 수 있도록 철근이 박혀 있어 지진이 나도 제일 늦게 무너진다는 벽 기둥을 손바닥으로 쓸어 보았다.

이렇게 단단한 기둥도, 바닥도, 언제든 무너질 수 있다. 그

백화점처럼.

바로 작년, 성수대교가 무너졌을 때도 그랬다. 누가 상상할 수 있었을까. 등교 시간, 출근 시간에 갑자기 멀쩡한 한강 다리가 무너질 것이라고.

나는 그런 이야기를 털어놓을 곳이 없었다. 어쩌다 송 선생님과 가끔 같은 버스를 타고 집에 돌아갈 때, 조심조심 몇 마디 꺼내 놓을 뿐이었다.

"그래, 그런데 거실 확장 공사를 하면서 그게 거슬린다고 철거해 버리는 집들도 많지."

"그럼 안 무너져요?"

"당장은 안 무너지지만, 건물에 무리가 가지 않겠니? 그러고 보니 우리 아랫집도 얼마 전에 공사를 했는데, 내력벽을 건드렸다고 말이 많았다."

"법으로 막아야 하는 것 아니에요?"

"법이 있어도 사람들이 안 지키지."

어쩌면 단단해 보였을 뿐, 그렇지 않았을지도 모른다.

공사비를 절약하려고 싼 바닷모래를 넣고 부실하게 지어 올린 건물, 확장 공사를 한다고 철근이 든 벽을 허물어 버리는 사람들, 그리고 건물에 이상이 생긴 줄 알면서도 도망쳐 버린 관리자들. 그렇게 하나하나, 모래밭에서 깃발 뺏기 놀이를 하듯이 이만큼씩 덜어 내고 나면, 가운데에 꽂힌 깃발처럼 어느 순간 푹 주저앉겠지. 그저 눈 가리고 아웅, 그러다 보면 어느 순간 다 무너지는 게 아닐까. 아무것도 믿을 수 없고 아무 데도 기댈 수 없었다. 자꾸만 덕화의 모습이 눈에 어른거렸다.

난 미쳐 버린 게 아닐까.

덕화의 모습을 머릿속에서 쫓아 버리려, 나는 만화책을 보기 시작했다. 자습 시간에는 누군가가 빌려 온 만화책이 교실을 돌았다. 몇몇 아이들은 다른 애들의 공부를 방해하려고 일부러 만화책을 잔뜩 빌려다가 풀어 놓았다. 알면서도 나는 만화책들을 집어다 읽었다. 자꾸만 따라붙는, 이제는 책상을 잃고 복도 쪽 창문 너머에서 기웃거리는, 화장실 문 아래 틈으로 실내화만 어른거리는, 덕화의 환영을 쫓아 버릴 수만 있다면 공부 따윈 상관없었다. 『불새의 늪』과 『불의 검』, 『열왕대전기』와 『바람의 나라』 『바사라』 『슬램덩크』 『바람의 검심』, 그러고도 모자라 『챔프』 『점프』 『터치』 『댕기』 『윙크』 같은 만화 잡지까지. 그렇게 만화 속의 세상에서 울고 웃다가 고개를 들면 칠판 앞에서, 사물함 옆에서, 등 뒤에서 덕화가 빙긋이 웃고 있었다. 그 애는 사라져 버린 자신의 자리를 찾으려는 듯이 교실 안을 빙빙 돌고 또 돌았다.

나는 손바닥으로 눈을 가렸다. 점심시간, 저녁시간, 청소 시간이면 학교 방송부에서 틀어 주는, 덕화가 좋아하던 노이즈와 서태지, 신승훈의 노랫소리에 가냘프게 따라 부르는 그 애의 목소리가 섞여 있었다. 귀를 막으며, 애원하듯 중얼거렸다. 제발 그만해.

기말고사가 끝나고도 학교생활은 변함없었다. 방학식 날이었지만, 오후 수업은 물론 야간 자율학습도 그대로였다.

"에, 종생부 때문에 걱정하고, 자퇴하고, 학교 분위기를 흐리는 사람들이 없진 않습니다. 그러나 종생부라는 제도 자체가 불완전해! 여러분과 같은 우수한 학생들을, 과학고 외국어고, 그리고 저기 강남! 분당! 어디에 가도 빠지지 않을 학생들을 모셔 가지는 못할망정 밀어내는 제도가 아닙니까."

그 와중에 교장은 염천에 학생들을 운동장에 모아 놓고 근 삼십 분 동안 종생부 이야기를 외쳐 댔다.

"긍정적으로 생각해야 합니다, 여러분! 그 많은 과학고, 외고를 어떻게 하겠어요! 그래서 학교별로 등급을 매기고 그걸 반영해야 한다고, 여러분 부모님들이 지금도 교육청이니 교육부니 쫓아다니면서 방법을 찾고 계세요! 학부모님들은 밖에서 여러분을 위해 그렇게 움직이시고, 선생님들은 여러분을 좋은 대학에 보내기 위해서, 서울대에 보내기 위해서! 그렇게 부단히 노력을 하고 계신 겁니다, 여러분!"

들으면 들을수록 쓸모없는 이야기뿐이었다.

"수능이 강화된다고 했어요. 그건 무슨 말이냐. 여러분이 수능 잘 봐서 만회할 수 있다는 말입니다!"

교장은 고장 난 녹음기처럼 한 말 또 하고 또 하고 그러다가, 늘 말하던 '이 동네에서 우리와 과학고 빼고 1등이라는' 유서 깊은 명문고와 우리의 차이를 강조했다. 우리는 이번 수능 모의고사에서도 50점 차이로 그 학교를 눌렀다고 했다. 200점 만점인데 50점 차이니까, 400점 만점이 되면 100점 차이는 유지해야 한다는 말도 빼놓지 않았다. 비교육적인 비교이긴 했지만 반가웠다. 오 분 안에 훈화가 끝난다는 징조였으니까.

마지막까지 열변을 토하던 교장이, 부흥회 목사처럼 두 손을 들어 올렸다. 그가 연단에서 내려가자 모두가 박수를 쳤다. 하지만 박수 소리에는 힘이 없었다.

그의 말대로 우리 모두는 방학을 잘 보내게 될 예정이었다. 다음 날도, 그다음 날도 학교에 나올 것이고, 하루 종일 보충수업을 받은 뒤 자율학습도 할 것이었다.

교실은 찔 듯이 더웠다. 의지할 것은 교실 한가운데에 매
달린 큼직한 선풍기뿐이었다. 모든 것들이 썩다 못해 녹아
버릴 것 같은, 지루한 땀 냄새와 끈적한 악취가 이어지는 시
간이었다. 오직 죽어 재로 돌아간 사람만이, 봄바람처럼 청
량한 미소를 지으며 내 어깨 너머로 내 연습장을 들여다보
고 있었다. 수학 문제 풀이 과정이 아니라, 만화 주인공이 어
설프게 그려진 그 낙서들의 틈새를.

살아 있는데도 사는 것 같지 않았다. 아주 조금만 마음을
놓으면, 살갗에 닿은 시접과 고무줄 사이마다 구더기들이
고개를 들고 일어나 온몸을 파고드는 것 같았다.

나는 미쳐 가고 있었는지도 모른다.

한 교실 안에서도 서로 편을 가르고 신분을 나누는 수많
은 방법과 규칙들 사이에서, 어느새 나는 최하 카스트로 추
락해 있었다. 차라리 불가촉천민이라면 편할지 모르겠지만,
내게 주어진 역할은 어릿광대였다. 여자아이들은 나를 슬슬
피하면서, 내 험담을 하는 것으로 시간을 보냈다. 남자애들
은 대놓고 미친년이라고 낄낄거리며 치마를 들추고 잡아당
겼다.

"야, 적당히 해. 일러바치면 귀찮다고."

"이런 일이야 여자가 불리한데 뭐가 걱정이야."

다들, 알면서도 입을 꾹 다물었다. 약속이라도 한 것처럼.

"얘네 엄만 학교에 오지도 않는데, 뭘."

어디에 호소해도 들어줄 사람이 없으리라는 것을, 나는 알았다. 내게, 나를 똑바로 지켜봐 주는 누군가가 없다는 것을 모두가 알아 버린 이상, 벗어날 방법은 없었다. 내 안에서 무언가가 끊어지고 망가졌다. 나는 무력하게, 혹은 남의 일을 바라보듯이 그런 내 모습을 내버려 두고 있었다. 그리고 아무것도 하지 못하는 나 자신이 비참해질 때마다, 내 몸 구석구석에 곧 무너지고 말 건물처럼 실금을 새기기 시작했다. 손바닥이나 팔목, 혹은 허벅지 위쪽에. 커터칼 정도로 할 수 있는 일은 그게 고작이었다.

"쟤 왜 저래?"

"쇼 하나 보지."

왜 저러긴 왜 저래, 멍청이들아. 살고 싶어서 그래. 그만둬야 한다고 생각하면서도 멈출 수가 없었다. 살기 위해서. 칼날에 얕게 베인 상처가 쓰라리게 아파 올 때만, 나는 자조하듯 내가 살아 있다는 사실을 되새겼다.

종생부 같은 것을 걱정했던 것이, 마치 전생의 일처럼 멀게 느껴졌다. 수능을 볼 수 있을 것 같지도 않았다. 옷을 벗다 보면, 내가 온몸에 금이 간 유리 인형 같다는 생각이 들기도 했다. 누군가 뒤에서 한 뼘만 밀어도, 바닥으로 떨어져 산산히 부서지고 말 그런 유리 인형. 스스로 죽을 용기는 없으니, 누가 나를 그렇게 떠밀어 주었으면. 그런 생각이 들 때마다, 나는 고개를 숙인 내 목덜미에 덕화의 시선이 머무르는 것을 느끼곤 했다.

방학 보충수업 시간표는 영김, 영박, 영송 같은, 과목명과 선생님의 성을 앞뒤로 붙여 만든 과목 코드로 가득 차 있었다.

영송, 목요일 4교시와 금요일 4교시를 채운 이 코드는 2학년 영어 송재정 선생님을 뜻했다. 송 선생님은 한 주에 두 번 독해 문제집을 옆에 끼고 우리 반에 나타났고, 독해 수업을 마친 뒤에는 나를 데리고 학교 식당에 내려갔다.

나는 송 선생님과 함께 싸늘한 도시락을 들고 학교 식당에 내려가, 라면이나 오뎅 국물을 앞에 놓고 점심을 먹었다. 나는 내 도시락보다 더 촌스러운, 스테인리스 안쪽으로 빨간 고무 패킹이 붙은 선생님의 도시락을 물끄러미 바라보았다.

"보충수업 시간표만 보면 꼭 입시학원 단과반 같아요."

"영역별로 나눈 거다. 독해, 문법, 듣기······."

선생님은 자신의 도시락에서 맛난 반찬 몇 점을 집어다 내 밥에 놓아 주었다.

"검정고시 보면 정말로 종생부 안 봐요?"

"검정고시 점수로 종생부를 대체하겠지."

"학교······ 그만두면 어떻게 되는 거예요?"

선생님은 대답이 없었다.

"2학년 중에, 과학고나 외고에서 누가 자살해야 바뀔 거라고 그러는 사람도 있는 거 아세요? 그런 말 하는 자기나 좀 뛰어내리지."

"누군가 뛰어내려서 바뀔 일이라면, 진작 바뀌었겠지."

"사람이 죽어도요?"

선생님은 잠시 머뭇거렸다.

"서해 페리호 사건, 기억하니?"

고개를 끄덕였다. 재작년에 일어난, 사람이 몇백 명이나 죽은 대형 사고였다.

"이십 년 전에도 큰 사고가 있었다. 하지만 세상은 그렇게 많이 변하진 않았지. 바로 재작년에 그런 일이 있었는데, 작년에 우리는 2학년들 데리고 제주도로 수학여행을 갔었다.

갈 때는 비행기로 가고, 올 때는 배로 왔지. 매년 그랬다."

선생님의 표정은 심각하고도 서글펐다.

"돌아오는 날 태풍을 만났다. 배는 미친 듯이 흔들리고, 애들은 멀미하다가 잠들었지. 나는 밤새 한숨도 못 잤다."

"멀미하셔서요?"

"아니. 그 배는 원래 출항하면 안 될 배였거든."

나는 무슨 말인가 싶어 눈만 깜빡였다. 선생님이 머뭇거리며 말했다.

"이런 날씨에 어떻게 배를 띄우느냐고 했지만, 교감 선생님이 무리해서라도 가자고 하셨다. 제주도에 하루 더 있으면, 돈이 드니까."

나는 입술을 축이려 물을 마시다가 사레가 들었다. 선생님은 내게 휴지를 몇 장 집어 주며 한숨을 쉬었다.

"그때 배가 거의 40도 가까이 기울어 있었다. 난 해군을 나와서 그 상황을 알아. 배라는 건 45도 이상 기울면 침몰하는 법이다. 만약에 이 배가 잘못되면 저 애들을 다 어떻게 하나, 내가 몇 명이나 구해 낼 수 있을까, 그 밤에 그 생각만 들었다."

믿기지 않는 이야기였다. 하마터면 지금 3학년 선배들은 이 세상 사람이 아니었을 수도 있다. 모두, 전부 다, 덕화처럼 그렇게 죽어 버렸을 수도 있는 것이다.

"사람이 죽는다고 세상이 변하지는 않는다."

"하지만……."

"백화점이 무너지고 누가 죽고 무슨 사고가 나도, 세상은 그렇게 간단히는 변하지 않을 거다. 정부는 늘, 국민들에게 뭔가 성과를 내보이고 싶어 하잖니. 너희는 운이 나빠서 거기 휘말렸을 뿐인지도 몰라."

선생님은 말했다. 아무것도 바꿀 수 없다, 아무것도 바뀌지 않는다고. 하지만 선생님은, 미안하다고도 말해 주었다. 손을 뻗어, 손목 안쪽에 가늘게 딱지들이 앉은 내 실금 같은 상처들을 건드려 보며, 고등학교 시절은 버티기만 해도 어떻게든 지나간다고, 부디 견뎌 내어 살아가라고 말해 주었다. 나는 울음을 터뜨렸다.

그것만으로도 아주 조금, 위로를 받은 것 같았다.

"영송 잘렸다며?"

"영송이 누군데?"

"2학년. 독해 있잖아, 독해."

"아, 실력 없어서 잘렸다던데?"

"영송이 실력이 없다고? 3학년들이 독해왕이라고 그러던
데⋯⋯."

"독해 잘 하면 뭐 해. 발음이 경상도 로컬 잉글리시인데."

뒷자리에서 낄낄거리는 소리가 났다. 믿어지지 않는 이야
기들이 들려왔다. 마치 덕화가 자퇴한 다음 날 아침 같았다.

"근데 그렇게 간단히 잘리나? 선생인데⋯⋯."

"사립이잖아. 아무리 날고 기어도 교장이나 이사장 맘에
안 들면 이거지."

한 남자애가 제 목에 손날을 들이대며 끄윽, 하고 내뱉
었다.

"전부터 교감이 하는 일마다 사사건건 반대를 해서 밉보
였나 봐. 존나 쌤통."

그날 청소 시간에 담임이 나를 불렀다.

"그러게 넌 또 왜 없는 말을 지어내고 그래?"

담임은 나를 위아래로 쭉 훑어보다가 의자에 푹 기대 앉
으며 한숨을 쉬었다.

"너 학교에서 무슨 일 있어?"

나는 그가 무슨 말을 하는지 이해할 수 없었다. 반에서 따
돌림을 당하고, 아무 짓도 안 했는데도 놀림거리가 되고, 하
지도 않은 일로 험담을 들었다. 가방이 쓰레기통에 처박히

고, 보충수업 때 쓰는 문제집들이 사라지기도 했다. 자기들은 장난이었겠지만, 내게는 재난이었다. 한두 권도 아니고, 같은 문제집을 두 번 사겠다고 돈을 받을 수도 없는 상황이어서, 군것질도 못 하고 배다리 헌책방에 가서 작년도 문제집을 사 와야 했다. 혼자만 작년 책을 들고 있어서, 그것도 놀림거리가 되었다. 남자애들이 억지로 내 치마를 들치고 억지로 몸을 부비기도 했다. 어떤 애는 낄낄 웃으며 천 원짜리 몇 장을 내 입에 틀어넣기도 했다.

나는 그런 일들을 겪었는데, 그는 무심한 얼굴로 내게 물었다. 학교에서 무슨 일 있었느냐고.

아무것도 모르고 있었다. 담임이면서.

"송 선생님한테 대체 무슨 말을 한 거야?"

"전 아무 말도……."

"그럼 송 선생님이 없는 말을 지어냈겠어?"

이해할 수 없는 말이 이어졌다.

"네가 학교에서 남자애들한테 이상한 짓 당했다고 송 선생님한테 그랬다면서?"

"예……?"

"학부모들한테 항의 들어왔다. 그래서 송 선생님 그만두셨잖아."

나는 대답할 수 없었다. 말을 하고 싶었지만, 말들이 엉겨붙어 소리가 되어 나오지 않았다. 나는 입을 벙긋거리다가, 흐느끼듯 중얼거렸다.

"그게, 그랬지만……. 선생님께 말씀드리진 않았……."

담임은 짜증스러운 표정으로 책상에서 교무수첩을 집어 들었다.

"넌 또 왜 그래? 왜 일을 못 키워서 안달이야?"

나는 필사적으로 송 선생님을 변호했지만 소용없었다. 내가 겪은 일들에 대해 말했지만 담임은 들어 주지 않았다. 담임은 한참을 딴전을 피우다, 내가 결국 입을 다물자 나를 노려보았다.

"우리 반 애들은 그런 적 없어."

더는, 무슨 이야기도 할 수가 없었다. 담임이 불쾌한 듯 중얼거렸다.

"네가 뭔가 책잡힐 짓을 했겠지. 가만히 있는데 애들이 왜 그러겠어?"

"그치만……."

"다 결정 난 거, 시끄럽게 굴지 마라. 가 봐."

나는 덕화에게 마지막 인사를 못 했던 것처럼, 송 선생님에게도 작별 인사를 하지 못했다. 나는 비겁하게도 선생님을 붙잡지 못했다. 미안하다고 감사하다고 말하지도 못했다. 어쩌면 정말로, 선생님은 나 때문에 학교를 그만뒀는지도 모르는데.

길고 지난하던 여름방학이 조금씩 끝을 보이고 있었다.

여름방학 보충수업 정도는 어지간한 인문계는 다 하는 일인데도, 엄마는 내가 방학에 학교 가는 것을 못마땅해했다. 그래서 도시락을 싸 주는 대신 용돈을 2만 원 더 올려 주었다. 연준이의 용돈은 그 전에 똑같이 올랐다는 사실을, 생일도 아닌데 연준이에게는 새 워크맨이 생겼다는 사실을, 나는 알면서도 모르는 체했다. 어쩌면 엄마도 내가 학교에서 겪은 일을 다 알고 있을지 모른다는 생각도 했다. 그걸 건드리는 순간 걷잡을 수 없이 시끄러워질 테니까, 그저 모르는 척 입을 다물 뿐. 문득 그런 것을 비겁이라 부른다는 생각이 들었다.

나는 당신을 닮아서 비겁하다고, 혼자 중얼거렸다. 거울을 보면서, 엄마를 닮은 눈썹과 미간에 있는 대로 힘을 주어 인상을 써 보았다.

보충수업 논술 시간에, 종생부와 교육개혁안이 학교생활

의 정상화를 위해 얼마나 필요한 일인지 강조하는 사설을 읽은 적이 있었다. 그 글을 쓴 신문사 국장은, 중고등학교란 서로 다른 환경에서 태어나 자란 아이들이 한 교실 안에 옹기종기 모여 앉아 만나고 뒤섞이며 살아가는 공간이라고 했다. 재벌집 아들과 달동네 연탄장수 아들이 한 교실에서 도시락 반찬을 나눠 먹으며 친구가 되고, 가난한 고학생이라 해도 혼자 공부만 열심히 하면 서울대학교에 떡하니 합격하고 성공할 수 있다는 믿음이 굳건하게 남아 있던, 그런 시절에는 분명 맞는 말이었을 것이다.

하지만 적어도 여긴 그렇지 않았다. 이미 경쟁에서 이긴 부모들은 제 자식을 지켜 내려 품에 꼭 끌어안은 채, 발 딛고 올라올 틈도 없는 안전하고 굴곡 없는 성을 쌓아 올렸다. 가진 것 없는 아이들은 입이 틀어막힌 채 서서히 금 밖으로 밀려날 것이다. 어떻게든, 죽을 힘을 다해 버티고 매달린다 해도, 그 높고 단단한 성 안의 아이들과, 성 밖에 매달린 아이들의 미래는 분명 다를 것이다.

그리고 나는 분명히 밀려나는 쪽에 있었다.

어떻게 발버둥을 쳐도 여기를 벗어날 수는 없을 것이다. 고장 나고 놀림감이 된 가엾은 광대 인형처럼 짓밟히고 망가져 간다고 해도, 졸업하는 그날까지 비명 소리조차 지를 수 없다는 것을 안다. 비겁할 정도로 아무 일 없었다는 듯이 이 시기를 그저 이 악물고 버텨 내는 것밖에는, 다른 길이 없다는 것도 안다.

하지만 나는, 그렇게 살 수만은 없다고 생각했다.

"그렇지?"

나는 내 책상에 턱을 괴고 나를 바라보는 덕화의 환영을 똑바로 바라보았다. 덕화는 여전히 썩지도 바래지도 않은 그날의 모습 그대로 상냥하게 웃고 있었다.

그것은 나의 비겁이었다.

다른 답을 낼 수 있었지만 그저 현실에 순응해 버린 비겁이, 덕화의 모습을 빌려 나를 응시하고 있었다. 덕화에게 시디플레이어를 바로 돌려주지 못했던 비겁이, 처음으로 내게 가해진 폭력에 바로 항의의 목소리를 내지 못했던 비겁이, 잘못된 일을 잘못되었다고 말하지 못한 비겁이, 내 눈을 들여다보았다.

나는, 죽지 않기로 했다.

그리고 살기로 결심한 이상 내게는 해야 할 일이 남아 있었다. 설령 지금은 눈 감고 입 닫은 채 버틸 수밖에 없다고 해도, 나는 답을 찾아야 했다. 이미 죽어 재가 된 덕화를 언제까지나 끌어안고 살아갈 수는 없으니까. 살아남겠다고 마음먹은 이상, 나는 적어도 인간으로서 살고 싶으니까.

마침내 덕화네 집에 찾아간 것은, 덕화의 사십구재가 지나고 며칠 지나지 않은 8월 말이었다.

늦어도 너무 늦은 문상이었지만, 나는 할 수 있는 한 예의를 갖추려 애썼다. 엄마 몰래, 새벽같이 일어나 교복 치마를 다리고, 만 원짜리 두 장을 봉투에 넣었다. 강남에서는 이런 얄팍한 부의 봉투 따위는 취급하지 않는 게 아닐까, 잔뜩 긴장한 채로 나는 어느새 엷은 때가 묻은 봉투를 가방에서 꺼내 덕화 엄마에게 내밀었다. 여전히 고개도 들지 못한 채로.

"일찍 왔어야 했는데…… 진작 왔어야 했는데…… 죄송해요."

그때 덕화 엄마가 내 어깨를 가만히 끌어안았다. 마지막으로 봤을 때보다 깡마르고 초췌해진, 몇 년은 훌쩍 늙어 버린 듯한 덕화 엄마가 나를 안고 소리 죽여 울었다. 그리고 정확히 알아들을 수는 없지만 짐작할 수 있는 말들을 울먹이며 속삭였다. 아무도 오지 않았어. 그렇게 친한 척들을 했으면서, 다들 연락도 하지 않았어. 전화도 받지 않았어. 학교에 그렇게 열심히 했는데, 그냥 조용히 운동장만 한 바퀴 돌아보고 가게 해 달라고 사정했는데, 머리 숙여 빌었는데, 애 아빠는 무릎까지 꿇었는데, 안 된다고, 돌아가라고, 우리 학생 아니라고. 나는 그 흐느낌을 숨죽여 들었다.

덕화네 식탁에서, 덕화가 앉았을 자리에 앉아 밥을 먹었다. 갓 지어 김이 오르는 따뜻한 밥 앞에, 덕화가 생전에 좋아했다는 반찬들이 정갈하게 놓였다. 차도 마셨다. 나는, 그 애에 대해 이야기했다. 덕화 엄마가 알지 못하는 그 애의 모습들을 내 앞에 차려진 반찬들처럼 소복하게 꺼내 놓았다. 얼마나 친절했으며 얼마나 명랑하게 잘 웃던 아이였는지를. 가진 것 없어 부끄럽던 내게 한껏 잘 대해 주면서도 결코 수치심을 느끼지 않게 조심하던 그 애의 세심함을, 나를 지켜주던 그 애의 따뜻한 시선을. 그리고 무엇보다도 내가, 그런 그 애를 얼마나 좋아했는지를. 나는, 문득 가방 깊숙한 곳에서 숨죽이고 있던 그 애의 시디플레이어를 꺼내 놓았다. 그리고 울음을 터뜨렸다.

2015년

2010년

2004년

2002년

2001년

2000년

1995년

1992년 ◀

1990년

11월 3일은
학생의 날입니다

김보영

복사용지를 냈기 때문이라고 했다.

그래서라고 했다. 하지만 그래서가 아니었다.

1

"다시 불러 봐."

강성중은 기획서를 톡톡 치며 말했다.

"공지할 일이 있으면 누구에게 가라고?"

"윤리 주임 선생님이요."

비행기가 머리 위로 굉음을 일으키며 지나가는 바람에 잠시 대화가 멎었다. 교무실 청소를 하던 주번들은 익숙하게 귀를 막았다가 도로 대걸레질을 했다. 공항 근처에 있는 학교라 굉음과 진동은 일상이었다. 그래도 나는 그 굉음이 좋았다. 수업 중에도 십 분에 십 초씩은 쉴 수 있으니까.

"그 외에는?"

"복장은 학생 주임 선생님, 학내 질서는 교도 주임 선생님, 환경 미화는 새마을 주임 선생님, 시설은 체육 주임 선생님, 문서와 수업은 연구 주임 선생님."

"각 부서 담당은?"

"총무부는 학생 주임 선생님, 지도부는 교도 주임 선생님, 봉사부는 새마을 주임 선생님, 체육부는 체육 주임 선생님, 홍보부는 윤리 주임 선생님, 학예부는 연구 주임 선생님이요."

"그분들에게 가기 전에는?"

"선생님께 먼저 보고합니다."

말하는 사이에 스타킹이 또 주르륵 정강이까지 흘러내렸다. 나는 도무지 스타킹에 익숙해지지 않았다. 거친 책걸상에 쓸리기만 해도 올이 나갔는데, 그걸 매일 사 댈 도리가 없어서 너덜너덜해진 것을 그냥 신고 다녔다.

작년까지만 해도 교복은 있어도 입는 둥 마는 둥이었다. 2, 3학년은 평상복이고 1학년만 교복이니 통제가 될 리 없었다. 하지만 올해는 분위기가 변했다. 작년만 해도 교복을 입느냐 마느냐 정도가 문제였던 선생님들이 올해는 살짝 다른 머리 길이나 구겨진 칼라, 색깔 있는 머리핀이나 색깔 다른 신발, 삐뚤어진 이름표 같은 것에 정신이 사나워 수업을 못 하겠다고 했다. 작년까지 잘만 가르치던 선생들이 왜 갑자기 그런 것에 정신이 나가기 시작했는지 모를 일이었다.

강성중은 고개를 끄덕였다.

"그러면 공고를 붙이려면 누구에게 가야 하지?"

"윤리 주임 선생님이요."

"아니지."

강성중은 책상을 볼펜으로 딱딱 쳤다.

"대자보를 어디에 붙일 거야. 하늘에 붙여?"

"에……."

"벽이든 게시판이든 어딘가엔 붙일 거 아니야. 그럼 그건 뭐야? 학교 시설이지. 종이를 벽에 뭘로 붙일 거야. 테이프로 붙이면 테이프 자국이 남을 거고, 호치키스로 박으면 구멍이 날 거 아냐. 그 뒤처리는 누가 해?"

"체육 주임 선생님께도 가야 하나요?"

"그리고 대자보가 붙어 있으면 그게 보기 좋아? 미화에도 안 좋잖아. 새마을 주임 선생님께도 가야지. 그리고 이건 문서야. 그러면 연구 주임 선생님도 알아야지."

"예."

뭐야, 결국 다잖아.

"마지막으로, 누구한테 먼저 가야 할까?"

내가 답을 못 하자 강성중은 끌끌 혀를 차며 내게 종이를 한 장 건넸다. 선생님 이름과 나이가 적힌 리스트였다. 가장 나이가 많은 선생님 다섯 명 이름 옆에는 '원로 교사'라고 빨간 펜으로 동그라미가 쳐 있었다.

"연령별 교사 명단이야. 웬만하면 외워 둬. 한 살이라도 나이 많은 분께 먼저 가는 거야. 너도 생각해 봐라, 어린 선생한테 먼저 갔다는 소리 들으면 기분이 나쁘겠어, 안 나쁘겠어."

그게 왜 기분이 나쁠까 생각했지만 그런가 보다 했다. 결국 누군가에게는 먼저 가야 하니까.

"절차만 잘 지키면 아무 일 없어. 너희가 정당해야 남에게 뭘 요구할 수 있는 거야. 그렇지?"

"예."

"요새 무슨 학생 자치 시범 학교 선정이다 뭐다 해서, 너희가 자율적으로 일하게 해 보겠다고 선생님들이 애써 학생회도 만들어 준 거야. 그 권리를 남용하면 안 되겠지?"

"……."

"그래, 그래서."

강성중은 대자보 기획서를 볼펜으로 쿡쿡 찍었다.

"이걸 뭐 하러 붙이려는데?"

나는 어리둥절해하며 답했다.

"학생의 날이니까요……?"

"학생의 날?"

강성중은 비웃음을 날렸다.

"스승의 날 행사도 할 거예요."

그러니 걱정 마세요,라며 웃었는데 강성중 심기가 별로
좋아 보이지 않았다.

내가 학생회장이 되었을 때 받은 표는 스무 표가 채 안 되
었다.

대의원회의에 모인 반장 부반장들은 사약을 넘길 친구 이
름이라도 적어 내는 것처럼 구슬픈 얼굴로 투표했다. 애초
에 반이 다른데 서로 알 리가 있나, 나도 아무나 찍었다. 그
랬기에 개표 결과는 오라지게 재수 없다는 증명일 뿐이었
다. 나중에 듣기로는 내가 웃고 있어서 뒤에서 표를 몰았다
고 했다.

"그냥 좀 웃는 상인데."

내 말에 반장들은 뭐 그러니, 안됐다, 정말 미안해, 하며 지옥문에서 탈출한 생존자들처럼 후련하게 제 반으로 흩어졌다. 구슬픈 얼굴을 해야 한다는 걸 몰랐다는 점에서 내가 좀 모자랐는지도 모르겠다.

부회장은 나보다 처지가 더 안되어 보였다.

위압감을 주는 친구였다. 키는 180센티미터에 가깝고 몸무게는 0.1톤이 넘었다. 목소리는 쩌렁쩌렁했고 호랑이상에 툭 불거진 눈이 부리부리했다.

부회장은 회장 선거일이 다가오자 각 반을 돌며 자기를 회장으로 뽑았다간 손가락을 분질러 버리겠다고 협박했다. 그렇게 애썼는데도 부회장 이하로 내려가는 것에 실패했으니, 나보다도 더 재수가 없는 셈이었다.

부회장은 짐덩어리라도 보는 눈으로 음울하게 나를 마주보았다.

"회장 같은 거 좀 해 봤냐."

"반장도 처음인데."

부회장은 긴 수난을 각오하는 얼굴로 담담히 고개를 끄덕였다.

"선배들하고 선생님한테 물어보면서 하면 어떻게든 되지

않을까?"

첫 대의원회의 때 나는 제정신이 아니었다. 앞에 나가 있자니 한 반장이 일어나서 "학교가 너무 지저분해요, 학생회는 청소도 안 하고 뭐하는 겁니까?"하고 소리를 높였다. 내가 어버버 하자 학생회 쪽에서도 소란이 일었다. "지금 누굴 하인으로 알아요?" "학생회가 대의원 위에 있다고 생각하는 게 불쾌해요. 학생회는 봉사단체고 대표는 우리예요." "이게 누가 대표냐는 문제예요?"

내가 달달 떨다가 자리로 돌아오자, 부회장은 솥뚜껑 같은 손으로 내 손을 꾹 짚었다.

"회장, 그래도 발표는 다 하고 들어와야지."

부회장은 한 푼 동정심 없이 속삭였다.

"내가 같이 해 줄 테니 다시 나가자."

난 정말 부회장 없이는 아무것도 못할 거라는 생각이 들었다. 그래서 그 애가 몹시 싫어졌다. 그 애가 내가 몹시 싫어진 만큼이나.

작년 홍보부장 언니는 우리에게 욕심부리지 말라고 했다. 세 가지만 하면 된다고 했다. 축제, 체육대회, 학생의 날.

"학생의 날은 아냐."

학생회실 구석에 앉아 양파링을 우적이던 작년 회장 언니
가 말했다. 회장 언니는 어째 사람이 좀 이상해 보였다. 어디
서 처참한 일이라도 겪고 좀 망가진 사람 같았다.

"축제와 체육대회는 원래 하는 거 아녜요?"

"아냐."

학생회실은 한 평이 될까 말까 한 작은 방이었다. 원래는
숙직실이 아니었을까 싶은, 화장실과 보일러실 사이에 낀 창
문도 없는 구린 방이었다. 작년엔 그나마도 없어서 매점이
나 뒷산에서 회의했다니 뭐 이만해도 감지덕지였다.

"원래 하는 건 아무것도 없어⋯⋯. 얘 왜 이렇게 맹해? 얘
간선제지? 그래서 그렇게 직선제를 지켜야 한다고 했는데."

"불쌍한 애 뭐라 그러지 마라."

작년 홍보부장 언니 말에 작년 회장 언니가 심드렁하게
대꾸했다.

"기획서는 3월 이전에 올려. 3월에 학사 일정을 짜는데,
그때 선생들이 까먹은 척 축제를 일정에서 뺄 거야. 그러고
나서 이미 학사 일정이 다 짜여 있어서 못 한다고 버틸 거
야. 작년 축제도 그렇게 싸웠는데 반 토막이 났어. 하루밖에
못 했다고."

아, 원래 하루만 하는 게 아니었구나.

"실패는 두 번까지야. 세 번 못 했다는 건 그 학교에 그 행사가 있었다는 걸 기억하는 사람이 아무도 안 남는단 뜻이야. 다음 해에도 직선제를 못 지키면 세 번째야. 그럼 직선제 학생회는 이 학교에서 없어질 거야. 작년에는 학생의 날도 못 했어. 그러니까 올해는 꼭……."

"학생의 날은 아니라니까."

작년 회장 언니가 양파링을 우적이며 말했다.

"하지 마. 괜히 고생만 죽싸게 할라."

홍보부장 언니는 회장 언니를 징글맞은 눈으로 노려보았다. 어째 선배들은 무슨 무도한 전쟁이라도 겪고 나온 사람들 같았다. 각기 패배의 책임을 서로에게 떠넘기며 무언의 원망을 하는 듯싶었다.

"씨발 강성중."

홍보부장 언니가 내뱉었다.

"회장 후보 등록일을 중간고사 기간에 겹쳐 놨어. 교활하고 치졸한 새끼."

"선생님한테 그런 말 하면 어떡해요."

내 말에 선배들은 무겁게 침묵했다.

강성중도 마찬가지로 우리에게 욕심부리지 말라고 했다.

그리고 마찬가지로 세 가지만 하라고 했다.

"지각생 없애기, 교복 입기, 동아리 감시하기."

나는 받아 적다가 어리둥절해져서 물었다.

"동아리요?"

"동아리 놈들이 동아리실에서 공부하고, 놀고, 밥 먹고, 수다 떤단 말이지. 그걸 못 하게 하란 말이야."

여전히 모를 말이었다.

"학교 시설은 공물이야, 공물. 학생 전체의 것이라고. 생각해 봐라. 공공재산을 소수 인원이 마음대로 쓰면 그게 형평성에 맞느냔 말이다. 다른 학생들이 뭐라고 하겠어. 그러니 동아리들이 자기 방에서 뭘 하는지 감시해서 선생님들한테 보고하도록 해."

강성중이 끼어들 틈 없이 말하고 떠나자 부회장이 옆에서 내 손을 가만히 쥐었다.

"어떻게 생각해, 회장?"

부회장은 흡사 '대답이 마음에 들지 않으면 네 목을 꺾어 버리겠어' 하고 위협하듯 눈을 부리부리 떴다.

나는 혼란에 빠졌다. 나는 웬만하면 시키는 대로 할 생각이었다. 하지만 도무지 말이 되지 않았다.

지각생을 없애라고? 전교생을 한 명씩 맡아 아침마다 집에 찾아가 부모님께 인사하고 밥을 먹여 버스에 태우면 지각생이 없어질까? 교복 입기, 동아리 감시하기도 마찬가지다. 그런 걸 하려면 최소한 월급을 받는 전담 직원이나 부릴 사병 같은 것이 필요했다.

하지만 여기엔 제 손발밖에 없는 열다섯 명의 여자애들뿐이었다. 0교시와 야자를 해야 하고 쓸 수 있는 시간은 쉬는 시간과 점심, 저녁 시간뿐인 아이들. 나는 도무지 선생님이 무슨 말을 하는지 알 수가 없었다.

"그걸 무슨 수로 하라는 거야?"

나는 물리적인 의미로 답했지만 임원들은 다른 형태로 이해한 것 같았다. 부회장은 내가 물리적인 의미로 답했다는 것을 알아보았지만 나름대로 마음 정리를 하는 듯했다. 이건 바보지만 통제가 안 되는 바보는 아니겠군.

"잊어버린 척해."

부회장은 나와 임원들에게 말했다.

"나중에 물어보면 기억 못 하는 척해. 잘 들어. 다들 가능한 멍청한 척해. 무조건 '제가 잘 몰라서요'라는 말을 입에 달고 다녀. 선생님들이 우리가 똑똑하다고 믿기 시작하면 그때부터 아무것도 못 해."

강성중은 이상한 사람이었다. 선생님 없이 회의하지 말래서 나는 두 번째 회의에도 강성중을 불렀다. 안건은 학력고사장에 떡과 커피를 들고 선배들 응원 가는 행사였다. 듣고 있던 강성중이 물었다.

"예산이 얼마야?"

"아직 몰라요. 시장조사해 보고 정하려고요."

"너희가 계약해?"

"예?"

"너희가 무슨 수로 계약해?"

나는 강성중의 말에 실린 노골적인 적의에 당황했다.

"너희는 계약 못 해. 너희는 미성년자야. 미성년자와의 거래와 계약은 취소가 가능해. 법에 나와 있어. 취소할 수 있는 계약이 계약이야? 직접 계약을 할 수도 없는 주제에 어떻게 시장조사를 하겠다는 거야?"

말이 되는 것 같지만 도통 무슨 말인지 모를 소리였다.

"작년 기록을 보면 예산이 10만 원이었어요. 그러면 올해도 비슷하게……."

"물가상승률은 조사해 왔어?"

"네?"

"물가는 매년 변동해. 작년과 올해 사이에 물가가 얼마나 뛰었는지 데이터가 있어? 작년 엿 값과 올해가 같을 거라고 어떻게 장담해? 남은 두 달 동안 물가가 얼마나 뛸 줄 알고 지금 예산을 정한다는 거야?"

강성중이 떠나고 우리가 복잡계의 혼돈에 빠져 있는데 총무부장만 뒤에서 히죽거렸다.

"무슨 생각으로 선생을 불렀어?"

"선생님 없인 회의하지 말래서⋯⋯."

"선생님 부를 때엔 미리 완벽하게 준비하고 말 다 맞춰 놔야 해. 자료 전부 숙지하고 토씨 하나 안 틀리게 달달 외워. 1안이 통과 못 할 것에 대비해서 대안을 서너 개는 준비해 놔. 잠깐 말만 더듬어도 일은 다 망하는 거야."

총무부장은 풍물패 동아리 부원이었다. 나는 그 경험이 도움이 될까 해서 그 애를 들였고 그 애는 학생회라면 뭐라도 다를까 싶어 왔다고 했다. 와 보니 더 오합지졸이라 한숨이 났다고 했다.

풍물패는 수난이 심한 동아리였다. 연습을 하고 있으면 어디선가 선생님이 나타나 애들 수업 방해된다고 내쫓고, 내쫓겨서 떠돌다가 결국 교정을 벗어나면 무단이탈로 교무실에 끌려가 기합을 받곤 했다.

"선배들이 와서 채 잡는 것 가르쳐 주니까."

총무부장은 설명했다.

내가 그런데? 하고 묻자 총무부장은 얘는 어떻게 이런 걸 모르나 하는 눈으로 바라보았다.

"선생님 눈에 대학생은 다 운동권이야. 그래서 운동권을 만나는 우리도 운동권인 거야."

모를 소리였다. 학교의 유일한 목적이 우리 대학 보내는 것 아니던가. 하긴, 가끔 나는 어른들이 대학을 숭배하는지 혐오하는지 헷갈릴 때가 있었다. 가만 보면 둘 다인 것 같았다. 어른들은 네가 박사 되면 우리 집도 박사 집안 되지 않겠느냐며 괜한 신분 상승의 환몽에 젖다가도, 이내 대학물 먹은 것들 일도 지지리 못 한다며 이죽이다가, 대학은 뭐 하러 가, 가 봤자 데모꾼이나 되지 하는 역정으로 마무리를 하는 것이었다.

회의가 끝나고 부회장이 나를 불러 말했다.

"총무부장은 잘못 들었어."

"왜?"

"쟨 싸우는 법밖에 몰라. 좀 불쌍하지만 저렇게 되는 애들 있어. 쟤들은 일이 잘되기를 바라지 않아. 싸움이 안 나면 정작 뭘 해야 할지 모르니까. 계속 일을 망쳐 놓을 거야."

"데모 좀 하러 다닌다고 차별하고 그러는 거 아냐."

부회장은 잠시 침묵했고 한숨을 쉬었다.

"회장, 선생들은 우리 적이 아냐. 애교 부리고 알랑방귀를 뀌는 한이 있어도 작은 거라도 하나씩 챙겨 가야 해. 부딪쳐 봐야 깨지는 건 우리야. 우리가 지면 우리만 지는 게 아냐. 학생 전체가 피해를 입어. 자존심 세울 거 하나도 없어. 과정이 어쨌든 학생들에게 돌아가는 건 결과뿐이야."

그래도 선배들이 저렇게 말하는데 학생의 날에 뭐라도 하자며 다들 의견을 모았다. 대자보를 붙이기로 했다. 그러면 수업에 방해도 안 되고, 예산도 안 들고, 선생님들이 신경 쓸 것도 없을 거라고 했다. 홍보부장이 대자보만으로는 심심하지 않겠냐고 해서 교실마다 대자보 내용으로 십자말풀이를 만들어 붙이기로 했다. 다 맞힌 반 중 추첨해서 우리가 분식을 쏘면 그럭저럭 참여하는 기분은 낼 것 같았다.

의결은 다수결이었다. 언제나 다수결로 했다. 사실 뭐 아는 게 없어 택한 방식이었다. 그러면 적어도 평범한 선택은 할 수 있을 것 같았다. 잘 하는 건 꿈도 꾸지 않았다. 평범하게나마 할 수 있다면.

백과사전에 의하면 학생의 날은 1953년부터 있었다. 1929년,

한 일본 학생에게 조선 여학생이 성희롱당하는 것을 본 다른 조선 학생이 이를 제지하다가 오히려 두들겨 맞고 감옥에 간혔다. 11월 3일, 전국적으로 학생운동이 일어났다. 5만 4천여 명의 학생이 참여했다. 당시 학생의 숫자는 8만 9천 명이었다. 삼일운동 이후 최대 규모의 독립운동이기도 했다. 이 날을 기념해 만들어진 날이다.

'와, 의의도 좋아.'

나는 생각했다.

"내가 대자보 하나 갖고 뭐라 그러는 게 아니야."

강성중이 말을 이었다.

"하지만 대자보 하나 붙이면 다음에 또 하나 붙이자고 할 거고, 그러다가 좀 있으면 무슨 행사하겠답시고 하고. 그러다가 어디 가서 데모한다고 설칠 거고."

"네?"

"말하자면 그렇다는 거야. 니들은 뭐 하나 허락해 주면 벌 떼처럼 달려들어서 이것도 해 달라 저것도 해 달라 주접을 떤단 말이다."

"에이, 저희 그런 거 안 해요. 정말 대자보만 붙일 거예요."

강성중은 나를 보며 저 혼자 결론을 내린 미소를 지었다.

이 요망한 것아, 나는 네 속내를 꿰뚫어 볼 수 있다, 암, 나는 다 알고말고.

나는 그 표정이 불편했다. 선생님은 마치 내가 짓지도 않은 어떤 죄를 먼저 짐작하고는, 혼자 미리 자비롭게 용서하고는 그 자비심에 스스로 뿌듯해하는 것 같았다. 나는 그 머릿속에서 일어나는 사고 과정 전체를 이해할 수가 없었다.

나는 말없이 선생님 책상 위에 초코파이를 놓았다.

"뭐야?"

"앞으로 잘 부탁 드린다고요. 저희 이제 시작해서 아무것도 몰라요. 많은 지도 편달을 바랍니다."

강성중은 피식 웃었다. 사실 부회장이 시켜서 한 말이었다.

결재받는 건 배배 꼬인 미로를 기약 없이 헤매 다니는 것 같았다. 주임이 허락한다는 것은 '주임회의에 안건을 올려서 교감 선생님께 보여 드려도 되는지 생각해 본다'는 뜻이었다. 교감이 본다는 것은 '교장 선생님께 보여 드려도 거슬리지 않을지를 판단한다'는 뜻이었다. 그렇게 복잡한 길에 결정권이 있는 사람은 아무도 없는 것 같았다.

대자보는 한 달 만에 어떻게 먼 길을 돌아 돌아 허락을 받았는데 십자말풀이는 중간에서 막혔다. 윤리 주임이 계속 교무실에 나타나지 않는 것이었다.

"새마을 주임하고 연구 주임 보여 드리고 그래도 안심이 안 되어서 학주까지 갔어."

홍보부장이 말했다.

"다들 별거 아닌데 뭐 어떠냐고 하던데."

"그러면 할 만큼 하지 않았나? 벌써 수요일이야. 학생의 날은 다음 주 화요일이고. 월요일까지 기다릴 수는 없잖아."

저녁 햇살이 쏟아지는 복도에는 창문마다 아이들이 달라붙어 신문지를 물에 적셔 유리창을 닦고 있었다. 몇 명은 시끄러운 가운데서도 음악을 들어 보겠다고 스피커 아래 벽에 귀를 대고 붙어 있었다. 몇 달 전엔가 데뷔한 서태지와 아이들이라는 신인 그룹 노래였는데 요새 좀 컬트적인 인기였다. 음계가 엄청 이상해서 노래도 아닌 것 같았는데도. 방송반은 오늘 세상 망하는 거 아니라고, 그건 1999년이라고 재차 강조했다. 그래도 혹시 모르니 오늘은 어디 다니지 말고 꼭 가족과 집에 있으라고 했다.

"그래도 강성중이 절차를 정확히 밟으라고 그랬잖아."

홍보부장이 머리를 긁적이며 해사하게 웃었다. 늘 해사하게 웃는 친구였다. 홍보부장은 절대 안 우는 애로 뽑으라는 선배들 말에 수소문해 뽑은 임원이었다.

315

"우리가 정당해야 할 말이 있잖아. 그럼 우선 준비만 해놓고, 내가 계속 윤주 찾아다닐게. 학주가 괜찮댔다면 뭐라곤 안 하지 않을까?"

2

복사용지를 냈기 때문이라고 했다.

그래서라고 했다. 하지만 그래서가 아니었다.

다음 날 수업 중에 부회장과 같이 불려 가 보니 미술실이 담배 연기로 자욱했다. 윤리 주임은 책상에 구둣발을 올려놓았고 교도 주임은 그 앞 의자에 눕다시피 앉아 담배를 뻑뻑 빨았다. 강성중은 살짝 비켜나 의자에 팔과 얼굴을 얹고 구경하고 있었다.

문 닫아, 윤리 주임이 낮게 말했다. 내가 닫자 이어 말했다. 잠가, 사람 못 들어오게. 나는 시키는 대로 하면서도 상황 판단을 못 했다. 부회장은 뭔가를 가늠한 듯 적의 공격에 대비하는 무사처럼 몸에 힘을 주었다.

"누가 시킨 짓이야?"

"네?"

윤리 주임은 담뱃재를 바닥에 툭툭 떨구고 발로 짓이겼다.

"뒤에 누가 있어? 다 족치기 전에 순순히 불어! 누가 내려와 지시했어? 이름 대, 이름 다 대라고!"

"네?"

"이 자료 어디서 났어? 누가 줬느냐고?"

윤주가 손에 쥐고 흔드는 건 교실 뒤에 붙일 예정이었던 십자말풀이 종이였다. 같이 자로 재고 색칠해서 만든 것. 예쁘게 나왔다고 다들 좋아했던 것. 나는 정신이 반쯤 나가 답했다.

"한국민족문화대백과사전이요."

"뭐가 어째?"

"도서관에 있는 한국민족문화대백과사전에서 보고 썼어요."

윤주는 욕지기를 쏟아 내었다. 내 신체와 가정과 아버지와 어머니를 모독하고는 짐승의 이름을 접붙였다. 가랑이에 있는 것과 속살에 있는 것들을 언급했다.

"니들은 위계도 몰라? 니들이 뭔데 위에서부터 내려와? 이게 어느 나라 법도야?"

부회장이 혼이 나간 나를 두툼한 손으로 밀며 앞으로 나섰다.

"선생님, 혹시 십자말풀이는 마음에 안 드세요?"

부회장은 내 앞에 장군처럼 버티고 서서 또박또박 말했다.

"허락 안 하시면 안 할게요. 처음부터 그럴 생각으로 시작했어요. 선생님께서 허락 안 하시면 아무것도 안 할 생각이었어요."

"누가 허락을 해?"

윤주는 고성을 높였다.

"어떤 새끼가 허락을 했느냐고!"

"아, 맞다."

멀찍이 앉아 있던 강성중이 끼어들었다. 얼굴에 기이한 미소가 떠올라 있었다.

"제가 보여 드렸어요. 교장 선생님께선 상관없다고 하시던데요."

전원이 나가듯이 말도 분노도 담배도 꺼졌다. 윤리 주임과 교무 주임이 머리를 맞대고 속삭였다. 갑자기 윤리 주임이 그제야 우리가 있다는 것을 안 것처럼 소리를 높였다.

"수업 시간에 뭐 하는 거야? 학생이 씨발 수업을 빼져? 정신이 있어, 없어? 당장 못 나가?"

나는 문을 열고 튀어 나갔다. 수업 중이라 학교는 산처럼 적막했다. 나는 토기가 쏠려 입을 양손으로 틀어막고 화장실까지 달렸다. 화장실에서 게워 내듯이 울음을 쏟아 냈다. 나는 구토하듯이 울었다. 감정을 갖기에는 이해되는 것이 없었다.

부회장은 뒤늦게 왔다. 화장실 바닥에 털썩 주저앉아서는 내가 짐승처럼 우는 것을 음울하게 지켜보았다.

"복사용지를 냈어요."

1학년 홍보차장이 바들바들 떨며 말했다.

"그런데?"

"복사용지라서 윤주가 우리가 이미 일을 진행했다고 생각해 버렸어요."

이해하는 데에 시간이 걸렸다. 홍보부장이 마저 설명했다.

"내가 학주는 좋다고 하셨다고 했더니 더 꼭지가 돌았어. 지금 누구 허락을 먼저 받느냐는 거야. 그러다 교장 선생님이 이미 아신다는 걸 듣고는 자기 모르게 일 진행했다고 날 뛰기 시작하는 거야."

"전부 착각이잖아. 착각이라는 말씀은 드렸어? 우리 아무 것도 안 했잖아. 위로 올린 것도 강성중이고."

"그게 더 문제야, 회장."

부회장이 음울하게 말했다.

"망신살 뻗친 거야. 선생님들 다 있는 데서 언성을 높였잖아. 그게 우리 잘못이었으면 모르겠는데 대놓고 자기 착각이었잖아. 이제 일 어렵게 됐다."

"그게 무슨 소리야? 왜 일이 그렇게 돼?"

"제 잘못이에요."

홍보차장이 울먹였다.

"학생회가 처음 한 일이고 그게 제 일인 게 너무 좋아서, 원본은 자료로 보관하고 싶어서……."

홍보부장이 차장을 껴안고 등을 토닥이는데 총무부장이 성질을 냈다.

"어떻게 일처리를 그렇게 해? 꼬투리 하나라도 잡히면 다 망한다고 했잖아!"

"얘 잘못이 아니잖아."

홍보부장이 항변했다.

"저치들은 뭐든 빌미만 잡으려고 혈안이 되어 있는데, 어떻게 그렇게 허술하게……."

부회장이 산처럼 몸을 일으켰다. 부회장이 일어난 것만으로도 학생회실이 꽉 차는 것 같았다. 부회장이 총무부장의 어깨를 꾹 짚었다.

"네 말대로 뭐든 꼬투리 잡으려고 혈안이 된 놈들이잖아.

이게 아니었더라도 뭐든 잡았을 거야. 차장 다그치지 마라. 애 놀라겠다."

부회장이 모두를 보며 말했다.

"시키는 대로 다 하자. 다들 자기 담당 선생님 만나러 가. 가서 무조건 잘못했다고 빌어. 우리가 멍청해서 그랬다고 해. 처음이라 아무것도 몰랐다고, 가르쳐 달라고 해. 고치라는 거 전부 다 고치고, 바닥에서부터 다시 다 올라가. 오늘 안에 다시 다 돌아."

다음 날, 윤리 주임은 주임회의가 끝났다고 했다. 그래서 안 된다고 했다.

"오늘 주임회의에서 부결되었어. 한 번 회의로 결정된 일은 한 명이 다른 의견을 낸다고 바뀌지 않아. 앞으로 너희가 선생님한테 허락을 구하고 싶으면 목요일 전에 하도록 해."

우아하고도 친절한 가르침이었다. 어제 내게 한 말은 아무래도 하루 만에 까먹은 것 같았다.

학생 주임은 대자보가 취소되었다고 했다.

서기가 아니라 단기를 썼기 때문이라고 했다. 단기는 국제법에도 없고 교과서에도 없는데 어디서 알았느냐며, 어떤 선배를 만나고 다니느냐며 다그쳤다.

연구 주임은 대자보를 다시 써 주었다.

학생의 다짐

1. 나는 공부를 열심히 하겠습니다.

2. 나는 선생님 말씀을 잘 듣겠습니다.

3. 나는 학교 청소를 잘 하겠습니다.

4. 나는 부모님에게 효도하겠습니다.

학생의 날에 어울리는 학생의 자세라고 했다.

선생님들이 스승의 날에 나는 학생을 때리지 않겠습니다, 학생에게 욕하지 않겠습니다, 하고 선서하는 것을 한 번이라도 봤다면 받아들였을지도 모르겠다.

"내가 처음부터 말했지?"

강성중은 미소를 지으며 책상을 톡톡 두들겼다.

"권위를 남용하지 말라고. 너희가 자율적으로 청소 잘 하고, 봉사 활동 하고, 학생들 복장 지도 잘 하고, 물건 훔치는 도둑 있나 서로 잘 감시하고, 그렇게 학생 본분에 맞는 일을 하면 누가 뭐라고 해?"

나는 그제야 윤리 주임이 날뛰던 그 자리에 있던 이 사람의 기이한 역할이 떠올랐다. 너무나 기이한 나머지 보고도 믿기가 힘들었다. 그는 거기에 있었다. 돌아가는 일을 다 알면서도, 해명 한마디 없이.

―정확한 타이밍에 끼어든 거야.

부회장 말이 생각났다.

―일은 더 커지지 않고, 윤리 주임 감정은 상할 대로 상한 다음에. 어떻게든 화만 돋우면 나머진 필요 없어. 일은 다 파투 나는 거야.

부회장은 한숨을 쉬었다.

―네가 이런 걸 너무 몰라서 걱정이다.

"니들이 매를 안 맞아 봐서 이래. 다리몽둥이가 부러지도록 맞아 봐야 아이고 선생님 하면서 벌벌 길 텐데."

강성중은 진심으로 안타깝다는 듯이 혀를 끌끌 찼다.

"그럼 패세요."

"뭐?"

"패야 교육이 된다면서요. 그럼 안 패시는 게 선생으로서 직무 유기 아녜요? 패세요. 배우고 싶으니까."

내 입에서 나왔다고는 믿을 수 없는 말이었다. 강성중은 화를 내지 않았다. 그 대신 이제까지 볼 수 없었던 만족스러운 미소를 지었다.

자신의 선견지명과 통찰에 스스로 감탄하는 듯했다. 아무렴, 나는 알고 있었지, 네 순진한 얼굴 뒤에 감춰져 있던 전복 세력의 본성을. 언제 튀어나올까 기다리고 있었지. 나는 이미 알고 있었기에 너를 진작부터 모질게 대한 거야. 어차피 대우해 줄 가치도 없는 데모꾼인 줄 알고 있었으니까.

나는 그의 눈에 투사의 자부심이, 반국가 세력을 물리치는 애국지사의 기개 같은 것이 떠오르는 것을 믿을 수 없는 기분으로 바라보았다.

"나도 패면 맘 편하지. 남학생이면 벌써 넌 엉덩이에 피멍 팅팅 불게 처맞았어. 계집애들은 질질 짜고 집에 가서 엄마한테 맞았느니 어쨌느니 고자질해 대서 안 돼."

"눈물 한 방울 안 흘릴 테니 패세요."

나는 진심으로 그러기를 바랐다. 차라리 그가 직접적이고 단순한 폭행을 하기를 바랐다. 누구한테 설명이라도 할 수 있도록. 그래서 어디서 도움이라도 청해 볼 수 있도록.

"요새 학칙에는 웬만하면 때리지 말라는 지침이 있어서 말야. 윗대가리들이 현장을 모르고 하는 소리지. 아무튼 선생들만 힘들어."

강성중은 담배를 시원하게 빨았다.

"나는 법을 지키는 사람이야."

3

"귀담아듣지 마."

부회장이 전산실 컴퓨터에 디스켓을 밀어 넣으며 말했다.

총무부장은 열불이 났다. 다들 자기 보전에만 급급하지. 다 같이 정학 각오하고 싸우면 못 할 게 뭐가 있어? 인생이 그렇게 아까워? 하면서.

"네 인생이야. 정말 인생이 아깝지 않으면 자기 인생을 던져야지, 왜 너한테 뭐라 그래?"

그런 것 같기도 했다. 그렇지 않은 것 같기도 했다. 사실 알 수가 없었다.

연구 주임 선생님이 문서에 오타 난 걸로 종일 학예부장을 다그친 바람에 컴퓨터를 써 볼까 싶어 전산실에 들른 참이었다. 학교 컴퓨터는 하드가 없는 구식 기종이었다. 부회장이 우선 부팅 디스켓을 넣어 시동을 걸고 V3 디스켓으로 바이러스를 체크한 뒤 문서 프로그램 디스켓을 넣으면 된다고 했다. 패기 넘치게 V3 디스켓을 넣었지만 삼십 분째 녹색 화면은 바이러스 리스트만 출력하고 있었다.

"그런데 여기다 쓰면 그걸 어떻게 꺼내? 종이는 어디다 넣어?"

"어……."

부회장은 아직 그런 최신 컴퓨터 공학 지식까지는 익히지 못한 듯 잠잠해졌다.

"나 중학교 다닐 때, 매일 팝송하고 가요 가르쳐 주던 음악 선생님 있었는데."

부회장이 뭐 재미있는 거라도 보듯 바이러스 리스트를 들여다보다가 말했다.

"그 선생님, 교과서는 보지도 않았어. 음악실 들어가면 선생님은 벌써 피아노 치고 있고, 앉자마자 부르기 시작해서 한 시간 내내 노래만 했어. 유행하는 가요랑 팝송 악보 다 나눠 주시고 그랬어. 그래도 그 선생님 반만 음악 점수 진짜 좋았어. 맨날 악보 분석하고 놀았으니까. 시험 문제가 너무 쉬워서 왜 묻나 싶을 정도더라고."

"그런데?"

부회장은 말로 다 할 수 없는 것을 회상하듯 잠시 침묵했다.

"알잖아. 왜 그거."

나는 늘 폐허에서 사는 기분이었다. 포화가 휩쓸고 간 잿더미 위에서. 끔찍한 생채기를 그저 알량하게 덮어 놓은 잔해 속에서. 용감하고 좋은 사람들은 다 사라지고 사납고 옹졸한 사람들만 남아 호령하는 세상에서.

나는 중학교 선생님이란 원래 그렇게 학기 중에 획획 사라지는 사람인 줄 알았다.

나는 담임 선생님이 없어졌다. 새 담임 선생님은 전에는 재미난 야사를 시간 가는 줄도 모르게 이야기해 주던 역사 선생님이었는데, 담임이 된 이후로는 교과서에 없는 이야기는 아무것도 하지 않았다. 침묵의 저항이라도 하듯 수업 내내 교과서를 읽기만 했다.

"선생님 돌려 달라고 동네방네 다니며 울고불고했는데 씨도 안 먹히더라."

삼 년 전이었다. 그때 선생님 하나쯤 잃어 보지 않은 사람이 누가 있을까. 그만큼 무식하게 많이 잘랐다. 하지만 어른들은 그 일을 이상하게 여기지도 않았다. 어머, 고문도 안 하고 해고만 하다니 세상 좋아졌네, 우리 땐 말이지…….

그 뒤로 학교는 고삐가 풀린 망아지 같았다. 교복이 생기더니 사교육도 풀렸다. 우린 수능이란 보도 듣도 못한 입시를 치를 예정인데 본고사를 하네 마네 아직도 싸운다. 삥삥

이 없어진단 말도 돈다. 거의 다 그해에 일어난 일이었다. 어른들은 이제 세상이 다시 제대로 돌아가게 됐다며 좋아했다. 학원비는 둘째 치고 교복비는 둘째 치고 스타킹값도 비싸 죽겠구만 뭐가 좋다는지 모를 일이었다.

"근데 딱 한 달 지나니까 아무도 그 선생님 이야길 안 하는 거야. 그러고 나니까 그 선생님 있었던 게 다 무슨 꿈이었나 싶은 거야. 내 기억인데 말이야. 진짜 신기하더라."

"......"

"회장, 이 학교에 학생회가 생긴 게 딱 이 년 전이야. 그때 열 받은 선배들이 퇴학 불사하고 싸워서 만든 게 이 학생회야. 선생들은 우릴 보면 그때 진 게 생각나서 열불이 뻗치는 거야. 하지만 넌 그런 일 하나도 모르잖아. 겨우 이 년 전 일인데."

어떻게 알 수 있단 말인가. 그건 내가 이 학교에 들어오기 전에 있었던 일인데. 그걸 아는 사람들은 다 시간의 물결에 휩쓸려 졸업하고 사라져 버렸는데.

"뭐 그러니까, 우리가 여기서 맘먹고 인생 종 친다 한들 뭘 했는지 기억해 줄 사람 하나 없단 소리야. 그래도 할 거야?"

"설마."

나는 고개를 저었다.

"이게 뭐라고."

"맞아."

부회장은 고개를 끄덕였다.

"이게 뭐라고."

4

"대자보는 어쩔 건데?"

아무것도 하지 않겠다는 말에 강성중은 손톱을 톡톡 깎으며 물었다.

마치 지금까지 잃은 것을 이 자리에서 아주 간단히 다시 얻을 수도 있다는 듯이. '할게요.' '그래, 해라. 나 참, 무슨 대단한 일이라고.' 그렇게 할 수도 있다는 듯이.

"안 쓰겠어요. 학생의 날이 뭔지 알아서 뭐 해요."

"십자말풀이는?"

"안 하겠어요. 비교육적입니다."

강성중은 내 말에 의연하게 고개를 끄덕였다.

나는 그의 얼굴에 떠오르는 승자의 아량과 자부심을, 양껏 털어 내는 너그러움의 부스러기를 의뭉스럽게 보았다. 그는 정말로 큰 싸움에서 승리하고 휴식을 취하는 투사처럼 보였다. 하지만 대체 그는 누구와 싸우고 있는 걸까?

마지막으로 학주를 찾아갔을 때, 학주는 소스라치게 놀라며 자리에서 벌떡 일어나 벽에 몸을 붙이고 섰다. "왜 이러는 거야?" 학주는 소리를 질렀다. "나한테 왜 이러느냐고!"

나는 문득 궁금해졌다. 이 일은 설마 저 사람들에게도 악몽인 걸까. 저들도 나름대로는 투쟁하고 있는 걸까. 하지만 대체 무엇과?

"현수막만 하나 들고 있으려고요. '11월 3일은 학생의 날'이라는 한 문장만 쓸게요. 등교 시간에 들고 있을게요."

강성중은 이해한다는 얼굴로 고개를 끄덕였다.

"그래, 그 정도야 뭐 어쩌겠니."

신기한 일이었다. 강성중은 자신의 관대함과 진보적인 교육 정신에 스스로 감탄해 마지않는 듯 보였다. 감히 내가 그의 말에 답변을 하고 눈을 깔지 않는데 손찌검 한 번 하지 않는 것만으로도.

'예전엔 상상도 못 했던 일이야.' 그는 그렇게 말하는 것 같았다. '아무렴, 있을 수도 없는 일이지.'

나는 교사용 화장실 세면대에 머리를 박고 한참 숨을 몰아쉬었다. 학생은 교사용 화장실을 쓸 수 없었지만 북적이지 않는 곳이 달리 없었다. 진정하고 나오는데 옆 남자 화장실에서 누가 쑥 튀어나왔다. 남자 화장실을 쓰는 건 선생님뿐이다. 긴장하다가 얼굴을 보고는 몸이 얼었다.

교장 선생님이었다. 회장이 되었다고 인사를 했을 때 말고 이렇게 가까이서 보는 것은 처음이었다.

교장은 애를 어디서 봤는데 하는 얼굴을 하더니 주름 잡힌 얼굴에 환한 미소를 띠었다. 벗어진 이마와 뺨이 복숭앗빛으로 달아올랐다.

"아, 너 학생회장이구나. 그렇지?"

교사용 화장실을 썼다는 호통도 없이, 이 시간에 뭐 하느냐는 질문도 없이, 반가운 친구라도 만난 것처럼.

"그래, 학교생활은 잘 하니? 일은 안 힘들고?"

위화감이 밀려들었다. 그는 '마치' 좋은 사람처럼 보였다. 이 모든 일의 꼭대기에 있는 사람, 우리의 모든 일거수일투족을 보고받는 사람.

하지만 내 눈앞의 그는 그저 온화하고 선량한 할아버지처럼 보였다. 지금까지 우리가 겪은 일을 하나도 모르는 것 같았다.

갑자기 다 털어놓고 싶었다. 울며 매달리며 토로하고 싶었다.

우리가 하고 싶은 건 그냥 11월 3일은 학생의 날이라고 써서 붙이는 것뿐이라고, 누구를 모욕할 생각도 불편하게 할 생각도 없었다고. 선생님들을 화나게 할 생각도 싸울 생각마저도 없었다고 말하고 싶었다.

하지만 입을 열려는 순간 등 뒤에서 문 닫히는 소리가 환청처럼 들렸다. 머릿속에서 말이 폭발했다. '니들은 위계도 몰라?'

식은땀이 확 나고 입술이 바짝바짝 말랐다. 눈앞이 하얘지고 다리가 후들거렸다. 나는 서둘러 인사를 하고 도망치다시피 자리를 떴다.

저녁에 회의실에 모여서 기운 내자며 서로 위로했다.

"괜찮아. 오히려 대자보보다 많이 볼지도 몰라."

벌써 금요일이라 일요일에 모여 만들기로 했다. 감을 끊어 오고 물감을 가져올 사람을 정하는데 누가 와서 교감이 날 부른다고 했다.

사람 하나 없는 컴컴한 교무실에 교감이 혼자 기다리고 있었다. 교장과 마찬가지로 교감도 이렇게 가까이서 보는 것은 처음이었다.

가까이서 보니 교감은 교장보다 나이가 배는 많아 보였

다. 눈이 침침한지 종종 백안을 드러내며 눈을 치켜떴고 살은 죽은 피부처럼 몇 겹으로 늘어져 있었다. 검버섯으로 뒤덮인 이마에는 희끗희끗한 머리털이 잡초처럼 듬성듬성 돋아 있었다.

"왜 회의를 하고 있지?"

교감은 오랫동안 참아 왔던 말을 너그럽게 전한다는 듯 조용히 입을 열었다.

"내일 학생의 날 현수막 만들어야 해서 준비물 이야기하려고 잠깐 모였는데요……."

"저기 칠판 좀 봐."

나는 벽 한 면을 다 차지하고 있는 녹색 칠판을 돌아보았다. 빼곡하고 촘촘한 표의 미로 속에 각 반 담임과 주임 선생님과 주간, 월간 일정이 채워져 있었다. 나는 천진하게도 그 미로 속에 뭐가 있나 찾으려 들었다.

"저 칠판에 너희가 회의한다는 말이 붙어 있어? 너희가 지금 회의하는 줄 교장 선생님이 알아?"

"준비물 정하려 잠깐 모였……."

나는 답할 말을 찾지 못하고 더듬다가 같은 말을 반복했다.

"너희는 미성년자야. 미성년자라는 건 성인의 보호를 받아야 하는 사람들이라는 뜻이야. 어떻게 미성년자가 성인도 없이 집회를 해? 3인 이상이 모이면 집회야. 그건 알아?"

"……."

"미성년자는 집회를 할 권리가 없어. 법적으로 만 19세 이상이 성인이야. 법에 그렇게 나와 있어. 성인이 아닌 사람은 집회를 하면 안 돼. 왜냐, 너희끼리 모여 있다가 누가 아프기라도 해 봐, 무슨 사고라도 나 봐, 그게 누구 책임이냐? 우리 책임이라는 거지. 선생님이 왜 그 자리에 없었느냐 이런 소리가 나온단 말이야. 그럼 선생님 없이 너희가 집회를 하면 돼, 안 돼?"

나는 얌전히 서 있었지만 이 말의 논리를 어디까지 따라가야 하는지 감이 오지 않았다. 학교에서 헌법 쪼가리 따위도 배운 적이 없지만 나라 법에 이런 식의 말이 쓰여 있을 것 같지가 않았다. 판사가 법정에서 이런 법을 읽었다간 변호사와 검사도 서로 귓속말로 무슨 소리냐고 물어볼 것 같았다.

"그게 법이야. 국가의 법이라고. 국민이 법을 지켜야 해, 안 지켜야 해?"

"……친구 둘하고 밥 먹으면 선생님 불러야 하나요?"

"밥은 상관없지. 노는 건 상관없어. 하지만 회의를 하면 그건 공무란 말이지, 공무. 그러면 교장 선생님하고 내가 알고 있어야 한다는 거야. 교무실 칠판에도 '학생회 회의'라고 딱 쓰여 있어야 하고."

학생들 교복 입게 하라는 말을 들었을 때보다 더 아득한 기분이 들었다. 그래도 해 보겠다고 교문 지도를 한다고 했을 때 어떻게 애들끼리 지도를 시키느냐고 위에서 노발대발했다는 호통을 연이어 들었을 때만큼. 어떻게 너희가 직접 교감과 교장을 만나느냐는 윤리 주임의 호통이 머릿속에서 메아리쳤다. "위계를 지켜야 해" 하던 강성중의 말도.

학생회가 일하는 시간은 쉬는 시간과 식사 시간이었다. 오줌이나 싸면 금방 지나가는 십 분 동안, 학교 이쪽 끝에서 저쪽 끝까지 뛰어다니는 매일. 쉬는 시간도 식사 시간도 없이 매일, 그 조각조각 너덜너덜한 일을, 그 많은 일을, 그 많은 회의를, 정글의 칡덩굴 같은 어지러운 위계의 미로를 지나 당신에게까지 가라고.

'준비물 사려고……'

나는 그만 한 번 더 반복할 뻔했다.

"동아리도 그거, 애초에 말이 안 되는 거야. 거 풍물패 있지, 걔네들 선생님도 없는데 지들끼리 모여서 장구 치고 북 치고 연습하지. 그러면 될까, 안 될까?"

"예?"

"선생님 없이 학생이 모여 있으면 되느냐고, 안 되느냐고."

안 됩니다, 라는 말이 반사적으로 나오기라도 할 줄 알았던 모양이다. 서 있는 탓에 자연스레 내려다보는 입장이었던 나는 교감의 얼굴을 물끄러미 보았다.

내가 숨 하나 끼울 새도 없이 연이어 말하느라 교감의 입은 침거품 범벅이었다. 입 냄새가 소변 냄새처럼 고약했다. 검버섯이 가득한 턱주름은 숨 쉴 때마다 고무풍선처럼 부풀었다가 가라앉았다 했다. 흰자위가 허연 눈은 툭 불거졌고 눈두덩엔 검푸른 살덩이가 두둑했다.

두꺼비 같네.

나는 생각했다.

두꺼비가 여기 앉아 있네.

"안 되지? 그렇지? 기본적으로 말이 안 되는 거야. 또 지들이 뭔데 신입생을 뽑아? 선생님이 뽑으면 애초에 말이 없을 거 아냐. 코찡찡이들이 후배를 뽑고 앉았으니 문제가 생기지, 동아리 떨어졌다고 애들 울고불고, 전화를 얼마나 해 대는지 알아?"

동아리가 적으니까요.

나는 마음속으로 말했다.

학생이 천오백 명인데 동아리가 일곱 개뿐이잖아요. 고작 서른다섯 명만 동아리 활동을 하게 만들어 놓았잖아요. 모두 하게 하면 아무도 불만을 갖지 않을 거예요. 다 함께 행복할 수 있죠. 일주일에 한 시간뿐이잖아요. 잠 동아리를 만들어서 낮잠이나 잔대도 해될 게 없는 시간이죠.

"그러니 싹 다 없어져야 하는 거야. 그렇지?"

정신이 번쩍 들었다.

"너도 동의하지? 그러면 난 가 볼 테니까."

"아뇨?"

나는 펑퍼짐한 엉덩이를 엉거주춤 드는 교감을 보며 어리둥절한 기분으로 답했다. 있는 그대로의 의문이었다.

"무슨 동의요?"

교감은 눈을 뒤룩이며 헛기침을 하더니 도로 의자에 앉았다. 두툼한 뱃살이 출렁거렸다. 왜 다시 앉지? 생각하는 동안 교감은 허벅지 사이를 벅벅 긁으며 다시 숨 돌릴 틈 없이 말을 이었다.

"애초에 동아리라는 말 자체가 문제가 있어. 사전에 동아리라는 말이 있어? 사전에 없는 말을 학생이 왜 써? 운동권이 쓰는 말을 어디서 배워 갖고 말이야."

당혹스러워졌다. 다들 기다리고 있을 텐데. 나는 맥락을 따라잡을 수가 없었다. 문득 뒤를 돌아보았다. 해가 뉘엿뉘

엿 기우는 교무실은 침침하니 텅 비어 있었다.

이 사람은 왜 나만 부른 걸까. 학생회가 모여 있는 걸 알았으면 왜 와서 말하지 않았을까. 감히 그런 걸음은 못 하시겠다면 왜 모두를 부르지 않았을까. 그리고 동아리 이야기라면 왜 동아리 회의에서 말하지 않는 걸까.

아니 애초에 내게 할 말이 아니잖아. 당신들 조직 체계 돌아가는 걸 내가 다는 모르지만, 교장이나 주임 선생님들과 할 이야기잖아.

"동아리 같은 게 있으니까 애들이 서로 질투하고 시기하는 거야. 게다가 소수 인원만 동아리를 하면 그건 특혜야. 학생이 평등해야지, 그런 식의 특혜를 주면 안 되지?"

모두가 동아리를 하면 되잖아요. 그러면 다 같이 행복할 수 있죠.

"그러니까 동아리는 없어져야 하는 거야. 이해했지? 그러면 이해한 걸로 알고 난 간다."

"아니요?"

교감은 다시 일어났고 나는 다시 반사적으로 답했다.

"이해 못 했는데요?"

교감은 잠시 나를 보더니 두꺼비 같은 얼굴을 벌겋게 붉히며 다시 자리에 풀썩 앉았다. 그의 눈에 강성중의 얼굴에서 내가 언제나 보던 그 기괴한 인내심의 망상이 떠올랐다. 손찌검도 매질도 없이 대화씩이나 나누는 진보적이고 온화한 교육 정신에 스스로 감탄하고, 그 순교적인 희생에 자부심을 느끼는 눈빛.

그는 다시 설명을 시작했지만 내가 질문할 틈을 주지는 않았다. 쉼표를 찍지 않는 기이한 리듬을 가진 어법이었다.

이십여 분을 쉬지 않고 이전보다 더욱 논리가 무너진 말을 떠든 뒤 교감은 다시 "이제 알아들었지? 그럼 답한 걸로 알고……." 하고 일어났다.

"아니요."

나는 다시 답했다.

나를 보는 교감의 눈은 독특했다. 탐욕과 욕망으로 두툴두툴 불거져 있으면서도 믿을 수 없이 텅 비어 있었다. 그는 다시 앉았다.

나는 그제야 알 것 같았다.

이건 대화가 아니었다. 세팅이었다.

내 동의를 원하는 것이 아니라 갈취하려 하고 있다.

내가 지쳐 '예, 알겠습니다.' 하고 건성으로 답하고 돌아가면 당신은 학생의 대표인 학생회장이 동의했다는 말을 뿌리고 다니겠지. 그깟 사소한 비난 하나 받아 낼 뱃심이 없어서.

작아서일지도 모른다. 교감은 제 간장 종지만 한 그릇에 학교를 욱여넣고 있는지도 모른다. 그 옹졸한 그릇에 쑤셔 넣기엔 학교에 있는 모든 것들이 다 버거울지도 모르겠다. 그래서 고작 일곱 개뿐인 동아리만으로도 버거워하는 거다.

옹졸함은 죄야.

그런 자리에 앉아 옹졸하면 그건 범죄야. 한 해에 천오백 명의 아이들을 당신이 불행하게 만들 텐데.

세 시간이나 아무 논리도 내용도 없는 말을 더 떠든 뒤에야 교감은 더는 동의를 구하지 않고 느릿느릿 몸을 일으켰다. 그제야 나도 자리를 떴다.

학생회실에 돌아와 보니 다들 걱정이 되어 야자도 못 가고 기다리고 있었다. 준비물 이야기를 오 분 더 하고 헤어졌다.

5

현수막을 다 만들고 보니 강성중이 눈앞에 있었다.

바람이 스산하게 몰아치는 가운데 어깨를 떡 벌리고 서 있는 모습이 꼭 장판파에서 조조의 백만 대군을 막아 내는 장비처럼 보였다. 전쟁이 그의 망상 속에만 존재한다는 것이 초라할 뿐이었지만.

그는 전원 기립하라고 했다. 의자를 가져오라 호통을 치고는 우리를 둥글게 세워 놓고 저 혼자 앉았다.

　"니들 정신이 있나 없나. 십자말풀이 그 쓸데없는 거 갖고도 그 난리가 났는데, 지금 이걸 대문짝만 하게 걸어 놓겠다고?"

　"선생님……."

　나는 허망한 말을 반복한다는 생각을 했다.

　"현수막은 허락하셨잖아요."

　"크기를 말하지 않았잖아. 그냥 조그만 종이 들고 있는 거였지, 누가 이런 거대한 현수막을 하랬어?"

　"크기 말씀은 없으셨……."

　"니가 말을 안 하는데 어떻게 알아?"

　"죄송합니다만, 현수막이라면 보통……."

　"너 앞으로 나와."

　목소리가 높아지자 모두 자동으로 손을 모으고 고개를 숙였다. 나는 앞으로 나섰다.

　"현수막 크기가 법에 정해져 있어? 법에 현수막 크기가 나와 있느냐고! 법에 있어? 손수건만 한 것도 현수막이고 잠실 야구장에 걸어 놓는 커다란 것도 현수막이야! 니들 나를 엿 먹일 생각이 아니라면 어떻게 이런 짓을 해?"

실수했다. 실수라고 할 건 없었지만 실수였다. 혼자 듣지 말아야 했다. 증인이 될 사람과 같이 가야 했다. 하지만 과연 어떤 완벽주의가, 어떤 대비와 대처가 이 비논리를 다 감당할 수 있단 말인가.

"왜 조리 있게 말을 못 해? 왜 정확하게 보고하지 않느냔 말이야, 왜 마지막까지 이렇게 멍청하게 굴어?"

강성중은 설교에 지치는 법이 없었다. 몇 시간 동안 칼바람을 맞고 방에 돌아온 우리는 심신이 다 망가져 있었다. 망가진 나머지 서로에게 악다구니를 했다. 넌 말을 그렇게밖에 못 해? 왜 정확히 보고를 못 해? 그러는 넌 왜 듣고만 있었는데? 왜 우리끼리 공격해? 제대로 했으면 왜 이런 일이 생겨?

"들을 필요가 없어."

소란이 가라앉을 무렵 지도부장이 씩씩거리며 말했다.

"우리 원칙대로 하자. 다수결로 하자. 내 의견을 말하자면, 이거 다 들을 이유가 없어."

우리는 침묵했다.

"아니, 못 들어 주겠어. 대체 왜 저러는 거야? 우리 아무것도 안 했잖아!"

옳은 판단을 할 수 있다는 것은 기만이다. 생각을 하는 것조차 힘들었다. 나이가 적거나 경험이 적어서가 아니었다. 우리가 이해할 수도 파악할 수도 없는 이유로 욕설을 듣고 모욕당하고 논리가 없는 설교를 들어야 하기 때문이다. 아무리 복잡해도 규칙이 있다면 따를 수 있겠지만 이곳에는 아무 규칙이 없다.

"우리 지금까지 아무것도 안 했다고!"

"나 맨 처음 거절당한 이후로 선생님 찾아간 적 없어."

체육부장이 손을 들고 말했다.

"그러니까 내가 붙일래. 난 모르는 거야. 대자보와 현수막이 안 된단 말은 들었지만 십자말풀이는 못 들었어. 강성중이 오늘 종일 한 이야기는 현수막뿐이잖아. 난 십자말풀이는 해도 되는 줄 안 거야. 그래서 왜들 안 하나 싶어 혼자 가져다가 각 반에 붙일 거야. 왜냐고?"

학예부장이 말을 섞었다.

"멍청하니까."

"그래, 난 끝내주게 멍청하거든."

"나도 어찌나 멍청한지 오늘 들은 말 다 까먹을 것 같아."

하지만 이 초라하고 치욕스러운 의장의 자리에서 나는 적어도 한 가지를 믿었다. 우린 아무도 멍청하지 않아. 그러니

다들 생각을 모으면 적어도 평범한 선택쯤은 할 수 있어.

저 선생들은 아무도 평범한 생각을 하지 않잖아. 그러니 평범할 수만 있다면 그것만으로도 진짜 대단한 거잖아.

"투표하자."

6

11월 3일, 각 반 교실 뒤 칠판에는 십자말풀이가 붙었다. 쉬는 시간에 간혹 한두 문제 풀고 지나가는 친구들이 있었다. 재미 따위는 없었지만 워낙 지루한 일상이라 그나마도 재미있어했다.

나름대로는 기다렸지만 알아채는 선생님이 없었다. 사실 교탁을 벗어나는 선생님도 딱히 없었다. 하다못해 우리에게 눈길을 준 선생님도 없었다. 그들도 우리처럼 우울해보였다. 그들도 학교라는 섬에 갇힌 사람이었고 나름의 슬픔에 시달리는 듯 보였다.

어쩌면 모른 체했을까. 그런 암묵적인 지원이 있었을지도 모른다. 모른 체했다면 그것만으로도 감사했다. 강성중이 교무실에서 언성을 높일 때에 진절머리 난다는 눈으로 보는 선생님들도 있었다. 나는 그 진절머리에 감사했다.

총무부장은 마지막까지도 화를 냈다.

"이런 식으로 일하면 다음 해에 남지 않아. 공식적으로 해서 제도화하고 선례를 남겨야지! 올해만 하고 끝낼 거야?"

"다수결."

부회장이 제지했다.

"그게 우리 원칙이잖아. 우린 산수로 정해. 목소리 큰 걸로 정하는 게 아니라."

"끝까지 싸워야지! 그냥 이렇게 물러날 거야? 다들 어수룩하게 구니까 이 모양이잖아! 애초에 그 복사용지만 안 냈어도."

"아냐."

부회장이 말했다.

"이거 우리 잘못 아냐. 잘못한 건 선생님들뿐이야. 두 번 다시 우리 애들 비난하지 마. 너 그럴 자격 없어."

총무부장은 우리도 선생도 보기 싫다며 조퇴증을 끊고 학교를 나갔다. 연대에서 열리는 전대협 주최 학생의 날 풍물 행사에 참여한다고 했다. 학교에서 하는 이런 애들 장난 따위보다 훨씬 의미 있는 행사라고 했다.

어째 알 것 같았다. 쟤도 나처럼 초보자였다. 단지 총무부장은 어느 무자비한 싸움터에서 이러저러했으면 지지 않았으리라는 생각과 말만 잔뜩 들고 온 거다. 여지를 주지 않았더라면, 말을 좀 더 잘 했더라면, 좀 더 똑똑했더라면…….

그렇지 않아. 우리가 아무리 미숙했어도 아무리 실수했어도 이런 일을 당할 법하지 않아. 하지만 그토록 제 권위를 잃을까 마음 졸이는 사람들이, 그토록 집요하고 성실하게 스스로 제 권위를 밟아 부수는 것만은 신기하게 느껴졌다.

저녁 시간에 임원들은 복도를 뛰어다녔다. 십자말풀이 상품으로 줄 간식이었다. '친구들과 먹는 흉내'를 내며 각 반에 나눠 주기로 했다.

홍보부장은 "꺄아, 3반 애들하고 같이 분식 먹어야지" 하며 양손에 떡볶이와 오뎅을 한 아름 들고 지나갔다.

"꺄아는 뭐야."

"순진한 여자애 연기. 꺄아."

홍보부장은 그러면서 해사하게 웃었다.

썰물처럼 빠져나가는 학생들과 함께 1층에 내려가 보니 뒷문에 부회장이 앉아 있었다. 뒤뜰엔 쓰레기장뿐이라 선생님들은 접근도 안 하는 곳이다. 쓰레기 태우는 냄새가 매캐했다. 나는 부회장 옆에 같이 앉았다. 어깨에 고개를 묻고 같이 눈길이 닿는 곳을 보았다.

녹슨 게시판이 덩그러니 서 있었다.

거기에 우리 대자보가 붙어 있었다.

'11월 3일은 학생의 날입니다.' 그렇게 시작하는 대자보가. 내용을 수십 차례 뒤집고 문장을 다시 쓴 것이. 반쯤 찢어진 채 학생회실 구석에 처박아 두었던 것이.

해 놓고도 웃겼다. 이걸 소설로 쓰면 플롯에 구멍이 있다고 할 것 같았다. 세상이 다 망할 것처럼 그렇게 고성과 야단이 오가고는, 정작 그 모든 일을 했는데 눈치채 주는 사람 하나 없다니.

"정말 아무도 못 봤을까."

부회장이 일어나 대자보를 두둑툭 뜯으며 피식 웃었다.

"야, 솔직히 여기 뭐가 붙어 있었는지 나도 학교 다니면서 한 번도 본 적 없다."

어쩌면 누군가는 보지 않았을까 생각했다. 하지만 들켜도 상관없었다. 어쩌면 정학당하는 것도 괜찮을 것 같았다. 적어도 그건 실체가 있는 일이니까. 다 끝나 버린 독재의 폐허에서, 망상의 전장을 사는 장수들과 치대고 사는 것보다야.

"솔직히 이게 뭐라고."

다음 해 입학원서를 내러 대학에 갔을 때 내 눈에 처음 들어온 것은 교정을 가득 채운 대자보들이었다.

구비구비 길을 따라 가로수처럼 늘어선 게시판과 그 게시판마다 빼곡히 들어찬 대자보들. 거리낌 없는 규탄과 의견과 토론, 멋대로 해 놓은 낙서들, 햇살처럼 빛나는 문장들, 음악처럼 노래하는 문구들.

성인의 세계에 온 것을 환영해, 라고 말하듯이.

힘든 시간은 다 지났어, 축하해, 원하는 건 뭐든 해도 돼. 자, 마음껏 누리렴. 그 시간을 견뎌 온 네게 주는 선물이야.

나는 그 대자보들을 하나하나 읽었다. 글자 하나 빼놓지 않고 밤이 늦도록 읽었다. 사랑스러운 나머지 어루만지고 쓰다듬었다. 읽다가 벽에 머리를 박았다. 손으로 치고 주먹을 질렀다. 애꿎은 대자보를 구겼다.

닥쳐.

닥쳐, 닥쳐.

고작 한 살 어렸을 뿐인데, 대체 그게 무슨 죄였다고. 다 빼앗아 놓고 이제 와서 새로 주는 척하며 기뻐하라니. 그건 내 것이었어. 다 내 권리였어. 내가 몇 살이든, 스물이든 열여덟이든 한 살이든 빼앗길 이유가 하나도 없는 것이었어.

고작 나이 먹은 것 따위로 개처럼 던져 주면서 나더러 기뻐하라고.

누가 감사할 줄 알아. 누가 기뻐할 줄 알아.

아픈 나머지 나는 극복할 생각이 없었다.

아픈 나머지 나는 삭혀 낼 생각이 없었다.

그날 거기 서서 생각했다. 다시는 상처받지 않겠다고. 살면서 무슨 일이 있든 간에.

그래야 평생 말할 수 있을 테니까. 그보다 큰 상처는 다시는 없더라고. 그 시절이 내 생애 가장 힘들었다고. 평생 그렇게 말하기 위해서 다시는 상처받지 않을 거라고.

"그러게."

나는 중얼거렸다. 비행기가 굉음을 내며 지나며 내 말을 삼켰다.

"이게 뭐라고."

나, 선도부장이야

김상현

1990년 여름, 나는 고등학교 2학년이었다.

맥주 500시시 한 잔이 500원이고 88라이트 담배 한 갑이 600원인 시절이었다. 버스 요금은 140원이었고, 버스 정거장 앞 매점에서는 담배를 '까치담배'라는 이름으로 50원에 한 개비씩 따로 팔았다.

그해 여름에는 이탈리아 월드컵이 있었다.

대한민국 축구 국가 대표 팀은 지역 예선 무패의 성적으로 본선에 진출했지만 늘 그랬듯 '월드컵 사상 첫 1승도 가능'하다는 예상은 처참하게 빗나갔다. 대표 팀은 3전 전패, 승점 0점에 실점 6점, 득점 1점이라는 저조한 성적으로 월드컵을 마감했다.

그리고 월드컵이 끝날 즈음 기말고사가 있었다. 방학식이 이어졌고 곧 보충수업이 시작되었다. 무덥고 지루한 7월이 시작된 것이다.

새벽 6시 30분.

등교해서 가장 먼저 향하는 곳은 선도부실이다.

1970년대 중반, 우리 학교는 당시 허허벌판이던 강남으로 이전했다. 선도부실에 놓인 책상과 걸상은 그 이후로 단 한 번도 교체되지 않았다.

선도부실.

어둡고 갑갑한 데다가 퀴퀴한 냄새도 나고, 손이 닿는 곳은 모조리 선배들의 손때가 묻어 번들거리지만 그래도 선도부실은 내 소중한 안식처다. 교실에 있는 내 자리보다, 또 집에 있는 내 공부방보다 소중한 이곳.

나는 자리에 앉는다. 책상 위에는 아크릴 판을 잘라 만든 명패가 놓여 있다.

선도부장 김유신

유신. 이게 내 이름이다.

7시면 교내 방송이 시작된다. 등교하는 학생들을 위한 클래식 음악, 팝송 그리고 가요가 교정을 떠돈다.

나는 방송반에서 음악을 틀기 전에 워크맨 이어폰을 귀에 꽂는다. 방송반 친구들을 폄하하는 게 아니라 내 음악 취향은 클래식이나 가요와는 조금 거리가 있다. 이어폰을 통해 귀에 울리는 음악은 X-JAPAN의 「BLUE BLOOD」. 하루를 열기에 적당한 곡이다.

일본 음악을 듣는 것은 꽤 비싼 취미다. 일본 음악 수입이 금지였으니까. 고로 일본 음악을 들으려면 밀수입된 음반을 구입하는 방법뿐이다.

내가 주로 이용하는 곳은 남대문 회현 지하상가다. 시디 한 장에 4~5만 원. 지금 듣고 있는 X-JAPAN의 곡도 회현에서 시디를 산 뒤, 카세트테이프에 녹음해 워크맨에 넣고 듣는 것이었다.

시계가 7시를 향해 가고 있었다. 이제 선도부원들이 모일 시간이다.

"선도부장님, 좋은 아침입니다!"

들어오는 1학년 부원들이 나에게 고개 숙여 인사를 한다. 인사말은 통일되어 있다. 나도 지금은 선도부장 자리에 앉아 있지만 작년에는 똑같은 인사말을 하며 등교했다.

음악을 들으면서 고개만 까딱하며 후배들의 인사를 받는다. 내 인생에서 단 일 년밖에 누릴 수 없는 권력을 마음껏 누리는 것이다. 2학년 선도부원들은 손을 흔들거나 까딱 목례만 한다. 나는 건성으로 인사를 받으며 여전히 음악을 듣는다.

교복 자율화 시절이다. 선도부라고 해도 제복은 없다. 팔에 차는 선도부 완장만이 선도부라는 걸 알려 줄 뿐이다. 제복을 맞추면 좋을 텐데, 그게 아무래도 더 멋있어 보일 텐데, 나는 종종 그런 생각을 했다.

"선도부장님. 2학년 곽태식 선배가 부장님을 찾습니다."

음악이 「ENDLESS RAIN」의 절정 부분으로 바뀌었을 때 후배 하나가 이렇게 말했다. 나는 입 모양만 보고 워크맨을 정지시켰다.

"태식이가?"

곽태식. 껄끄러운 놈이다. 이렇게 이른 아침 나를 찾는다는 건 틀림없이 나쁜 소식이라는 뜻이다.

"알았어. 자. 오늘은 특별한 전달 사항 없다. 어제랑 똑같이 정문조, 후문조, 순찰조, 나가서 근무 시작해. 특히 순찰조는 담배꽁초 눈에 띄지 않게 확인 잘하고. 정문조, 후문조는 명찰 확인 똑바로 해. 학생 주임 선생님 강조 사항이다. 보충수업 기간이라고 설렁설렁 하지 말고. 알겠지?"

"예, 알겠습니다!"

선도부원들은 시원시원하게 대답을 하고 밖으로 나갔다. 나는 선도부장 공식 업무를 수행하기 전에 2학년 1반으로 직접 태식이를 찾아갔다.

텅 빈 교실에는 곽태식이 혼자 있었다. 어떤 날은 새벽에 등교하고, 어떤 날은 지각을 하고, 또 어떤 날에는 그냥 학교에 오지 않는, 종잡을 수 없는 녀석이다.

"어이구, 선도부장님께서 직접 찾아오셨네."

곽태식이 자리에서 일어나 나를 맞는다.

"태식이가 이른 아침에 날 찾는데 그럼 어쩌겠어?"

나는 짐짓 여유 있는 척 농담조로 말한다.

이제 태식이의 입에서 나오는 말에 따라 오늘 하루가 피곤해질 수도 있고, 일주일이 피곤해질 수도 있고, 내 남은 선도부장 생활이 몽땅 피곤해질 수도 있다.

"이른 아침이 아니면 선도부장님께서는 너무 바쁘셔서 말이지."

태식이는 내 쪽으로 다가오면서 말했다. 입 냄새 나니까 물러서라고 말하고 싶은 걸 꾹 참으면서 태식이의 다음 말을 기다린다. 이렇게 직접 찾아오긴 했지만 용건까지 먼저 묻고 싶지는 않았다.

"3반 형석이 알지? 강형석. 어제부터 형석이가 행패를 부린다."

태식이의 용건은 '민원'이었다. 나는 안도했다.

선도부장의 대외적 임무는 학생 규율 유지, 교내 질서와 안전 유지 따위이지만 실제로 선도부장이 하는 가장 중요한 일은 바로 이 '민원'이다. 분쟁의 중재. 이를 통해서 학교의 안녕을 유지하는 게 선도부장이 하는 일 중에서 가장 중요한 일이다.

"3반 형석이? 강형석?"

나는 일부러 되물으며 생각할 시간을 번다.

강형석은 곽태식과는 물과 기름처럼 결코 섞일 수 없는 관계다.

먼저 곽태식.

태식이의 아버지는 강남에서 호텔 몇 개와 빠찡꼬를 운영하는 전국구급 조직폭력배다. 동네 양아치들과는 차원이 달라서 강남 3대 조직인 양은이파, 서방파, OB파 모두와 긴밀한 관계를 맺고 있는 진짜 건달이다.

반면 강형석의 아버지는 서울지검에서 근무하는 검사다.

건달 아들과 검사 아들이 교내에서 싸운다면 그건 부러지지 않는 창과 뚫리지 않는 방패의 대결과 비슷한 모양새가 될 것이다. 나는 이 모순의 결과를 알고 있다. 창은 꺾이고 방패는 박살 난다. 그리고 주변은 싸움의 영향으로 엉망진창이 된다. 학교의 안녕을 유지하는 걸 최우선으로 생각해야 하는 선도부장 입장에서 가장 보고 싶지 않은 꼴이다.

"그래. 강형석이."

강형석이 곽태식과 부딪칠 일이 있었던가? 나는 빠르게 머리를 굴렸고, 곧 답을 얻어 내었다.

"도박장이구나. 포커? 블랙잭?"

"섯다."

"그래, 섯다."

종목이 중요한 건 아니다. 아무튼 곽태식이 운영하는 도박판에서 강형석이 돈을 잃고 행패를 부린다는 게 곽태식의 민원이었다.

"유신아. 나는 합리적인 사람이야. 당연히 도박판도 합리적으로 운영해. 너도 알잖아. 그런데 합리적으로 운영하는 도박판에서 돈 좀 잃었다고 해서 이렇게 행패를 부리면 말이야, 사업을 운영하는 게 힘들어져."

일리가 있는 말이다. 그리고 곽태식이 도박판을 합리적으로 운영하지 않는다면 나는 선택을 해야 한다. 학생 주임의 힘을 빌어 도박판을 닫거나, 아니면 상납받는 것을 포기하거나. 어느 쪽을 택해도 나에게는 불리할 뿐이다.

"강형석이가 어떤 행패를 부렸어? 구체적으로 말해 줘."

"딜러 보던 내 친구 유종만이를 때렸어. 이빨이 나가거나 하진 않았는데, 까딱하면 큰 싸움 날 뻔했다."

곽태식은 '내 친구'에 힘을 주어 말했다. 유종만은 강형석의 똘마니다. 큰 싸움 날 뻔했다는 건 유종만이 일방적으로 얻어맞고도 참았다는 이야기일 것이다.

"잃은 돈 돌려 달라는 거겠지? 얼마나 잃었어?"

"12만 원."

짜장면 한 그릇이 1200원이니 12만 원이면 짜장면 백 그릇이다.

"그 정도면 싸움 날 만하네. 절반 정도 돌려주는 걸로 정리하는 건 어때?"

나는 일단 떠오르는 대로 중재안을 내 보았다. 곽태식이 바라는 수준을 알기 위해 그냥 가볍게 던져 본 중재안이었다.

"안 돼. 이건 돈 문제가 아니야. 원칙의 문제지. 한 놈 돌려주면 두 놈이 될 거고, 두 놈은 세 놈, 네 놈이 된다고."

이의를 제기하기 힘든 말이었다.

"그러니까 한 푼도 줄 수 없다는 거지?"

"그래. 그리고 내가 원하는 건 강형석이가 내 친구 종만이한테 사과하는 거야."

나는 한숨을 내쉬는 걸 숨기기 위해 숨을 깊게 들이쉬었다.

여기서 일이 꼬이면 창과 방패는 충돌하게 된다. 그리고 그 불행한 사태의 책임은 중재하지 못한 내가 모두 지게 된다. 상납이 중단되는 건 덤이고.

"그러니까 12만 원을 잃고 열 받아서 주먹을 휘두른 놈한테서 사과를 받아 내야겠다, 이건가? 돈은 한 푼도 돌려줄 수 없고?"

"왜? 힘들겠어?"

곽태식이 빈정거린다.

"힘들지 않은 일이 어디 있겠냐."

"불가능해?"

"힘든 일은 있어도 불가능한 일은 없어. 다만 시간이 좀 필요할 뿐이지. 암튼 잠깐만 좀 참아 봐. 내가 일단 강형석이 만나 볼게."

"그래. 그래야 우리 선도부장이지. 알겠지만 내가 요즘 사업을 좀 확장하고 있거든."

태식이는 손에 티켓을 들고 흔들면서 말했다. 요즘 유행하는 일일찻집 티켓이었다. 학생이 카페를 빌려서 일일찻집이라는 이름으로 하루 동안 장사하는 걸 학교에서는 당연히 금하고 있지만, 교내에서 도박판을 운영하는 것도 금지하고 있기는 마찬가지다.

"시끄러워지기 전에 해결해 줬으면 해."

"알았어. 내가 강형석이 만나 보겠다고 했잖아."

나는 살짝 짜증을 내며 교실 밖으로 나갔다. 지금 이 순간, 시끄러워지기 전에 일을 해결하는 걸 가장 바라는 사람은 바로 나다.

"믿는다, 김유신! 점심시간까지는 해결해 줘!"

곽태식이 내 등에 대고 고함을 쳤다. 딱 집어 점심시간까지라고 말하지 않았다고 해도 이 문제는 점심시간 전에 해결해야만 했다. 점심시간에 다시 강형석이 유종만을 찾아가 주먹을 쓴다면 싸움이 날 것이고, 사태는 걷잡을 수 없이 커질 게 분명했다.

강형석은 아직 등교하지 않았다. 나는 정문조, 후문조, 순찰조를 점검하는 선도부장의 공식 임무를 수행했다. 그러면서 후문조 근무를 서고 있던 3반 선도부원을 찾아가 강형석에게 1교시 끝나고 쉬는 시간에 선도부로 오라고 전해 달라고 했다.

시간은 어느새 7시 30분이 다 되어 가고 있었다.

다음으로 내가 향한 곳은 학생부실이었다. 전날 숙직 근무를 선 교사에게 보고를 하기 위해서였다.

"고생하셨습니다, 선생님."

나는 학생부실 문을 열자마자 깍듯하게 인사를 했다.

전날 숙직 근무를 선 교사는 국어 담당 오현석이었다. 서울대학교 사범대를 졸업하고 바로 우리 학교로 온 엘리트 교사. 오현석은 이미 도시락으로 아침 식사를 마치고 학생부실에 있는 세면대 앞에서 이를 닦고 있었다.

"김유신. 나, 정문 근무 나가라고 보채러 온 거지?"

오현석은 입에 머금고 있던 물을 뱉어 낸 다음 이렇게 농담조로 물었다.

"아닙니다. 보충수업 기간에는 숙직 교사가 정문 근무를 서지 않습니다."

"김유신, 이 새끼는 농담이 안 통해."

오현석은 종종 도대체 뭐가 재미있는지 통 알 수 없는 농담을 하고 나서는 이렇게 덧붙였다. 그럴 때면 나는 늘 입을 다물고 다음 말을 기다렸다.

"됐다, 됐어."

도시락 통을 보자기에 도로 싸서 가방에 넣으며 오현석이 말했다.

보통 숙직을 선 교사는 다음 날 아침 식사를 빵과 우유로 해결했는데, 그때 선도부원에게 심부름을 시키는 것이 관례였다. 대부분은 학교 앞 구멍가게에서 빵하고 우유를 사 오라고 하지만, 학교에서 제법 멀리 떨어진 편의점에서 파는 핫도그와 음료를 사 오라고 시키는 교사도 많았다. 하지만 오현석은 늘 도시락을 싸 가지고 다녔다.

"선도부 근무 잘 서고 있다고 보고하러 온 거지? 보고 잘 받았으니까 이제 너는 가서 일 봐. 바쁘잖아, 선도부장."

언제나 부려 먹기 바쁜 다른 교사들과 달리, 오현석은 내 입장을 잘 이해해 주었다. 오현석에게는 고마울 때가 많았다. 재미없는 농담만 제외한다면.

"알겠습니다."

나는 목례를 하고 정문 쪽으로 향했다. 걷는 걸음이 무거웠다. 점심시간 전까지 강형석을 설득할 만한 중재안을 생각해 내야만 했다.

보충수업 기간 동안 선도부 근무는 학기 중과는 다르다. 복장 점검도 느슨해지고 명찰 확인이나 지각생 관리도 엄격하지 않다. 너무 조이면 끊어진다. 그래서 방학 때는 숨통을 좀 틔우는 것이다. 이건 선도부에 내려오는 오래된 방침이다.

하지만 나는 정문 근무를 서고 있는 선도부원들을 각각 지적하며 돌아다녔다. 물론 바르고 고운 말은 아니었다.

"선도부원이라는 새끼가 짝다리를 짚어?"

"이 새끼, 머리 꼴이 뭐야? 그래 가지고 선도부원 가오가 서겠어?"

"너 셔츠 똑바로 다려 입어. 확 다리미로 대갈통 지져 버리기 전에."

나도 이런 험한 말을 입에 담고 싶지 않다. 하지만 이것 또한 선도부장이 해야 하는 일이다. 너무 느슨하면 풀려 버리기 때문이다.

너무 조이지 말고, 너무 풀지도 말고.

나는 선임자로부터 이것만 잘해도 선도부장의 임무는 절반 이상 완수한다고 배웠다. 그리고 늘 그것을 실천했다.

오전 선도부장 업무를 마치고 교실로 돌아가는 길은 너무 짧았다. 가면서 생각해야 할 것이 여전히 남아 있었기 때문이다.

선도부장 일도 있었고, 개인적으로 해결해야 할 문제도 있었지만, 무엇보다 가장 먼저 처리해야 할 것은 강형석과 곽태식의 중재안이었다. 나는 몇 가지 중재안을 생각해 보고 두 사람 다 만족할 수 있게 다듬어 보느라 머리가 다 아플 지경이었다.

보통 대립이 생겼을 때는 두 사람 중 한 사람이 살짝 양보만 해 주면 일이 쉽게 풀린다. 하지만 두 사람 다 자존심을 앞세우면 일은 틀어지기 마련이다. 선도부장 업무와 마찬가지로 중재도 지나치지 않아야 한다. 지나치면 풀어지거나 끊어져 버린다.

나는 수업 준비를 위해서 선도부실 쪽으로 걸음을 옮겼다. 개인 사물함이 없는 학교에서 이렇게 개인 사물함을 대신할 수 있는 공간이 있다는 건 특권이었다. 우리 학교에서 이런 특권을 누릴 수 있는 건 선도부장이나 서클룸이 있는 서클 회원뿐이다.

"선도부장님!"

선도부실로 돌아가는 복도에서 1학년 선도부원 하나가 날 불렀다. 안 그래도 신경 쓸 거 많은데 귀찮게 왜 이러나 싶었다.

"뭐냐?"

절로 신경질적인 목소리가 나왔다.

"조금 전에 오현석 선생님이 2학년 곽태식 선배를 화장실로 끌고 들어갔는데요."

이건 또 뭐야. 예상 밖의 일이었다.

"알았어. 알려 줘서 고마워."

짜증이 나긴 했지만 언젠가 알게 될 일, 조금이라도 빨리 알게 되는 게 낫다.

머리가 조금 더 복잡해진다. 곽태식이 오현석에게 걸렸다면 담배일까? 아니면 아침에 본 일일찻집 티켓?

담배라면 내가 손쓸 방법은 많다. 학생 주임에게 말해서 정학 먹을 거 근신으로 낮추고, 근신 먹을 거 훈방으로 낮춰 주면 그 대가가 짭짤할 것이다.

만약 일일찻집 티켓을 걸린 거라면 내가 할 수 있는 일은 없다. 그냥 심심한 위로를 해 줄 수밖에.

하지만 어느 쪽도 아니라면 일은 복잡해진다. 예상할 수 없는 변수라는 뜻이기 때문이다. 특히 강형석과 중재안을 내야 하는 지금 같은 상황에 이런 변수가 생기는 건 절대로 환영할 만한 일이 아니다.

그래서 나는 예측을 그만두고 내가 할 수 있는 일에 집중하기로 했다. 지금 내가 할 수 있는 건 강형석을 만나서 이야기를 듣는 일이다. 입장을 직접 들어야 중재안을 낼 수 있다.

선도부장이 하기 쉬운 실수 중 하나가 머릿속으로 중재안을 구상한 다음 그것을 일방적으로 당사자들에게 강요하는 것이다. 얼굴을 직접 보지 않고 생각한 중재안은 언제나 문제가 생기기 마련이다. 왜냐하면 중재안에서 가장 중요한 부분이 빠지기 때문이다.

잘 모르는 사람들은 중재안이라고 하면 서로의 이득과 손해만을 생각하곤 한다. 하지만 중재안에서 가장 중요한 건 감정이다. 자존심, 고집, 호감, 적대심, 이런 것들.

많은 경우 타협을 위해 던지는 아주 상투적인 사과나 감사 표시가 결정적으로 작용하는 게 바로 중재안이다. 나는 그것을 선임자에게 배우기 전부터 알고 있었다.

"김유신!"

선도부실 앞에서 날 부른 건 뜻밖에도 강형석이었다. 미리 와서 나를 기다리고 있었던 것이다. 이건 분명 징조였다. 일이 잘 풀리려는 징조일지, 꼬이려는 징조일지는 알 수 없었지만.

"강형석. 안 그래도 너 보려고 했어. 곽태식이하고 문제로 말이야."

"곽태식, 그 새끼 학교에서 사기를 치고 있어!"

강형석은 흥분한 상태였다. 아무래도 일이 꼬일 징조인 모양이다.

"사기라니?"

"사기 도박!"

한숨이 나왔다. 복도에서 나누기에 매우 적절하지 않은 대화였다. 나는 안으로 들어가서 이야기하자고 했다.

"사기 도박이라고?"

"그래! 사기! 유종만, 그 똘마니 새끼가 사기 치는 거 내가 봤어. 씨발, 장짜리 분명 빠져 있는 거 봤는데 내 두 눈으로 똑똑히 봤는데, 씨발 그 새끼가 장땡이 나왔다니까?"

나는 섯다를 하지 않기 때문에 무슨 말인지 정확하게 알 수는 없었지만 매우 억울하다는 감정만큼은 분명히 느낄 수 있었다.

"그래서, 사기 도박에 당한 거니까, 돈을 돌려받아야겠다는 거야?"

나는 낮은 목소리로 아주 천천히 물었다. 그래야 강형석이 흥분을 가라앉힐 것 같았다.

"당연하지! 그거, 사기였다고, 사기!"

"사기는 나쁜 일이지. 하지만 냉정하게 말해서, 학교에서 도박하는 것도 나쁜 일이야."

"선도부장!"

강형석이 고함을 쳤다.

"원칙적으로 그렇다고, 원칙적으로."

나는 관자놀이를 엄지로 누르면서 말했다. 두통이 생길

것만 같았다.

"유신아. 그 돈, 나 학원비야."

내 제스처가 통했는지 강형석이는 조금 누그러진 태도로 이렇게 말했다.

"학원비?"

전두환 정권의 과외 금지 정책이 끼친 영향이 여전히 남아 있어서, 중고생이 학기 중에 학원 수업을 듣거나 입주 과외를 받는 건 불법이다. 하지만 대치동을 중심으로 8학군 학생을 대상으로 한 학원들이 생겨나고 있었다.

"응, 학원비. 그래서 그거 꼭 찾아야 해."

조금은 애원하는 투였다. 학원비를 걸고 도박을 하다니 제정신이냐고 다그쳐 묻고 싶었지만 참았다. 어차피 도박하는 놈이 돈을 걸 때 제정신이겠는가?

"그래서 유종만이 때린 거야?"

그 대신 나는 이쪽을 물었다. 그래야 곽태식 쪽이 사과를 받을 가능성이 열릴 것 같았다.

"그 새끼가 날 약 올리잖아. 그리고 말이야, 내가 이러는 거 돈 때문만은 아니야. 학원비 날린 것도 날린 거지만 그 새끼가 사기 치는 꼴은 도저히 눈뜨고 볼 수가 없어. 그거, 같은 학교 학생들 등치는 거라고. 내 말 알겠어?"

"알겠어. 그럼 돈 돌려받고, 사기 도박 못 하게 하면 되는 거지?"

강형석은 고개를 끄덕했다. 일이 말처럼 쉬우면 얼마나 좋을까.

"……그렇게 해 줄 거지?"

강형석은 다짐을 받는 것처럼 되물었다.

"합의점을 찾아보자."

된다는 말은 하지 않았다.

"나, 믿는다."

믿는다는 말에 나는 해결해 볼 테니 점심시간에 다시 이야기하자고 말하고 강형석을 돌려보냈다.

이제 사건은 조금 다른 국면을 맞았다. 사기 도박을 하고 있다는 건 그냥 넘어갈 문제가 아니다. 사기 도박이 계속된다면 강형석과 같은 용무로 날 찾는 애들이 이어질 게 분명했다.

강형석이 원하는 것. 잃은 학원비 12만 원과 사기 도박이 끝나는 것.

곽태식이 원하는 것. 강형석이 유종만에게 사과하는 것.

겹치는 건 없다. 서로가 원하는 것을 하기만 하면 된다. 다만 문제는 그렇게 될 수가 없다는 점이다. 사기 도박에 돈을 잃고 열 받아 있는 강형석이 사과를 할 리가 없고, 잘되는 사기 도박을 곽태식이 접을 리가 없다. 돈을 돌려줄 이유는 더욱 없고.

하지만 나는 합의를 봐야만 한다. 그것도 오늘 점심시간 전까지.

여전히 복잡한 머리로 1교시 수업 들어갈 준비를 했다.

보충수업은 대부분 국어, 영어, 수학 수업으로 채워지고, 수업은 오전에만 한다. 오후에는 자율학습이 이어진다. 자율학습을 건너뛰고 학원으로 가는 학생도 있기는 했지만 아주 적은 수였다.

교실로 돌아가 내 자리에 앉고 얼마 지나지 않아 담임이 들어와 조례를 했다.

"방학인데 이렇게 학교 나오는 거 짜증 나지? 나도 그래. 그냥 집에서 쉬면 나도 좋고 너희도 좋지. 그런데도 이렇게 학교 나오라고 하고, 출석 부르고 너희 통제하는 거, 다 너희 잘되라고 그러는 거다. 그래야 대학 가고, 대학 가야 사람 되지."

우리 반 담임은 학생 주임 차기철이다. 담당 과목은 교련. 월남전에서 사람도 죽여 본 적이 있는 하사관 출신이라고들 했다.

언젠가 숙직 근무를 서는 선생 하나가 나에게 이런 말을 한 적이 있다.

"너희 반 담임 선생 말이야, 차기철 선생. 월남 다녀온 건 분명한 데 월남전 이야기를 하는 걸 본 적이 없어. 너희 반에서는 혹시 월남전 이야기 한 적 있냐?"

나는 이 말을 듣고 우리 담임이 월남전에서 실전에 투입됐을 거라고 확신하게 되었다. 원래 군대 편하게 다녀온 교사들이나 수업 시간에 여담으로 군대 이야기하길 좋아하는 법이다.

"그리고 담배. 담배는 대학 가서 피워. 내가 이 학교 학생주임으로 있는 한, 학교에서 담배꽁초가 나오는 일이 있어서는 안 된다. 내가 그건 용납 못 한다. 알겠지?"

우리 반 아이들이 일제히 "예!" 하고 큰 소리로 대답했다. 군인 출신 교사답게 학생들을 잘 교육한 덕분이다.

"그럼 믿고 간다. 그리고 선도부장은 잠시 나 좀 보자."

담임은 눈짓으로 반장을 가리켰고, 반장은 자리에서 일어나 단체 인사 구령을 넣었다.

담임이 나를 보자고 했다. 가뜩이나 복잡한데 더 복잡해지면 안 될 텐데. 나는 제발 별일 아니길 빌면서 앞으로 나갔다.

"따라오면서 들어. 김유신이. 방학이라고 너무 풀어지면 안 된다. 알고 있지?"

"예, 알고 있습니다."

교무실로 향하는 담임과 발을 맞춰 걸으면서 대답했다. 다른 반들은 아직 조례가 끝나지 않아서 복도는 텅 비어 있었다.

"내가 따로 부탁한 거, 어떻게 돼 가고 있어?"

무슨 일인가 했다. 다행이었다.

"알아보는 중입니다."

"그래. 선도부장이 알아보는 중이라면 그런 거겠지. 교장 선생님 지시 사항이야. 차질 없이, 완벽하게 조사해야 한다."

"알고 있습니다."

"그래. 그럼 얼른 돌아가 봐. 반에 돌아가서 애들한테는 당분간 담배 조심하라는 말 전하고. 알겠지?"

나는 알겠다고 하고 반으로 돌아왔다. 그리고 우리 반에서 담배를 피우는 애들 몇을 불러 조만간 일제 단속이 있을 테니 담배 알아서 잘 숨기고, 당분간 화장실에서 담배 피우지 말라고 경고를 해 주었다.

1교시 수업이 시작됐다.

영어 수업이다. 등사기로 갱지에 찍어 낸 유인물이 수업 교재였다. 보충수업비를 받아서 만든 것이라고 보기에는 조악했다. 손으로 쓴 글씨에 줄도 잘 맞지 않았다.

나는 수업 시간 내내 이 사건을 어떻게 해결할 것인지를 생각했다.

결론은 이랬다. 빠르고 위험한 길과 느리고 안전한 길이 있다. 그리고 나에게는 시간이 얼마 없다. 결국 나는 위험한 길을 택하기로 했다.

1교시를 마치자마자 나는 강형석에게 맞았다는 유종만을 찾아갔다.

"어이, 선도부장. 일 해결 잘하고 있나?"

유종만이 깐죽거렸다.

"따라와."

나는 낮은 목소리로 짧게 말했다.

"야, 할 이야기 있으면 여기서 해. 뭐 하러 밖에 나가고 그래. 더워 죽겠는데."

나는 말 대신 유종만의 멱살을 잡아끌고 화장실로 들어갔다.

"당장 다 꺼져!"

화장실에 들어가자마자 나는 이렇게 소리를 쳤다. 화장실에 있던 아이들이 내 눈치를 보며 밖으로 나갔다. 유종만은 실실 웃고 있긴 했지만 분명 나를 두려워하고 있었다. 눈빛만 봐도 알 수 있었다.

유종만은 가난한 집 아들이다. 옷 입은 것만 봐도 알 수 있다. 보통 '짜가'라고 부르는 유명 브랜드 디자인을 모방한 신발과 시장에서 파는 싸구려 셔츠는 가난한 집의 상징과도 같았다. 강남 8학군이라고 해서 가난한 집이 없는 건 아니다. 학교 주변 삼성동이나 청담동에만 해도 아직 개발되지 않은 가난한 동네가 남아 있었다.

"내 말 똑바로 들어. 유종만. 너, 사기 도박 하냐?"

있는 집 아이들은 믿는 구석이 있기 때문에 언제나 당당할 수 있다. 없는 집 애들은 그렇지 않다. 일이 꼬이면 집에서 어떤 도움도 받을 수 없다는 걸 스스로 아주 잘 알고 있기 때문이다.

"……그거 강형석이가 한 소리지? 씨발, 돈 잃은 새끼가 뭔 말을 못 해?"

"너 사기 도박 하냐?"

나는 유종만의 눈을 똑바로 노려보며 다시 물었다. 유종만은 눈을 깔았다.

"아니, 그냥 가끔 하는 거야, 가끔. 씨발, 학교에서 도박 하는데 그 정도도 못 해?"

"곽태식이도 알아?"

다시 한 번 유종만의 눈을 노려보았다. 사실 이렇게 눈을 똑바로 본다고 해서 상대방이 진실을 말하는지 아닌지 알 수 있는 건 아니다. 하지만 위압적인 태도는 분명 진실을 끌어내는 힘이 있다.

"태식이도 당연히 알지!"

짝! 나는 유종만의 뺨을 손바닥으로 힘껏 때렸다. 유종만의 고개가 획 돌아갔다.

"곽태식이도 알아?"

이번에도 눈을 노려보며 다시 물었다. 유종만은 대답을 하지 못했다.

"너 때문에 일 다 꼬인 거 몰라? 강형석이가 잃은 돈, 그거 학원비야. 그게 무슨 소린지 알아? 학원비 날린 거, 강형석이 아빠가 알면 어떻게 될 거 같아? 강형석이 아빠, 검사야, 검사. 검사 아빠가 아들 학원비를 사기 쳐서 뺏어 간 널 가만둘 거 같아? 그리고 이건 널 가만두고 안 가만두고 그런 문제가 아니야. 경찰 시켜서 우리 학교를 다 뒤집어엎을 거라고. 그럼 선도부장인 난 어떻게 될 거 같아? 응? 어떻게 될 거 같은데? 또 곽태식이는? 응? 곽태식이라고 무사할까?"

이 말은 물론 허풍이었다. 대한민국 검사가 그렇게 한가할 리도 없고, 설혹 한가하다고 해서 도박에 손을 댄 아들을 위해서 공권력을 동원할 리도 없다. 골프채 같은 걸로 죽도록 패던가, 혹은 밥을 굶기고 집 밖으로 못 나가게 하거나 하는 편이 훨씬 효과적일 테니까.

"……미안해."

한동안 아무 말도 못 하던 유종만은 겨우 입을 열고 이렇게 말했다. 이제 문제는 풀린 거나 마찬가지였다.

"돈 줘. 12만 원."

"……."

"아니면 곽태식이한테 너 돈 몰래 꼬불쳐 둔다고 말한다."

이 말은 바로 효과가 있었다. 유종만은 품에서 만 원짜리 뭉치를 꺼냈다.

"……12만 원만 주면 되지?"

만약 좀 더 내놓으라고 해도 유종만은 돈을 내줬을 것이다. 하지만 나도 나름대로 원칙이 있는 사람이다.

"딱 12만 원."

유종만은 만 원짜리 열두 장을 나에게 줬다.

"다음 시간에 강형석이 와서 너한테 어제 때린 거 미안하다고 사과할 거야. 사과 받아들이고, 다시는 사기 도박 하지 마. 다시 사기 치면 너 사기로 딴 돈 꼬불치는 거 곽태식이 한테 바로 말한다. 내 말 알겠어?"

유종만은 고개를 깊게 주억거렸다. 더 할 말은 남아 있지 않았다. 나는 바로 강형석을 찾아간 다음, 역시 따라오라고 말했다. 이번에 향한 곳은 선도부실이었다.

"해결했어?"

강형석은 기대에 찬 목소리로 이렇게 물었다. 나는 흘낏 시계를 보았다. 이제 남은 쉬는 시간은 삼 분이다.

"내 말 잘 들어. 2교시 끝나고 유종만이 찾아가서 사과 해."

"씨발, 사과를 내가 왜 해? 난 피해자야, 사기 도박 피해 자."

나는 책상 위에 12만 원을 탕 소리가 나게 내려놓았다.

"싫으면 이 돈 내가 가진다."

길게 말할 필요는 없었다. 만약 학원비를 내지 못하게 되 고, 그 이유가 학교에서 도박을 해서라는 걸 집에서 알게 되면 무슨 일이 벌어질지 가장 잘 아는 건 강형석 본인일 테 니까.

"알았어. 사과하면 되는 거지?"

돈 쪽으로 손을 뻗으면서 강형석이 말했다.

"다음 쉬는 시간에 바로 찾아가서 사과해. 그리고, 다시는 도박하지 마."

"알아. 다신 안 해."

"다시 도박하면 너, 학생 주임한테 보고할 거야. 이건 진심이야. 아무리 내가 선도부장이지만 이런 골치 아픈 일을 또 하고 싶을 거 같아?"

"알았어, 알았어."

강형석은 내 손에서 12만 원을 받아 간 다음 어린아이처럼 환하게 웃었다. 이제부터는 강형석의 의지에 달린 문제다. 나는 그저 강형석이 다시 노름판에 끼지 않을 정도의 분별력은 있기를 바랄 뿐이었다.

이제 일은 끝났다. 다음 시간에 강형석이 유종만을 찾아가 사과만 하고 나면 일은 완전히 마무리된다.

2교시는 국어였다. 어제 숙직 근무를 선 오현석이 들어왔다.

보충수업은 느슨하기 마련이다. 문제지를 나눠 주고 그냥 풀라고 하는 교사도 있고, 아예 알아서 자습을 하라고 하는 교사도 있다.

오현석은 달랐다. 일단 가지고 들어온 유인물도 김동리

소설 중에서 국정교과서에 실리지 않은 장편 『사반의 십자가』에서 뽑아낸 대목이었다.

"간단하게 설명하자면 이 소설은 제목 그대로 십자가에 매달린 사반의 이야기야. 예수님이 십자가에 못 박혔을 때 옆에 같이 매달려 있던 죄인이 둘 있잖아. 하나는 회개하고 천국으로 가고, 하나는 회개 안 하고 지옥으로 가지. 그때 지옥으로 간 사람이 사반인데, 이 사반을 주인공으로 한 소설이야."

단순하면서도 깔끔한 설명이었다.

"사반은 혈맹단이라는, 로마 제국에 저항하는 유대인 민족주의 단체 두목이야. 소설에서 예수님은 하늘의 섭리를 따라 하느님을 위해야 한다고 말하고, 사반은 땅의 섭리를 따라 유대 민족을 위해야 한다고 말해. 소설은 이 둘의 대립, 즉, 하늘과 땅의 대립, 신과 인간의 대립을 통해서 우리를 돌아보게 하지."

여기까지 말한 오현석은 칠판에 '국정교과서'라고 적었다.

"너희들은 국정교과서밖에 모르지? 교과서가 하나뿐인 게 당연하다고 생각할 거야. '검인정교과서 제도'라는 게 있어. 여러 교과서를 국가가 검인정해 준 다음에 그걸로 공부하는 거지. 선진국은 검인정도 하지 않고 그냥 자율 교과서

제도를 택하기도 해. 완전히 자유롭게 공부하는 거야. 그런데 우리나라는 왜 국정교과서 하나만 배울까?”

여기까지 말한 오현석은 갑자기 말을 뚝 끊었다. 다들 무슨 일인지 모르는 모양이었지만 나는 쉽게 눈치챌 수 있었다. 오현석은 정치 이야기를 하려다가 그만둔 것이다.

우리 학교에서 수업 시간에 정치 이야기를 하는 건 암묵적인 금기 사항이었다. 나는 그것을 입학하자마자 알았다.

1988년 5공 청문회는 노무현과 김동주라는 걸출한 스타 국회의원을 낳았다. 하지만 그보다 더 큰 변화는 청문회를 계기로 사람들이 정치에 관심을 가지기 시작했다는 점이었다.

어딜 가나 정치 이야기였다. 학생들도 ‘광주 사태’라는 단어를 입에 담기 시작했고, 양김이니 삼김이니 하며 김대중, 김영삼, 김종필을 부르곤 했다. 이 시기에 가장 뜨거운 이슈는 삼당합당이었다. 앞으로 민정당과 평민당의 앞날이 어떻게 될 것인지에 대해서 학생들끼리 의견을 나누는 건 아주 흔한 광경이었다.

당연히 교사들도 수업 시간에 자신의 견해를 피력하는 걸 주저하지 않았다. 아니, 일반적으로는 주저하지 않았을 거라고 생각한다. 하지만 우리 학교는 그렇지 않았다.

우리 학교에는 이런 이야기가 전해진다.

새로 부임한 어떤 교사가 수업 시간에 졸고 있는 학생을 앞으로 불러낸 적이 있었다. 교사는 학생의 멱살을 잡고 흔들며 물었다.

"너희 아버지 뭐 하시냐? 응?"

학생은 작은 목소리로 대답했다.

"공무원이신데요."

싸늘하게 가라앉은 반 분위기를 읽은 교사는 학생에게 앞으로 조심하라고 말하곤 더는 아무 짓도 하지 않았다. 곧장 교무실로 돌아가 그 학생의 아버지가 뭐 하는 사람인지 찾아본 그 교사는 현직 국가안전기획부장, 즉 안기부장이라는 걸 알아내곤 그 뒤로 수업 시간에 정치 이야기를 결코 입에 담지 않았다고 한다.

어디까지가 진실인지는 모르지만 학교에서 꽤 유명한 이야기다. 현직은 몰라도 전직 안기부장 아버지를 둔 학생이 재학생이기도 했다. 꼭 안기부장까지 올라가지 않더라도 수업 시간에 정치 이야기를 하는 교사를 탐탁지 않게 볼 학부모는 얼마든지 있었다. 그리고 그 학부모 말 한마디에 교사직이 날아가거나 심하면 국가보안법 위반으로 구속될 수도 있다는 건 누구나 아는 사실이었다.

"국정교과서만 옳다고 생각하지는 마. 다른 제도도 있다는 걸 알아 두면 언젠가 써먹을 날이 올 거다. 대학생 돼서 미팅 가면 여학생들 앞에서 이야기할 수도 있고."

오현석은 이렇게 재미없는 농담으로 이야기를 마무리한 다음, 다시 수업을 이어 갔다.

"김동리는 시험에 잘 나와. 샤머니즘, 민족주의, 순수 문 학, 이런 단어 나오면 일단 김동리하고 관계있을 수 있다고 생각해. 먼저 샤머니즘부터 알아보자."

이어서 오현석은 김동리와 샤머니즘의 관계를 설명하기 시작했지만 나는 이미 아는 내용이었기 때문에 다른 생각을 할 수 있었다.

곽태식과 강형석 문제는 해결되었다. 다음 시간에 강형석 이 유종만을 찾아가 사과하기만 한다면 마무리도 완벽하다. 하지만 여전히 찜찜했다. 꼭 씻어 내지 못한 얼룩이 남은 유 리창을 보는 것 같았다.

아침에 오현석이 곽태식을 화장실로 끌고 갔다는 사실.

아무래도 불길했다. 열심히 수업을 진행하고 있는 오현석 의 얼굴을 보고 있자니 그 불길함은 점점 더 커졌다.

하지만 2교시가 끝나고 점심시간까지 아무 일도 없었다. 선도부원 하나가 찾아와 강형석이 유종만에게 사과했고 둘 이 악수를 했다는 이야기를 전해 준 게 전부였다.

그리고 점심시간이 되었다.

나는 늘 그랬듯 선도부실에서 점심을 먹었다. 2학년 선도
부원들도 나와 같이했다. 선도부는 점심식사를 늘 함께한다.
식사를 마치고 난 후, 점심 순찰을 돌아야 하기 때문이다.

"선도부장. 밥 먹고 나 좀 보자."

선도부실로 찾아온 건 곽태식이었다. 나는 잠시만 기다리
라고 했다.

원래는 점심 순찰 전에 선도부원 규율을 점검해야 한다.
순찰 시 주의 사항, 학생 주임 강조 사항 등을 전하는 시간.
나는 규율 점검을 하면서 시간을 좀 끌까, 아니면 곽태식을
바로 만날까 잠시 고민했다.

곽태식을 바로 만나는 쪽을 택했다. 선도부원들도 오전
에는 좀 조였으니 점심에는 좀 풀어 주는 편이 좋을 것 같았
다. 그리고 아마 곽태식에게는 위로가 필요할 것 같다는 게
내 판단이었다.

"좀 걸을까?"

곽태식이 말했고 우리는 운동장 쪽으로 걸음을 옮겼다.

학생들이 운동장을 가득 채우고 있었다. 점심시간이 되
면 열 개의 공에 맞춰서 스무 팀의 축구 선수들이 운동장을
채운다. 멀리서 보면 도대체 어떻게 자기 팀 공을 아는 걸까

궁금해지는 광경이다. 물론 운동장에서 직접 뛰다 보면 자기 팀 공 따위는 전혀 중요하지 않다는 걸 알게 된다. 그냥 뛰고, 그냥 소리치는 것이다.

"나, 일일찻집 티켓 뺏겼다."

"오현석?"

곽태식은 고개를 깊은 한숨을 내쉬면서 고개를 끄덕였다.

"미안하다. 내가 도와줄 수 있는 게 없네."

나는 준비한 대로 위로를 해 주려고 했다. 하지만 곽태식은 위로받고 싶은 마음이 없는 모양이었다.

"너, 아침에 불가능한 건 없다고 했지?"

"응. 다만 시간이 필요할 뿐이라니까?"

무슨 소리를 하려는가 싶었다. 불길했다.

"오현석, 전에 한번 내가 압구정동에서 단체 미팅 잡은 거 파투 낸 적 있어. 그때도 돈깨나 깨졌지. 예약비에 선수금에. 오현석한테 걸려서 깨진 거, 이번이 두 번째야."

뭔가 심상치 않은 이야기가 이어질 것 같은 예감이 들었다. 운동장에서 학생들은 저마다 공을 향해 달려가며 고함을 지르고 있었다.

"나, 이 사업 계속해야 해. 오현석이 자꾸 끼어들면 곤란해."

"촌지 있잖아, 촌지."

나는 손가락으로 지폐를 세는 시늉을 했다.

"그게 문제야. 오현석, 뭐 잘났다고 촌지를 안 받네. 전에 나 걸렸을 때, 아빠가 직접 학교 찾아와서 오현석을 만났어. 그런데 돈 안 받겠다고 해서 완전 쪽팔렸어. 아빠도 그런 선생 첨 본다고 하더라."

촌지를 받지 않는 교사가 있을 수 있다고 상상해 본 적이 있다. 세상은 넓고 교사도 많으니까. 하지만 그런 교사가 실제로 존재할 거라고 짐작해 본 적은 없었다. 게다가 그 교사가 바로 우리 학교 교사라는 건 정말이지 생각하기 힘든 일이었다.

교사가 우리 학교에 부임하려고 수천만 원 대의 뇌물을 쓴다는 건 공공연한 비밀이었다. 우리 학교에 부임하게 되면 그 몇 배를 벌 수 있으니까. 우리 학교 고3 담임 일 년 하면 차가 바뀌고, 삼 년 하면 아파트를 산다고들 했다.

"그럼……."

"야, 오현석, 어떻게 학교에서 자를 방법 없겠냐?"

진심이 담긴 말이었다.

"선생님을…… 자른다고?"

"유신아. 나는 아주 합리적인 사람이야. 이건 합리적인 결론이고. 오현석이 학교에 있는 한, 나는 내 사업을 제대로 할 수가 없어. 사업을 제대로 하려면 오현석이 사라져야 해. 그 것 말고 다른 방법은 없어."

곽태식은 운동장에서 누구 편인지도 모를 공을 좇으며 소리를 지르는 학생이 아니었다. 명백한 자기 공을 찾아서 차고, 그래서 마침내 골을 넣고야 마는 그런 학생이었다.

"불가능한 건 없다며. 선도부장, 방법이 없을까?"

곽태식의 말을 듣는 순간 나는 이미 결론을 냈다. 하지만 지금은 시간을 끌 타이밍이었다. 지금 같은 경우, 쉽게 대답하면 쉽게 보이기 마련이다.

"태식아. 내가 자율학습 마치고 너희 반으로 갈게. 그때까지 방법을 생각해 보지. 가장 빠른 시간에 네 문제를 해결할 방법 말이야."

곽태식의 얼굴에 희망의 빛이 떠올랐다.

"고맙다."

"고마워할 거 없어. 내 일이니까."

그리고 그만한 대가를 치르게 될 테니까.

점심시간이 끝나고 오후 자율학습이 이어졌다. 역시나 아무 일도 일어나지 않았다. 다만 나는 쉬는 시간을 이용해 선도부실 내 사물함에서 공문 한 장을 꺼냈다. 학생 주임이 나에게 참고하라고 준, 문교부에서 내려온 공문이었다. 그리고 이 공문 한 장이 내가 곽태식을 만나기 위해 필요한 전부였다.

오후 자율학습이 끝난 후, 나는 약속대로 곽태식을 찾아갔다. 우리는 다시 운동장 쪽으로 걸었다.

넓은 스탠드와 운동장은 텅 비어 있었다. 야구부가 전지훈련을 갔기 때문이다. 불과 몇 시간 전까지만 해도 학생들이 가득 채우고 있었다는 게 믿기 어려울 정도로 적막한 풍경이었다.

"방법은 찾았어?"

내가 아무 말도 없이 걷기만 하자 애가 탔는지 곽태식이 물었다. 좋은 시작이었다. 나는 대답은 하지 않고 머리만 위아래로 움직였다.

"뭔데? 어떻게 할 건데? 설마 방법은 있지만 못 하겠다고 하는 건 아니겠지?"

예상대로였다. 나는 조금 더 시간을 끌면서 곽태식이 짜증을 내기 직전까지 기다렸다가 결국 천천히 입을 열었다.

"태식아. 이 일은 위험 부담이 커. 교사 한 사람 자르는 일이야. 나는 이 일에 내 선도부장 자리를 걸어야 해. 아니, 만약에 일이 틀어지면 엄청난 불이익을 당할 수도 있어. 반면

에 너는 아주 안전하지. 어떻게 진행되건 너하고 연결될 일
은 없을 테니까."

"······그래서?"

"나는 네가 합리적이라고 한 말 믿어. 아니, 그렇게 말하
지 않았어도 나는 널 합리적인 사람이라고 생각해."

"알았어. 뭘 원해?"

곽태식은 짧게 물었다.

"100만 원."

그랬다. 나는 100만 원이라고 말했다. 대학 입학 등록금이
150만 원이라는 걸 생각해 보면 고등학생 신분으로 감당하
기 어려운 큰돈이었다.

만약 상대가 곽태식이 아니었다면, 그리고 교사를 학교에
서 쫓아낸다는 엄청난 요구가 아니었다면, 이렇게 큰 금액
은 차마 입에 담지도 못했을 것이다.

"어떻게 할 건데?"

곽태식이 이렇게 묻는 순간, 나는 안도했다. 내 제안에 응
할 생각이 없었다면 아예 아무것도 묻지 않았을 테니까.

"먼저 50만 원 줘. 그러면 어떻게 할지 알려 주고, 그대로
실행에 옮길게."

나는 딱 잘라서 말했다. 곽태식은 걸음을 멈추고 가방에

서 봉투 하나를 꺼냈다. 만 원짜리 지폐가 꽉 차 있어서 터지기 일보 직전인 종이봉투였다.

"일일찻집 계약금으로 마련해 둔 50만 원이야. 설명해 줘. 듣고 가능하다 싶으면 줄게."

내 계획대로였다. 나는 천천히 걸음을 옮기며 준비해 온 말을 시작했다.

"85년도에 말이야, 민중교육지 사건이라는 게 있었어. 선생들이 '민중교육'이라는 책을 낸 거지. 그런데 이 책을 여의도 고등학교 교장이 서울시 교육위원회에 찔렀어. 불온서적이라고. 조사가 있었고, 교사 둘하고 실천문학이라는 잡지 주간이 국가보안법으로 구속됐지. 관련된 선생 열 명이 잘리고 일곱 명이 권고사직당했어."

"……그런데?"

"그런데 민중교육지 사건은 거기서 끝난 게 아니었어. 오히려 그 사건을 계기로 교사들은 적극적으로 교사 운동에 참여하게 되고, 단체를 조직하게 됐지. 그게 바로 교원 노조의 시초라고 할 수 있어."

"교원 노조."

곽태식은 내 말을 충분히 이해하고 있는 것 같았다.

"우리 교장이 훈화할 때마다 강조하는 말 있지?"

"알지. 우리 학교에는 단 한 명의 교원 노조원도 없다는 거. 그걸 아주 자랑스럽게 말하잖아."

곽태식은 이제 내 의도를 알았을 것이다. 나는 바로 결론으로 들어갔다.

"어떻게 그게 가능하겠냐? 교원 노조에 들어갈 기미가 보이는 선생이 있으면 바로 찾아서 보고하는 학생이 있으니까 가능한 거지."

여기까지는 어느 정도 사실에 근거한 이야기였다. 학생주임이 나에게 그런 임무를 맡긴 것도 사실이었다. 하지만 이 다음부터는 좀 달랐다. 일반적으로는 '과장'이라고 할 것이고, 엄밀하게는 '사기'라고 할 수 있을 것이다.

"봐. 이게 내가 학생 주임한테 받은 공문이야. 문교부에서 직접 내려온 거야. 문제 교사 식별법."

이어지는 내 말이 그럴싸하게 보이도록 문교부에서 내려온 공문을 준비한 것이다. 활자화된 문자는 신빙성을 높여준다. 나는 그것을 적극 이용하기로 한 것이다.

내가 내민 공문을 읽어 내려가는 곽태식의 얼굴이 점점 일그러졌다.

"씨발. 선도부장. 이거 진짜야?"

"진짜야. 거기 관인 찍혀 있잖아."

"그러니까 이런 사람이 문제 교사라는 거네. 지나치게 열심히 가르치려고 하고, 학생들의 자율성, 창의성을 높이려고 하고, 촌지를 받지 않고, 형편이 어려운 학생들과 상담을 많이 하고……."

문교부에서 내려온 공문은 진짜였다. 이 내용은 『신동아』 89년 7월호에 실려서 많은 사람들의 비웃음을 사기도 했다. 문제 교사가 아니라 좋은 교사를 식별하는 방법 아니냐는 거였다.

"씨발. 어쩐지 학교에 제대로 된 선생이 없다 했다."

곽태식은 바닥에 침을 뱉었다. 나는 곽태식이 내민 공문을 도로 받은 다음 품 안에 조심스럽게 넣었다.

"태식아. 난 이 공문을 바탕으로 보고서를 쓸 거야. 어떤 부분은 자세하게, 어떤 부분은 과장해서. 당연히 오현석을 딱 이런 문제 교사로 만들 거라고."

나는 이렇게 말하고 곽태식의 반응을 기다렸다. 곽태식은 들고 있던 봉투를 내밀었다.

"역시 선도부장이야. 불가능을 가능으로 만드는 선도부장."

나는 봉투를 받아 들었다. 현금 50만 원이 담긴 봉투는 묵직했다.

"다만 시간이 필요할 뿐이라니까. 이번 일, 최대한 빨리 해 볼게. 만약에 내가 만든 보고서가 안 먹히면 골치 아플 수도 있어. 까딱하다간 나만 피박 쓰는 거야. 하지만 너는 전혀 다칠 일 없어."

나는 봉투를 흔든 다음 말을 이었다.

"그러니까 이건 내 위험부담에 따르는 비용이라고 생각해. 내 말 알겠지?"

곽태식은 이해한다는 듯 미소를 지으며 오른손을 내밀었다. 나는 그 손을 맞잡았다.

"이번 일일찻집은 깨졌지만, 다음 사업은 차질 없이 진행할 수 있을 거야."

여기서부터는 거짓말이었다.

"그래, 너만 믿는다."

나는 곽태식을 뒤로하고 선도부실로 향했다.

내가 학생 주임으로부터 임무를 부여 받은 건 사실이다. 수업 시간에 정치 이야기를 하며 학생들을 선동하는 교사, 혹은 학생들을 좌경화하거나 의식화하려는 교사를 찾아서 보고하라는 게 학생 주임이 나에게 맡긴 임무였다. 하지만 그런 교사는 없었다.

비록 비웃음을 샀을지는 몰라도 문교부의 공문에는 일리

가 있었다.

교원 노조원이 한 명도 없는 학교라는 건 우연히 탄생하는 게 아니다. 강남의 중심 8학군. 고3 담임 한 번 맡으면 수천만 원의 현금을 긁어모을 수 있는 자리. 욕망에 눈이 먼 사람은 다른 사람을 돌아보지 않는다. 하물며 자신이 가르치는 학생을 열심히 가르치며 창의성과 자율성을 강조할 리도 없고, 형편이 어려운 학생 상담을 하거나 할 이유도 전혀 없는 것이다.

나는 바로 곽태식이 부탁한 일을 시작했다. 선도부실로 돌아와 오현석을 고발하는 내용의 보고서를 쓴 것이다. 보고서에는 오현석의 사소한 언행을 뒤틀어서 기록했다. 오현석이 집이 가난한 학생을 걱정했던 일은 의식화처럼 보이게 적었고, 정의와 진실에 대해서 역설했던 수업 내용은 좌경화를 위한 선동으로 포장했다.

다음 날 아침, 나는 내 보고서를 학생 주임 차기철에게 전달했다. 차기철은 아주 만족한 눈치였다.

나는 교사들 사이에 오가는 알력을 늘 주시하고 있었다. 그래서 차기철이 오현석을 어떻게 생각하는지 잘 알고 있었다. 촌지를 받지 않고, 어려운 학생이 비행을 저지르면 우선 감싸려고 드는 오현석은 차기철에게 눈엣가시였다. 내 보고

서는 그런 차기철의 마음에 쏙 들 수밖에 없었다.

하지만 이건 어디까지나 형식적인 업무일 뿐이었다. 선도 부장의 업무. 이 업무의 결과로 오현석이 해직을 당하거나 하는 일은 없을 거다.

교사를 파면하는 건 절대로 쉬운 일이 아니다. 최종적으로는 문교부 장관의 결재까지 나야 하는 큰일이다. 그런데 교원 노조원도 아닌 그냥 평범한 교사를 파면하는 일이, 고작 이런 보고서 한 장으로 일어날 수는 없다. 게다가 오현석은 졸업하자마자 실력을 인정받아서 바로 8학군으로 온 엘리트 교사다. 애초부터 곽태식이 바라는 일은 이루어질 수 없다.

하지만 곽태식은 희망을 품을 수 있다. 학생 주임 차기철은 평소 거슬리던 오현석에게 한 방 먹일 수 있는 기회를 얻을 것이고, 교장은 교원 노조원이 한 명도 없는 학교를 지킬 수 있다. 그리고 나에게는 현금 50만 원이 남는다.

결국 모두가 승리자인 것이다.

그 주말, 나는 오랜만에 남대문 회현 지하상가를 찾았다. 그리고 오랫동안 가지고 싶었던 레이저디스크 플레이어와 X-JAPAN 라이브 레이저디스크를 샀다. 황금색으로 빛나는 레이저디스크는 크고 무거웠지만 그만큼 만족스러웠다.

VHS 비디오테이프의 조잡한 화질과는 비교도 되지 않는 깨끗한 화질과 돌비 서라운드로 녹음된 음악으로 감상하는 라이브 공연은 지금까지 내가 경험한 것과는 차원이 달랐다.

물론 그 대가를 치를 준비는 되어 있었다.

곽태식은 어떻게 진행되고 있는지 나에게 계속해서 물을 것이고, 그래서 나는 그때마다 대응할 변명을 열 개 정도 준비해 두었다. 그 열 개의 변명이 다 떨어지기 전에 우리는 3학년이 될 것이다. 고3이 되면 지금까지의 모든 일은 사라져 버린다. 이제 입시 준비에 모든 것을 쏟아부어야 하는 시간이 되는 것이다.

그러나 일은 내 예상대로 흘러가지 않았다. 여름방학이 끝나기도 전에 예상치 못했던 일이 벌어졌다.

오현석이 학교를 그만둔 것이다.

너무 빠른 전개에 당황한 나는 어떻게 된 일인지 알아보지 않을 수 없었다. 직접 물어볼 수는 없는 일이었기 때문에 여기저기서 정보를 끌어모아야만 했다. 교무실에서 청소를 하고 있었던 1학년 2반 학생, 나와 친하게 지냈던 국사 교사, 학생 주임 차기철 등에게서 얻은 조각들을 모으니 대충 그림이 나왔다.

교무실에서 있었던 교사 조례 시간에 오현석은 내가 올린 보고서에 대한 해명을 해야 했다. 오현석은 불같이 화를 내며 항의했다.

"아니, 학생들 챙겼다는 이유로 자아비판이라도 하라는 겁니까? 지금 북한 인민재판 따라 하는 겁니까, 뭡니까?"

정확하게 이렇게 말하지는 않았겠지만, 아무튼 오현석은 이런 요지로 소리를 쳤다고 한다. 교원 노조를 끔찍하게도 싫어했던 교장은 '인민재판'이라는 말에 발끈했고, 결국 대화는 두 사람의 감정 대립으로 이어졌다. 그리고 마침내 오현석은 마음의 결정을 내렸다.

"씨발, 내가 이깟 학교, 더러워서 관둔다. 개새끼들. 전두환 노태우 똥꾸멍이나 빨면서 천년만년 잘살아라!"

이것도 아마 정확하게 오현석이 한 말은 아닐 것이다. 하지만 요지는 분명 비슷할 거라 생각한다. 다음 날로 오현석은 학교를 그만두었다. 권고사직도 아닌, 일방적인 사직의 형식이었다.

교원 노조 때문에 학교를 떠난 교사들이 많은 시절이었다. 해직당한 교사들은 학교 주변 문방구 사장이라도 하면서 학교 주변에 머물고 싶어 했다. 하지만 오현석은 달랐다. 어디로 갔는지 도저히 알아낼 수가 없었다. 아마도 내가 아는 사람들 중 아무도 오현석에게 관심을 기울이지 않았기 때문일 것이다.

　오현석이 학교를 떠났다는 이야기가 퍼진 그날 점심시간에 곽태식이 찾아왔다.
　"선도부장에게 불가능은 없다는 말은 진짜였구나."
　나는 무슨 말을 해야 좋을지 몰라서 잠깐 머뭇거렸다. 잘난 척하고 싶지는 않았고, 그렇다고 겸손한 척할 수도 없었다.
　"덕분에 사업을 제대로 다시 시작할 수 있게 됐어. 고맙다."
　나는 축하한다고 말하려고 입을 열었다. 그런데 목구멍에서 소리가 나오질 않았다. 애써서 준비한 열 개의 변명 중 단 하나도 써먹을 기회가 없었다는 생각만 들 뿐이었다.
　"어이, 선도부장님. 오현석 일, 죄책감 느낄 거 없어. 선도부장이 선도부장 일을 한 거잖아, 응?"
　멍하니 있는 나에게 위로랍시고 곽태식이 한 말이다. 그런데 죄책감이라는 단어를 듣는 순간 정신이 들었다.
　"죄책감?"
　나는 한쪽 입술로만 웃었다.

"내가 왜 죄책감을 느껴?"

오른손을 내밀면서 담담하게 말했다. 곽태식은 기다렸다는 듯 50만 원이 든 봉투를 내밀었다.

"나, 선도부장이야."

봉투를 받아들었다. 똑같은 만 원짜리 50장이 들어 있는 봉투였지만 전에 받았던 봉투보다 훨씬 묵직하게 느껴졌다.

운동장에는 수많은 공을 차는 수많은 팀이 뒤엉켜 뛰고 있었다. 오현석도 운동장을 뛰어다니는 저 아이들처럼 어디로 갔건 알아서 잘살 것이다. 대치동 학원가에서 날리는 스타 강사가 될 수도 있을 테고. 그렇게 된다면 오히려 학교 그만둔 걸 다행이라고 생각할지도 모른다.

하늘은 무척이나 맑았다. 길고 지루한 여름은 이제 곧 끝날 것이다. 그리고 내 선도부장 임기는 아직 반이나 남아 있다.

"당신의 학창 시절은 거지같았습니까?"

제가 고등학생이었을 때 수능이라는 제도가 처음 생겼고, 사교육과 교복이 부활했습니다. 그것은 그 해에만 체험할 수 있었던 이야기였습니다. 어떤 이야기들은 한 해에는 모든 아이들이 체험하지만 다음 해에는 거짓말처럼 사라져 버리고, 어른은 누구도 체험하지 않기에 아무도 기록하지 않은 채 잊히고 맙니다.

서로의 이야기를 모르기에 우리는 '나 때는 더했다', '너는 좋은 시대에 태어났다'며 세대 간에 불행 경쟁을 하는지도 모릅니다. 하지만 모든 시대에는 그 시대만의 슬픔이 있고, 이는 우열을 가리거나 비교할 수 없는 것이라 생각합니다.

이 기획은, 어른들이 현재의 청소년의 생활을 '상상'해서 쓰면 '현재'에 들어맞지 않을 때가 많다는 어린 시절부터 품어 온 제 오랜 불만, 그렇다고 자신이 경험한 어린 날의 이야기를 쓰면 이미 지나간 이야기가 되고 만다는 이중의 고민에서 시작했습니다.

그래서 각기 다른 연령대의 작가들이 자신의 학창 시절을 소설로 담고, 이를 한데 이어 현재에서부터 과거로 거슬러 올라가는 역사서와 같은 단편집을 만든다면 의미 있는 작업이 되리라 생각했습니다.

이 책을 기획할 당시 제가 작가를 섭외하며 건넨 질문은 "당신의 학창시절은 거지같았습니까?"였습니다. 학교 잘 다니신 분보다 잘 못 다닌 분들을 우대해 모셨습니다. 감사하게도 다들 기쁘게 참여해 주셨습니다.

제가 작가님들께 부탁한 것은 다음과 같습니다.

1. 고등학교를 중심으로 고등학생의 이야기를 합니다. (중학생이어도 좋습니다.)
2. 르포 문학을 추구합니다. 가능한 직접 겪은 일이나 실제로 있었던 일에 대해 이야기해 주세요. 자기 시대에만 잠시 있었고, 그래서 내 세대만 알았던 무엇인가를 기록해 주세요.
3. 르포를 추구한다 해도 당연히 소설입니다. 자신의 학창 시

절을 소재로 단지 한 편의 소설을 써 주세요.

1973년생부터 1993년생까지 아홉 명의 작가들이 모였습니다. 각자 학창시절로 돌아가 1990년에서부터 2010년까지 당대의 삶을 기록하고, 2015년 현재의 학교생활은 취재를 통해 그려내었습니다.

서로 보지 않고 썼음에도 불구하고 시간이 만들어 주는 기이한 연결고리에 감탄합니다. 지난 25년간 많은 것이 변했고 또한 변하지 않았음을 실감합니다. 같은 시대를 산다 해도 다른 나이에 체험한다는 것은 또한 얼마나 다른 일인가 새삼 생각합니다.

다소 도전적이었던 기획을 흔쾌히 받아 주신 창비, 함께 해 주신 청소년출판부 편집자 여러분, 그리고 작가 여러분께 깊이 감사드립니다.

2016년 가을
김보영

새들은 나는 게 재미있을까 • 장강명

저는 이 책에 참여한 작가 중 유일하게, 제 학창 시절이 아닌 다른 시기를 배경으로 소설을 썼습니다. 제가 고등학교를 졸업한 것은 1994년인데, 제 단편의 배경은 2015년이므로 간극이 이십 년이 넘습니다.

현재 고교생이거나 대학 초년생인 작가가 2015년 즈음을 맡아 써 주었다면 그 역시 재미있었으리라고 생각합니다. 기획 초기 구상도 그랬고요. 그러나 이러저러하게 어려운 점들이 있었고, 여차여차하여 제가 그 자리를 메우게 되었습니다. 그래서 참여 작가의 프로필과 각각 쓰려는 작품들의 줄거리를 정리한 기획서에서, 한동안 제 항목에만 구체적인 내용 없이 '잘 취재해서 써 보겠습니다'라고 적혀 있었습니다.

소설집의 오프닝이라는 중책을 맡았는데, 요즘 고등학생들이라는 존재들에 대해서는 거의 아는 바가 없어서 처음에는 부담감이 꽤 컸습니다. 고교생 네 명을 만나 하루 일과가 어떤지, 최근에 학교에서 어떤 재미있는 일이 있었는지, 요즘 걱정거리가 무엇인지 등을 물었어요. 서울의 고등학교 한 곳을 찾아가기도 했습니다.

그런데 제 우려와는 달리, 고등학교라는 공간은 이십 년이 넘도록 거의 변하지 않은 것 같더군요. 그래서 어느 정도 자신감을 얻게 되었습니다. 이때와 이후 취재에 응해 주신 모든 분들께 깊이 감사드립니다.

오은영의 『오늘 하루가 힘겨운 너희들에게』(녹색지팡이)도 참고가 되었습니다.

좋은 기회를 주신 김보영 작가님과 정소영 편집자님, 고맙습니다. 다른 작가님들께도 함께해서 즐거웠고 설렜다는 말씀을 드리고 싶습니다. 제가 쓰는 모든 글의 첫 번째 독자이자 편집자가 되어 주는 HJ에게도 사랑과 감사를 전합니다.

환한 밤 • 김아정

고등학교를 졸업하면서 교복을 버렸다. 무거운 짐을 비로소 내려놓은 기분이었다. 그런데 이번 소설을 준비하면서, 버렸던 교복을 다시 꺼내 다시 교복을 입는 상상을 했다. 교복은 여전히 무거웠다. 거울 앞에 서니 손끝에 여전히 교복을 여미던 느낌이 남아 있었다. 지금의 내 몸엔 꽉 끼는 듯, 어쩐지 어색함도 들었다. 소설을 쓰고 난 뒤에 비로소 장롱속 교복의 빈자리를 느꼈다. 허전했다. 처음으로 교복을 내다 버린 것을 후회했다.

잠깐이라면 잠깐, 오랜 시간이라면 오랜 시간, 나는 혼자밥을 먹던 아이였다. 음식을 오래 씹는다고 엄마에게 핀잔을 듣던 나였는데, 조금씩 밥을 빨리 먹는 법을 터득해 나갔다. 젓가락보다 숟가락을 자주 사용했고, 목이 멜 때마다국물을 떠먹었다. 그리고 항상 식판만 내려다보며 밥을 먹었다.

밥을 먹고 난 후에는 항상 도서관에 갔다. 도서관 말고는학교에서 혼자 마땅히 갈 데가 없었다. 도서관 입구 바로 앞에 있던 책꽂이는 교육청 권장 도서, 입시 관련 정보서들로가득했다. 나는 도서관 안쪽 깊숙이 숨어들었다. 누구의 권유도 강요도 아닌, 책들을 찾아 읽었다.

책은 하룻밤 꿈 같았다. 책장을 덮을 땐 잠에서 깨어나는
듯했다. 다시 아침을 맞이하는 기분이었다. 그렇게 내 하루
하루가 흘러갔다. 나는 자주 꿈을 꿨다. 일 년이 365일이라
지만 나는 어쩐지 그보다 더 많은 나날들을 보낸 것만 같
았다.

학교를 다니는 동안, 나는 말이 없는 아이였지만 사실은
속에 많은 말들을 품고 있었다. 누군가에게 말을 내뱉지는
않았지만 속으로는 끊임없이 떠들어 대고 있었다. 누구의
권유도 강요도 아닌, 글들을 쓰기 시작했다. 내 안에 있던 말
들을 꺼내 하룻밤 꿈으로 일궈냈다. 언젠가 나도 누군가의
삶에 하루를 더할 수 있지 않을까 생각했다. 그렇게, 꿈을 키
워 가며 다행히 졸업했다.

얼굴 없는 딸들 • 우다영

이 소설의 내용을 구상하기 전에 나는 마음속으로 「얼굴
없는 딸들」이라는 제목을 미리 염두에 두고 있었다. 이 제목
은 내가 이전에 썼던 소설들에 붙여 주려고 여러 번 시도했

지만 번번이 실패했던 제목이었고, 이번에야말로 어울리는 이야기를 지어 줄 수 있지 않을까 내심 기대했던 것이다. 그렇게 떠올린 여자애들은 내가 만들어 냈다기보다 이전에 가깝게 지냈거나 교실 어디선가 본 적이 있는 아이들의 모습을 훼손되지 않도록 주의하며 데려온 것이다. 그 애들은 이미 서로를 알고 있던 사이처럼 생각보다 잘 어울려 주었다. 나는 필연적으로 그 애들이 누군가를 미워하게 되고 누군가는 떠나야 한다는 것을 알았는데 어째서 내가 그런 걸 알고 있는지 모른 채로 소설을 완성했다.

소설을 쓰는 도중에 알게 된 사실이 하나 있다. 그 애들을 데려오면서 자연스럽게 그 당시의 공기랄까 분위기 같은 것도 함께 따라왔는데 그곳은 내가 기억하던 것보다 훨씬 위험천만한 공간이었다. 이를테면 경중에 대한 자각 없이 자행되는 범죄와 반복해서 덮쳐 오는 사고를 운에 기대어 피해 가는 나날. 정작 무수한 폭력에 노출된 여자애들은 태연하게 그 속을 걸어 다니며 스스로도 깨닫지 못하는 무서운 짓들을 저질렀다. 특히 그 애들이 성적 폭력에 이토록 불감하다는 것이 나로서는 좀 놀라웠다. 정확히는 십여 년 전의 내가 그런 풍경들을 아무렇지 않은 일상이라 믿어 버렸다는 사실이 얼떨떨했던 것이다. 더욱이 그해는 한 남자가 여성에게 앙심을 품고 연고 없는 십여 명의 여자들을 죽인 해였는데, 나는 하나둘 죽어 가는 여자들의 소식을 나와는 관계없는 멀고 아득한 세계의 일처럼 들었던 것이다. 어쩌면 이 소설 속 여자애들이 아직 스스로 여성이라고 자각하지 못한 게 아닐까 하는 생각이 들었다. 그러자 이해나 고민 없이 세상을 받아들이는 어린 여자애들이 삐뚤어진 시각의 여성성을 습득한다면 어떨까 궁금해졌다. 폭력적인 남성의 전형이 위치하는 자리에 자신을 놓고 행동하는 여자애들이 머릿속에 떠올랐다. 그런 일면이 소설 속에 드러나도록 해야겠다고 마음먹었는데, 신기하게도 소설은 이미 그렇게 쓰이고 있었다.

어째서인지 「얼굴 없는 딸들」은 일반적인 순서를 뒤죽박죽 섞어서 썼다. 소설을 쓰기 시작한 후에 배경이 되는 특정 시절을 이해하게 된 것이나, 소설을 떠올리기도 전에 아마 거기에는 이런 애들이 있겠지, 하고 지레 짐작해 버린 일, 또 일찍이 돌고 돌다가 남겨진 제목을 아직 한 단어도 쓰지 않은 소설에 덜컥 붙여 준 일을 생각하면, 「얼굴 없는 딸들」은 내가 썼다기보다 쓰여진 것이 아닐까, 하는 생각이 든다. 이상한 점은 내가 이 소설의 조화에 꽤 만족한다는 것인데 어느 한 지점을 출발점으로 정하고 썼다면 이런 형태의 이야기가 되지는 않았을 것 같은 느낌이 든다. 서로 다른 방향에서 흘러 들어온 각각의 요소들이 한순간 만나도록 내정된 것처럼 부드럽게 들어맞은 느낌. 가끔은 이런 방식으로 소설을 쓰는 것도 나쁘지 않겠지, 그래 어쩌면 이런 소설은 그냥 이렇게 쓰여야 했을지도 몰라, 하는 나른한 생각이 드는 것이다. 방향이나 유속을 염려하지 않고 흐르는 물 위를 표류하는 아이들처럼, 무모하고 위태롭게.

백설공주와 일곱 악마들 • 임태운

저는 서른이 넘은 요즘도 그 여름 텅 빈 교실에서 깨어나는 꿈을 꾸곤 합니다. 일 년에 네다섯 번은 똑같은 꿈을 꾸는 것 같아요. 대부분 고등학교 시절의 몸으로 돌아가서 어리둥절해하지요. 그러면 당시의 친구들이 어서 운동장으로 나오라고 소리칩니다. 그러면 저는 '이상하다. 난 분명 졸업을 했고, 대학교에도 갔고, 심지어 직장에도 다녔던 것 같은데.' 하면서도 창문을 활짝 엽니다. 그리고 5층 교실에서 운동장을 향해 뛰어내리죠. 놀랍게도 제 몸은 종잇장처럼 가볍게 운동장 위를 훨훨 납니다. 제가 하늘을 나는데도 친구들은 그다지 신기해하거나 놀라지 않아요. 빨리 내려와서 매점 햄버거나 뜯으러 가자고 할 뿐.

아주 오랫동안 왜 그런 꿈을 꾸는지 궁금해한 적이 있습니다. 영화 「인셉션」이 유행했을 때는 교탁 위에 팽이를 두고 꿈속 친구들에게 선언하기도 했죠. '미안, 나 이제 이 꿈으로 안 돌아올 거야' 하고. 하지만 몇 달 가지 않아 다시 그 꿈을 꿨습니다. 아마 앞으로도 종종 꿀 것 같아요. 정확히는 모르지만 그 시절, 그 좁은 공간에 속해 있었던 시절이 제 인생에서 아주 강력한 뿌리가 돼 지금의 저를 지탱하고 있기 때문이겠죠. 어른이 되면 뭐든 다 할 수 있을 것 같다고 현실의 답답함을 위로했던 제가 지금 과연 꿈꾸던 모습이 되어 있는지, 교실 뒤편에 붙어 있던 거울에 스스로를 비춰 보고 싶어서가 아닐까요.

그래서 『다행히 졸업』에 참여했던 시간 동안 저는 깨어 있으면서도 꿈을 꾸는 기분이었습니다. 소설의 마침표를 찍었을 때에는 꿈에서 막 깨어나 몽롱한 기분이 될 정도로요. 무척이나 개인적인 소회를 담아 쓴 글입니다. 독자분들에게 어떻게 읽힐지 이렇게나 두렵고도 설렜던 적은 없었던 것 같아요. 마치 누군가 제 꿈을 몰래 들여다보겠다고 노크를 하는 기분이랄까요.

그래도 용기를 내어 문을 활짝 열어 봅니다. 모두 좋은 꿈 꾸셨으면 좋겠어요.

3학년 2반 • 이서영

생각해 보면 그랬다. 어릴 때가 지금보다 더 나았던 것은 단 한 가지밖에 없는데, 더 많은 가능성이 있다는 점이었다. 그러나 그 가능성의 존재가 긍정받은 적은 결코 많지 않았다. 내게만 그런 것도 아니었고, 특정한 누군가가 유별나게 나를 무시했던 것도 아니었다. 세계는 내가 가진 '가능성'에 대해서 별로 진지하게 고민하지 않았다. 그것 외에는 모두 더 나빴다. 힘이 없었고, 자유도 없었고, 세상은 좁았다. 나의 좁은 세상은 온통 관계와 관계들로만 구성되어 있었다.

나는 하루 빨리 어른이 되고 싶었다. 내가 가진 가능성은 그 당시 나에게 별로 중요한 의미가 아니었다. 어차피 그 가능성은 내가 원하는 방식대로 실현되지 않을 확률이 높았고, 세상이 나를 억압하는 가장 큰 이유도 그 가능성 때문이었다. "먼저 살아 보았으니 네가 뭘 선택해야 옳을지는 우리가 잘 알고 있다"는 사람들이 있었다. 사람들은 나의 '가능성'을 포기하지 않았다. 나는 하루 빨리 나이가 들고 늙어 버려서 더 이상 나를 억압하지 않을 만큼 가능성을 상실하고 싶었다. 그쯤 되면 이런 고통들은 나에게 아무것도 아닌, 지극히 사소한 것이 될 거라고 생각했다.

결국 나에게 남은 것은 관계뿐이었다. 그러나 내가 필연적으로 몸담아야만 했던 '소녀들의 세계'는 아주 무서운 곳이었다. 또래라는 이유만으로 '친구'로 불리게 된 사람들은 모두 타인에게 존중받지 못했다. 우리는 존중받지 못했기 때문에 타인을 존중하지 않는 데 더 익숙했다. 어른들은 우리를 친구라고 불렀지만, 우리는 사실 엄밀한 의미에서 친구는 아니었다. 우리는 서로에게 얕보이지 않기 위해 안간힘을 썼다. 누가 나를 어떻게 대했건 내가 상처받았다는 것은 알리면 안 되는 일이었다. 우리는 서로 아무렇지 않은 표정으로 대했다. 서로에게 끊임없이 센 척을 했다.

나는 매일같이 누군가에게 모든 것을 털어놓고 그 관계의 나락으로 떨어지고 싶었다. 우리는 '친구'가 생길 때마다 그 친구를 모든 것을 걸고 사랑하고 싶었다. 하지만 그래서는 안 된다는 것도 아주 잘 알고 있었다. 상처받지 않기 위한 적절한 거리를 유지하고, 쿨한 태도로 상대방에게 적당한 상처를 주어야 했다. 우리는 웃으면서 상대방을 공격하는 방법을 배워 갔다. 상대방에게 모든 것을 주면 반드시 버림받게 되어 있었다. 나는 '친구'가 되고 싶었기 때문에 사랑하지 않기 위해 최선을 다했다. 당연히 외로웠다.

가장 궁금했던 건 다른 사람들이 상처를 받지 않는가 하는 점이었다. 내가 받는 상처가 얼마나 깊은지, 어느 정도까지 숨겨야 하는지, 다른 사람들은 숨기는지 그냥 그대로 살아가는지, 아무것도 알 수 없어서 더욱 외로웠다. 나는 외로워서 '소녀들의 세계'에서 용납되지 않을 법한 많은 실수를 했고, 따돌림을 당하거나 울기도 했다. 어린 시절에 생긴 상처들은 쉽게 사라지지 않았고, 마음속 가장 깊은 곳에서 지속적으로 덧났다.

마음은 상처가 덧나는 모양대로 자리잡아 갔다. 이 소설은 그 상처들이 나를 어떻게 만들어 갔는지에 대한 이야기다. 나뿐만 아니라 우리는 모두 어린 시절에 만들어진 상처처럼 생겼다는 사실을 한참 나이가 들고서야 알았다. 좀 더 일찍 알았다면 좋았을 것이다. 나에게 상처를 입히고 상처를 받았을 모든 사람들에게 이 소설을 보낸다.

그런 일이 있을 것 같지는 않지만 어떤 영험한 존재가 나타나 열몇 살로 돌아가 너의 실수들을 바로잡지 않겠니, 하고 물어 온다면 나는 싫다고 대답하겠다. 아무리 생각해도 학교를 다시 다니기 싫다. 초등학교도, 중학교도, 고등학교도, 심지어 대학교도 다시 다니기 싫다. 바로잡고 싶은 실수는 꽤 많지만 돌아가지 않겠다. 밀집 사육 당하는 닭처럼 불행했다. 그 불행을 반복해서 경험하고 싶은 마음은 조금도 들지 않는다.

그러니 누군가가 당신에게 제일 좋은 나이네, 하고 웃으며 말을 걸어온다면 그 사람은 거짓말을 하고 있을 확률이 높다. 그럴 리가. 제일 좋은 나이일 리가. 알고 하는 거짓말인지 모르고 하는 거짓말인지 몰라도 거짓말이다.

아직도 한 달에 한 번쯤은 시험을 보는 악몽을 꾼다. 쪽지 시험일 때도 있고 큰 시험일 때도 있다. 언제나 준비가 되지 않은 상태고 시험지가 아예 읽히지 않기도 한다. 지각하는 꿈도 꽤 자주 꾼다. 버스를 아무리 갈아타고 걸어도 학교가 나오지 않는다. 쫓기는 마음으로 달리는데 끝끝내 도착하지 못한다. 학교 안이 미로 같아서 길을 잃는 꿈도 가끔 꾼다.

작가 후기

수업이 곧 시작되는데 내 교실, 내 자리를 찾을 수가 없다. 설마 이대로 죽을 때까지 이런 꿈들을 꿔야 하는 걸까? 학교가 무의식 깊이 꾹 누른 자국을 만들어 두었나 보다.

이 책을 고른 당신이 학교에서의 시간을 잘 이겨 내면 좋겠다. 학교 악몽을 꾸지 않는 졸업생이 되면 좋겠다. 무엇보다 다른 사람의 거짓말을 잘 알아채고, 스스로는 거짓말을 약간 덜 하는 성인이 되기를 응원한다.

비겁의 발견 • 전혜진

이 소설을 처음 제안받았을 때, 다니던 학교에 가 보고 싶다고 문득 생각했다. 집에서 십오 분 거리였지만, 가 보기로 마음먹은 것은 거의 이십 년 만의 일이었다. 처음에는 가지 못했다. 용기가 나지 않았다. 그곳에는 가지 못한 채로, 머릿속에 다 있는 이야기를 꺼내 놓으려 키보드를 두드리는 내내 두통에 시달렸다.

그리고 마침내, 원고 수정의 마무리를 앞두고 나는 학교에 다녀왔다. 트라우마에 맞서는 것은, 마치 갑옷도 없이 초보자용 단검 한 자루만 들고 던전에 뛰어드는 것 같은 느낌이었다. 하지만 그곳에는 무시무시한 보스몹은 없었다.

이십 년 만에 와 본 학교는 성냥갑처럼 초라했고, 올라가서 혼자 놀며 연습장에 낙서를 하고 만화를 그리고 소설을 끄적거리던 큼직한 바위는 언제 문화재 지정이 되었는지 만져 볼 수도 없게 울타리가 쳐져 있었다. 학교에 마음을 붙이지 못한 채, 나는 낮에는 도서관에서 책을 빌려다 읽었고, 야자 시간에는 학교 근처 만화 가게에 처박혀 있었다. 그 만화 가게는 파출소가 되어 있었다.

작디작은, 아무것도 아닌 학교. 그런 곳에서 나는, 별거 아닌 놈들에게 시달려 자해를 했고, 몇 번이나 죽을 생각을 했다. 그것들이 더는 위협이 되지 않게 된 것은, 가소롭고 초라하며 아무것도 아닌 것들이 된 것은 언제부터였을까.

이십 년만에 와 봤지만 그리운 것은 그 커다란 바위와, 도서관뿐이었다.

도서관 건물을 한참 올려다보다 천천히 학교를 빠져나왔다. 학교를 나서려던 길에 그 시절 누군가 내게 고백했던 벤치를 잠깐 들여다보고, 손바닥으로 쓸어 보고, 앉아서 잠시 볕을 쬐었다.

하여튼 아무것도 아니다. 이십 년 동안 짓눌려 있을 만한 가치가 없는 기억이었다.

더는 학교에서 쫓기는 악몽을 꾸지 않을 것이다. 꾸더라도, 식은땀에 젖어 일어나는 일은 없을 것이다.

그런 악몽은 이제 여기 다 두고 갈 테니까.

내 기억 속에 남아 있던 작디작던 성당도, 그 길 건너 만화 가게도 이제는 없다. 학교 후문 앞의, 칼국수를 주문하면 아저씨가 엄지손가락을 반쯤 집어넣은 채로 가져다 주시더라는 그 분식집도, 문구점 두 개도, 내가 넥스트와 노이즈와 조용필 16집 테이프를 하나씩 사 모았던 그 작은 음반 가게도, 길 건너의 교복점도, 아무것도 없다. 거기 남아 있는 것은 더는 나를 악몽으로 짓누를 수도 없을 만큼 그냥 그저그런 시시한 학교일 뿐. 1998년과 1999년의 대입 기록이 무려 비석으로 남아 있는 것을 보고 비웃고, 학교가 생각보다 작았다는 것에 새삼 놀라고, 논밭이 전부 빌라가 되어 버린 것에 경악하고, 푸세식 화장실이 흔적도 남지 않은 것을 보고, 검은 바위를 보고, 내가 알았던 것들 중에 남아 있는 것은 이 바위와 본관 건물과 도서관밖에 없다는 것을 다시 한 번 확인하고, 이제 십 년쯤 더 지나면 그때의 선생님들도 전부 은퇴하시겠거니, 그렇게 생각하고. 그때쯤 되면 지금 보고 있는 것들도 또 남아 있지 않을지도 모른다고 생각하고, 더는 무엇도 나를 짓누를 수 없다는 것을 생각하고.

나는 거기 가는 내내 겁을 먹고 있었다.

머릿속의 무언가가 또다시 끊어질까 봐.

그게 어느 정도 팽팽하게 당겨 오긴 했지만, 이제 그 시절의 어떤 것도 나를 괴롭힐 수 없다는 걸 안다. 나는 이제 괜찮다. 거긴 이제 아무것도 없다. 어쩌면 그때 그 시절 열심히 읽었던 『은하영웅전설』이나 (웃음) 『로마의 일인자』 같은 책들도 슬슬 낡아 바스러져 도서관 밖으로 밀려났을지도 모른다. 그만큼의 시간이 흘렀다.

11월 3일은 학생의 날입니다 • 김보영

그 며칠간 있었던 일은 더 많고 이후에 있었던 일은 더 많다. 하지만 결국 비슷한 상황의 반복이라 소설로서 흥미를 일으킬 만하지 않을 것이다.

우리는 이후로도 여름에 더우니 머리띠를 하게 해 달라거나 겨울에 추우니 목티와 겉옷을 입게 해 달라거나 겨울이 다 지난 뒤 교복 외투를 사지 않아도 되게 해 달라거나 동아리를 없애지 말아 달라거나 축제와 체육대회를 하게 해 달라거나 하는, 너무나 소소한 나머지 누가 굳이 빼앗을 거라고 상상하기 힘든 것들을 위해 끝도 없이 길고 지난한 싸움을 했다. 그래서 얻어 낸 결과는 단지 '아무 일도 없음'일 뿐이었기에 기쁨도 영광도 없었다.

간혹 "우리 학교는 참 평범했는데. 아무 일도 없었는데" 하고 회상하는 사람을 보면서 생각한다. 어느 학교에서 아무 일도 없었다면 누군가는 어디선가 싸우고 있었을지도 모른다. '아무 일도 없는' 상태란 쉬이 얻어 낼 만한 것이 아니기 때문에.

나, 선도부장이야 • 김상현

본의 아니게 『다행히 졸업』에서 최고 연장자를 맡게 된 김상현입니다. 저에게는 참으로 엊그제처럼 느껴지는 1990년입니다만, 아마 독자 중 상당수는 너무나도 먼 과거의 일로 여겨질 거라고 생각하니 세월이 참 허망하게도 빨리 흐르는구나 싶습니다.

원래 '선도부장 김유신'은 장편으로 준비하던 원고입니다. 그런데 이렇게 좋은 기회를 만나 단편으로 개작하게 되었습니다. (언젠가 다시 장편으로 세상에 나가게 되면 많은 사랑 부탁드립니다… 음?)

아홉 명의 작가 중에서 제가 가장 먼저 마감을 했습니다. 원고를 보낸 게 2015년 겨울이네요. 그 당시 김보영 작가님께 '퇴고가 너무 힘들다, 너무 재미있어서 오탈자가 눈에 들어오지 않는다'고 이야기했습니다. 김보영 작가님은 2015년 12월 28일 저녁 8시 19분에 문자로 답을 주셨습니다.

자랑이 사실이었다니 ㅎㅎㅎㅎ
너무 재밌어서 멈추지도 못하고 봤습니다

이렇듯 훌륭한 기획자는 저자에게 꿈과 용기와 희망을 줄 수 있어야 하는 것 같습니다.

(이 문자는 제 핸드폰에 영구 보존되었습니다!)

그리고 시간은 또 허망하게도 빨리 흘러서 이렇게 가을이 되었네요. 일 년 전에 쓴 원고를 다시 만나는 기분이란, 냉장고 구석에 숨겨 두었던 간식을 찾았는데 여전히 먹을 수 있을 때 느낄 법한 그런 기분입니다. (어떤 기분인지 저도 정확하게 묘사하지는 못하겠습니다.)

모쪼록 재미있게 즐겨 주세요. 언젠가 더 좋은 작품으로 다시 찾아뵙겠습니다.

작가 후기